我的时光手札

——蓬蓬博客

施向群 著

上海大学出版社
·上海·

图书在版编目(CIP)数据

我的时光手札：蓬蓬博客/施向群著．—上海：
上海大学出版社，2019.9
ISBN 978-7-5671-3651-9

Ⅰ.①我… Ⅱ.①施… Ⅲ.①散文集—中国—当代
Ⅳ.①I267

中国版本图书馆CIP数据核字(2019)第148880号

策划/编辑　刘　强　江振新
封面设计　缪炎栩
技术编辑　金　鑫　钱宇坤

我的时光手札
——蓬蓬博客
施向群　著
上海大学出版社出版发行
(上海市上大路99号　邮政编码200444)
(http://www.shupress.cn　发行热线 021-66135112)
出版人　戴骏豪

*

南京展望文化发展有限公司排版
上海颛辉印刷厂印刷　各地新华书店经销
开本 890mm×1240mm　1/32　印张 11.75　字数 244千
2019年9月第1版　2019年9月第1次印刷
ISBN 978-7-5671-3651-9/I·549　定价 48.00元

我的时光手札

序
preface

认识蓬蓬是在 2008 年 10 月。那次我们合唱团应邀参加上海市政协中秋晚会的演出,当晚我看到蓬蓬博客报道了此事,并总结了我们演出中的"十个最"。我感觉这就是我们合唱团寻觅了好久的一位"作家",我们需要有人及时报道、快速反映合唱团的活动。眼下冒出的这位会写爱写而且有想法的蓬蓬,就是我们想要的人了。

果不其然,蓬蓬笔耕不辍,十年写了 2 860 篇博客,记录了她这些年的所见所闻、所思所想,内容涵盖了她的工作、生活、同学等多个方面。其中有 300 多篇记载了我们合唱团和东方女性领导力发展中心的活动,大家称赞她是快枪手,报道不过夜!姐妹们说她是战地记者,总能抢到第一手最鲜活的新闻!

蓬蓬出身于知识分子家庭,父亲是一位资深的新闻工作者,母亲是一位统计师。当年伴随蓬蓬成长的小学(六一班)、中学和嘉定技校早已被她深度挖掘,她还开发出了今天的闺蜜、朋友圈、微信群。她先后在税务局、中国银行、外高桥保税区等五家公司工作。在银行当科长、在外高桥集团审计稽核部担任总经理期间,蓬蓬一贯爱憎分明、嫉恶如仇。她勤奋钻研,奋发读书。她原具备会计师、统计师、审计师等中级职称,50岁以后又获得了"高级审计师"职称和"注册企业风险管理师"资格证书。

蓬蓬总是对新闻敏锐并保持着敬畏之心。

2009年我们参加在意大利嘎达举办的国际合唱比赛,闭幕式的颁奖典礼上,蓬蓬居然"擅离"队伍,直奔主席台,台上台下地抢拍照,真实地记录了我们获得金奖的珍贵过程。尽管回来遭到一些人的批评,但她毫不示弱地说,新闻就是抢来的。

在以后我们参加绍兴和辛辛那提等地的好几次大型国际比赛中,无论是声势浩大的走街还是庄严的开幕式和颁奖的闭幕式,都可以看到蓬蓬忙碌的身影。她记录下的这些珍贵历史镜头,成为我们永久的记忆,那一刻我们都觉得她就是个勇敢的"战地"记者。

记得有一次我因为有事请蓬蓬代我去参加上海市妇联三八表彰会,当天晚上就看到她的博客热情洋溢地报道了会议的场景,并大篇幅地介绍了被评为全国三八红旗手标兵的我们合唱团副团长顾凤惠。当听到上海女企业家协会要宣传报道评选出的十位优秀女企业家时,蓬蓬便主动要求我带着她采访。那天在环球金融中心32楼,她忙前忙后,又是记录、拍照又是做采访。最完整记录的是她,最有感觉的是她,她是有备而来的。在准备写我们合唱团参加马耳他国际合唱比赛那本书时,我们一起见了几位上海的写书人,遇到了各种各样的问题,后来还是蓬蓬拍案而起,"我来写吧,我相信我不会比他们差"。于是经过多少个日日夜夜,她领衔编辑完成了《合!唱起来》一书。蓬蓬真是个有心人,那一刻我真觉得找对人了,蓬蓬比我想象的还要优秀!

蓬蓬文静善思,看上去瘦瘦弱弱,貌不惊人,但是我们谁也没有料到她能坚持写作十年,十年写了2 860篇啊!她把写作当作学习,从她的读者那里找到灵感和需求;她把博客看作传播,创造了图文并茂的独特风格,吸引了来自海内外的众多读者;她不停地创新、创造,随时用更新更美更有效的方式宣传真善美,弘扬社会转型期的新思想。难怪她的读者粉丝都是一追到永远,因为蓬蓬博客传递的是温暖是力量是能量!

在2015年1月"蓬蓬博客100万点击"的"凡人繁事"活动后,蓬蓬在博友的充分肯定和积极鼓励下,更是突飞猛进。

在博客的内容上,她的视野更开阔,立意更高,主动性更强。她思维敏锐,总能捕捉社会热点和新鲜事。从能工巧匠王震华巧夺天工的"祈年殿"到"赵州桥",她始终紧追报道,拿出第一手滚烫的新闻,淋漓尽致地述说这位工匠的拳拳爱国心;她写凤凰卫视俄罗斯记者站主播仝萧华,三九严寒追到莫斯科,博客中还透着冰封雪飘的寒气;偶然发现她外公在世时的书画,她便不厌其烦追溯到20世纪的40年代,千方百计地联系提供信息的美国友人,在千辛万苦中收集历史资料,再现上海画家流水行云、落笔云烟之美。是的,此刻的蓬蓬更像是个社会活动家。

在博文的结构上,她开始注重构思和主题。同样是旅游,蓬蓬会分类并总能赋予主题,有度假游、观光游、深度游、自助游、跟团游、自驾游;有日本樱花游,有澳大利亚塔斯马尼亚探险游,有意大利深度自助游。她的攻略越做越精准，策划主题越做越鲜明，在聚集着不同喜好的团队里让每个人乐有所得。她也从原先的事前准备、事中博客记载，又延伸到现在的事后出摄影相册。正如大家所说："蓬蓬玩出了旅游的新高度！"如此用心，如此付出，不是常人能做到和愿意做的。

博客的量在增加，蓬蓬对人的关注也日益深入。爱憎分明的蓬蓬，今天身上多了许多包容和人文关怀。她带领着技校的老同学花了几个月的时间，一直追到上海市公安局，最后一个不落地寻找到了分别36年的234名技校老同学。她孝敬父母关心家人，写父亲的博客满怀深情，写九旬奶奶洋溢着款款情义，关爱老邻居的年夜饭也总是"红红火火"。她关心关爱中小学同学、同事，我们合唱团的姐妹们被她写过的人物不下十位。

这些年中国的社会、政治、经济发生了巨大的变化，大国崛起。经济发展进入高质量时代，移动互联网迅猛发展，自媒体快速崛起，蓬蓬博客是社会进步的一朵浪花。

蓬蓬博客不仅数量增长，更折射着人和社会进步的一个侧面。她表达了一种努力，更是一种成功；她让我们在羡慕、敬佩、欣赏中催生一种向上的力量！

做自己喜欢和擅长的事，在蓬蓬的个性中特别突出。她从小喜欢写文章，互联网时代自媒体的发展给了她发挥才华的舞台。为了她的读者，她每天奋笔疾书；为了她的读者，她自学摄影；为了她的驴友，她出国旅游时又是领队又是导游，不管当天日程再满、回酒店再晚，晚上一定坚持写博客。唯有喜欢才会如此的投入，唯有擅长才能如此的长袖善舞、如此的精彩。

序

　　实践是最好的老师，写博客的过程是蓬蓬追求完美的过程，是蓬蓬成长成熟的过程。博客把蓬蓬变得更积极更正面，把她内心深处的正直正义正派的秉性更完整地表现出来。同时，她让博客拥有更多的能量，赢得更多读者的喜欢，让博客变得更有意义。

　　蓬蓬是我们大家中的一分子，她在退休后找到了自己最喜欢做的事，在写作博客过程中找到了人生的意义，使她观察世界、认识社会的水平和领导力日益得到提高，生活的质感也得到了提升。蓬蓬可以做到，我们应该也可以。

王佳芬

2019 年 2 月 16 日

　　作者简介：王佳芬，光明乳业前董事长/总裁、纪源资本前合伙人、平安信托前副董事长、麦肯锡高级顾问、领教工坊企业家私人董事会领教。先后创建了上海女企业家合唱团和中国ShEO 合唱团，并任团长。

我的时光手札

写在蓬蓬博客 100 万点击庆典
——代序言
preface

蓬蓬女士在六年中写了 1 788 篇博客,读者遍及海内外。20 天前,点击量超越了 100 万次。这是多么值得高兴和骄傲的事情!刚才各位说得很多,我只归纳两点我应该向蓬蓬学习的地方。

第一,17 世纪法国的数学家、哲学家布莱士·帕斯卡的《思想录》给我们留下了一句振聋发聩的话:"一个能思想的人才真正是力量无边的人。人的一切尊严就在于思想。"蓬蓬是个有思想的人。她的所有博客,用热情细腻的文字和美丽的图片记录自己接触和参与的社会上形形色色的人和事,以积极态度弘扬正气,传播文明,歌颂真善美;即使遇到不幸的事,如在斯德哥尔摩财物和护照被盗、汽车在高架上抛锚、身体不适看病不顺利等等不顺心的事情,也没有悲观,没有牢骚,没有怨言,而是积极对待,总结教训,并通过博客将自己的经验和教训告诉读者,处处表现出积极向上、乐观进取的态度。正是这样的思想境界给了她尊严,从而博得读者喜爱。因为只有精神生活健康的人,才能品尝到纯真的喜悦,并且感染他人。

  第二,蓬蓬是个热爱生活、富有爱心的人。只有对这样的人来说,生活才甜美、快乐、和谐。蓬蓬博客以许多篇幅记录合唱团的排练和演出,写了旅游、摄影、参观、考察和各种各样的社会活动,写了自己的父母、奶妈、老师、同学和其他亲人、众多的朋友。她为父母、奶妈和老师的健康而高兴,为亲人、老师、同学的离去而哀伤,为合唱团取得成绩而喜悦,为结交自己心仪的学者、艺术家而欢欣鼓舞。大多数的读者虽然未必与蓬蓬见过面,但是从留言中可以看出,很多人都成了博客的知音。因为蓬蓬的所思所想所爱所憎符合大家的心愿,人们才会饶有兴趣地读她的博客,从中汲取正能量而乐此不疲。

  作者简介:王令愉(1949—2017年)生前为华东师范大学历史系教授、中国法国史研究会副会长。

  本文稿是王令愉教授在蓬蓬博客获得100万点击量的庆典时准备的发言,为了纪念他,特地作为本书代序言。

我的时光手札

目录

第一篇 纯真年代的美好时光 / 001
　　一、我的幼儿园生活 / 002
　　二、我的小学生活 / 004
　　三、我的中学生活 / 007
　　四、我的启蒙老师 / 011
　　五、我的技校生活 / 012
　　六、我留校了 / 015
　　七、我的高考岁月 / 017
　　八、我的大学生活 / 019
　　九、17 年后再上大学 / 021
　　十、"我们的六一"小学同学会 / 023
　　十一、"一个甲子的情缘"集体生日 / 050
　　十二、参加中学同学会 / 054
　　十三、"难忘的岁月"技校同学会 / 056

第二篇 勤于学习 快乐工作 / 069
　　一、昏天黑地的高级审计师理论考试 / 070

contents

二、审计理论考试通过了 / 074

三、惊心动魄的英语职称考试 / 076

四、失算了的计算机考试 / 080

五、计算机考试通过了 / 084

六、英语考试通过了 / 086

七、高级审计师答辩进行时 / 087

八、高级审计师答辩词 / 089

九、成为高级审计师 / 094

十、注册企业风险管理师考试 / 098

十一、成为注册企业风险管理师 / 101

十二、文章被登报 / 103

十三、在员工大会上的发言 / 105

十四、中国（上海）自由贸易试验区挂牌 / 108

十五、走进上海立信会计学院 / 109

十六、告别与起航 / 112

十七、又见刘新民总经理 / 113

第三篇　家和万事兴 / 117

一、想念远在桂林的亲戚 / 118

二、我亲爱的表哥走了 / 120

三、探望远在纽约的阿姨 / 124

目录

四、怀念桂林大舅舅 / 126

五、探望生活在芝加哥的舅妈 / 129

六、陪婆婆过中秋 / 132

七、陪父母游外滩 / 133

八、回到妈妈出生地 / 135

九、旅游年夜饭 / 137

十、祝贺父亲获奖 / 139

十一、哭泣——为我亲爱的王叔叔 / 141

十二、奶奶96岁了 / 143

十三、陪父母去常州过年 / 146

十四、童家祖先的书画 / 147

十五、画中乐的童清仁舅舅 / 149

十六、老邻居相聚 / 151

第四篇　关注社会　享受生活 / 161

一、陪驾出姻缘 / 162

二、使用交通卡的烦恼 / 163

三、地暖——想说爱你不容易 / 164

四、手机历险记 / 166

五、耗尽最后一滴油 / 168

六、被叶杨请上广播 / 172

contents

七、从广播中听自己唠叨 / 174

八、旅行分享会 / 175

九、我也曾经是网约车司机 / 177

十、"蓬友好声影"组合 / 178

十一、网友互动 / 186

十二、邂逅"56个民族摄影"创作者陈海汶 / 193

十三、摄影班考试题——赏析摄影作品 / 196

十四、是什么滋养了我们的灵魂——林华讲座 / 198

十五、美好并温暖着——王丽萍讲座 / 200

十六、多想留住那一刻——罗大佑演唱会 / 202

十七、美丽世界——韩红演唱会 / 205

十八、看北京人艺话剧《知己》 / 208

十九、从《风筝》追到柳云龙 / 211

二十、我最擅长的体育项目 / 214

二十一、我最喜欢的体育项目 / 216

二十二、我是姚明的粉丝 / 218

二十三、刘翔的一场游戏一场梦 / 220

第五篇　我们都是追梦人 / 223

一、奋斗在都江堰的朋友 / 224

二、安妮水晶马燕华 / 226

目录

　　三、我的好友静雯 / 228

　　四、夸夸二姐夫 / 231

　　五、成笛油画室 / 233

　　六、身边的工匠王震华 / 235

　　七、威琏的生日礼物 / 238

　　八、"做更好的自己"——朱莉 / 241

　　九、"知行合一　止于至善"——仝潇华 / 245

第六篇　紧跟时代不落伍 / 253

　　一、与中国平安创始人马明哲面对面 / 254

　　二、中国馆的管家顾凤惠 / 257

　　三、走进世界顶级眼镜制造商依视路 / 259

　　四、来到广告大王邵隆图的家 / 261

　　五、走进顾莉芳的光明驾校 / 263

　　六、走进张江高科技园区 / 268

　　七、新上海人安晓霞的拼搏之路 / 271

　　八、阿里巴巴旗下的盒马鲜生 / 274

第七篇　合唱团里的故事 / 277

　　一、一如既往去釜山 / 278

　　二、参加意大利国际合唱比赛 / 284

contents

　　三、参加绍兴第六届世界合唱比赛 / 287

　　四、参加美国辛辛那提第七届世界合唱比赛 / 294

　　五、参加马耳他国际合唱比赛 / 300

　　六、参加希腊国际合唱比赛 / 304

　　七、参加南非第十届世界合唱比赛 / 307

　　八、荣获上海市无伴奏比赛金奖 / 310

　　九、"音乐美丽生活"合唱音乐会 / 312

第八篇　写博客的心路历程 / 323

　　一、开博一周记 / 324

　　二、坚持还是放弃 / 325

　　三、我的博客我做主 / 326

　　四、"蓬蓬博客"一岁了 / 327

　　五、突破10万次点击 / 332

　　六、突破50万次点击 / 334

　　七、"张开双臂　拥抱生活"——蓬蓬博客100万点击庆典 / 338

　　八、"博客里的新世界"——蓬蓬博客200万点击庆典 / 346

　　九、蓬蓬博客十岁生日宴 / 352

后　记 / 355

第一篇
纯真年代的美好时光

学生时代是一个人的纯真年代。蓬蓬记录了从幼儿园至小学、中学、技校、大学的校园生活和同学情谊,以及走出校园30多年后的小学、中学和技校的同学聚会。尤其是小学同学会和技校同学会,被很多人视为同学会的模板。

一、我的幼儿园生活

最近一直在整理老照片,今天展示一张有趣而珍贵的照片。这是我们上海市嘉定县职工幼儿园第四届大班毕业照。职工幼儿园是当时嘉定城里最高档的全托幼儿园,设施齐全,条件优越。活动室和卧室全是打蜡地板,卫生间使用的是抽水马桶,如此设施和50年后的今天几乎没有差别。我们每个小朋友都有一个专用的小床,室外草坪更是我们的活动天地。我记得,每天上午,都有医生来检查每个小朋友的牙齿(我们正处于换牙期)。

这张照片是1966年儿童节时拍摄的,说明幼儿园还是蛮讲究的。我们每周一被父母送入,每周六下午再由家长接回家。

但我经常眼睁睁地看着一个个小朋友被其父母接回家,而不见自己父母,心里很难过。

照片中共有7位老师、31名同学。在老师中,我只记得唐惠芳(后排右一)是幼儿园园长,其他都叫不出名字了。这应该是我出生以来的第一张毕业照。请猜猜蓬蓬站在哪里?

这张照片的味道在于:

(1) 所有女孩子都是童花头,又称作"马桶头"。至今我还记得,每过一段时间,老师、阿姨都会为我们剪发,因为这种发型好打理,便于阿姨定期为我们洗头。

(2) 从衣着上可以看出,在1966年时,我们这些孩子的生活条件还是不错的。有毛衣、夹克,每位小朋友清一色白衬衫小翻领,都蛮有腔调,我当时穿的是一件红黑相间的灯芯绒外套。

(3) 照片中的这些人,有几位后来成了小学、中学或技校同学,或者成了永远的朋友。例如:陈健妹、张华、卢佩艳、张为民、屠敏、邹红、张明(现为张旻)、韩鲁凡、徐晓蔚、梁峰等。

如今45年过去了,31名同学我只能记起10名(如果哪位朋友能够知道照片中的其他人,请提醒一下)。那时实在太小,即使记忆的闸门敞开,还是不能回忆出更多的故事。但记得那时的我胆小听话,老师还是蛮喜欢我的。我们会经常外出表演节目。有一次,选择几位小朋友分别唱同一首歌曲,结果老师说我唱得最快,就选择了我。现在想来,孩子的呼吸都比较短促,而我天生就比其他小朋友换气时间长那么一点点吧。总之,那时的我们,全然没有现在孩子那么见多识广,没有电视、没有电脑,只记得照相一定得去照相馆,所有娱乐就是老师教的拍手歌、卫生歌等。

幼儿园给我留下的记忆就是吃喝玩乐,无忧无虑。

（撰写于 2012 年 4 月 18 日）

二、我的小学生活

近来新上映的电影《高考 1977》受到了人们极大的关注。我还没来得及去看,但是从这个醒目的片名就够让我们这一代人感动和回忆了。那个年代关于高考的事情,一件件地浮现在我的脑海里。所以从今天起我想趁此回忆一下自己受教育的过程。

我的教育背景一定要从小学说起,不是说我在小学多么有名气,而是"文化大革命"开始的 1966 年,正是我上小学一年级的时候。那时候的我尽管学前一直在全托幼儿园生活,但还是没有现在的孩子这么有悟性,总是战战兢兢地看着其他孩子而不敢讲话。由于我的学名是报名时父亲在征求了老师意见后新取的,不仅带有明显的时代特征,而且自己也不习惯。当老师第一次在课堂上叫我的名字时,我根本没有反应,直到老师一直看着自己,才忽然明白老师是在和我说话。在那个年代,孩子没有父母接送,老师把住在比较集中区域的同学们组成一个个小小班,然后排着队回家。但可不是随便走走的哦,每个队走在最前面的同学一定是手捧着毛主席像。在我们心中,毛主席就如神一般地伟大,每天上课前要背诵一遍老人家的"老三篇",那就是《为人民服务》《纪念白求恩》和《愚公移山》,下午放学前再重复一遍。那时背诵"老三篇"就如现在唱《国际歌》，重大场合一定不能漏的。而我的认字也就是从"老三篇"开始的，汉语拼音是在以后通过查阅字典时自学的。我已经不记得我们的书包里有什么课本了，但是"老三篇"一定会带着，因为学校遇到任何事情，都经常会让我们学生挥挥红宝书、喊喊口号。对了，还有一道风景就是每人胸前都会戴上毛主席像章，互相之间还会比较谁的像章新颖好看。

那时的社会呈现一派"造反有理"的革命气氛。如果晚上8点中央人民广播电台《新闻和报纸摘要》节目发布毛主席最新指示，大人们就会赶到单位参加游行。那时的我们几乎不上课，因为学校的校长也被批斗了。我们几乎每天都是混迹于街上看"造反派"游行，揪斗"走资派"。有一次我在游行队伍中看到了邻居老朱伯伯也被带上了高帽子游行，回家告诉父母，他们说因为他是教育局局长。"文化大革命"时凡是当官的大都被批斗和示众，可不像如今当官的这么威风。

记得后来父母因为忙于参加"文化大革命"的学习活动，也顾不上管我，就让祖父（我叫他公公）把我带到江苏海门农村老家。公公是小学教师，就在家里教我识字，而课本还是"老三篇"。后来可能公公觉得这样学习不行，索性把我送进村上的小学堂，那里的课桌是一张八仙桌，周边放四条长凳，坐八个人。而且一间教室同时坐着两个年级的学生，老师先教二年级学生，布置作业后，再教三年级学生。老师的普通话都带着浓浓的地方口音，我一听就想笑。刚去的时候，算术老师问我学过乘除法吗，我说学过，他出了几道100以内乘除题目给我做，我很快便做完了,结果老师说乘法题全部正确,除法题全部错误。现在想想,我也真有点糊里糊涂,其实那时的我只会乘法,不会除法,只是因为好面子,认为自己来自大上海,不能在农村孩子面前坍台,殊不知这是科学,来不得半点虚假。我在这个学堂里学会了算术除法,也为我后来从事数字领域的工作打下了最原始的基础。

在农村学堂里学了几个月后,又回到了原来的嘉定普通小学。那时已经上四年级了,开始学习英语,第一课的课文就是"Long live Chairman Mao"(毛主席万岁)。而让我最受不了的是,学校经常让我们去当地农村劳动,说是接受贫下中农再教育,其实我们还小,也只能干捡麦穗的活。走在农田里,用稚嫩的手去捡麦穗,每次回到家都会觉得浑身痒痒、手脚疼痛。如果说现在我有点吃苦耐劳的精神,可能就是那时锻炼的。

那时的我们属于无人看管一族(这样的孩子很多),脖子上挂一把房门钥匙(那时也没有现在这么多钥匙),一天三顿饭都是在当地的机关食堂吃。记得有一个女孩,因为父母被批斗,饭菜票也用完了,她对我说:你能借我3角菜票吗?我想今天吃饱点,明天就不吃了。那个年代3角是大票面,可以买两块大排。尽管我借给她了(其实也不可能还的),但我当时不明白,难道今天吃饱了,明天就可以不吃饭吗?那个年代这样的无辜孩子还有很多。幸亏我还是能无忧无虑地和邻居家的几个同龄孩子一起瞎玩,而那个年代玩的游戏是没有成本的。记得有"造房子",就是在泥地上画几个方块,用一块小瓦片踢来踢去;还有就是用"破四旧"收来的麻将牌在桌上玩耍。如果一定要说玩点有成本的,那就是跳橡皮筋和跳绳。就是这些简单的玩意,也可以让我们玩得忘乎所以。反正从来没有回家作业,放学以后除了玩耍还是玩耍。这就是我的小学生涯。

够忙活的,但就是没有忙于读书。

(撰写于 2009 年 4 月 6 日)

三、我的中学生活

1972 年我上了中学,那时没有初级中学和高级中学之分,就是在同一个中学里学完两年初中、两年高中的课程。学生是划区就近入学的。我和几个小学同学结伴去嘉定城区一中报名,从贴在学校大墙上密密麻麻的名单中,找到了自己的名字,我和几个孩时好友许昕、逄炜等均被分入(2)班。第一次见到了两位班主任,男的是谢步罡老师,女的是羌永英老师。谢老师给我的第一印象是很年轻、书生气,后来才知道他仅比我们大一轮,也只有 26 岁。而羌老师看上去有点严厉,不苟言笑。记得刚进中学时,谢老师经常取笑我们,一会儿说我们"二"和"两"字搞不清楚,一会儿说我们错别字连篇,认为我们这批学生是他少见的知识贫乏群体。他可知道我们那所谓的小学学历几乎没有含金量,这能怪我们吗?在后来四年的学习中,两位班主任还是尽了最大努力,把我们培养成心智健康、积极向上的有志青年。谢老师坚持到最后,把我们送出了中学校门。羌老师因为身体原因,仅带我们到高一。但在我心里,羌老师和谢老师一样,都是我在中学时期尊敬的班主任。

我的时光手札

那时中学开设政治、语文、数学、英语、体育课程,但不设物理和化学课,取而代之的是"工业基础知识",简称"工基","农业基础知识"简称"农基"。课程必须理论联系实际,记得谢老师就曾经把数学几何课放在我们嘉定镇州桥的桥洞处,让我们用皮尺测量水到桥洞最高处的距离,来计算桥的直径。"农基"课让我知道了农作物的"套种"知识,即在同一块田里播种不同时节的农作物,例如棉花和蔬菜的"套种"。

那时我们班的墙报在学校很有名,其排版和字体引人注目,班主任很有成就感。身为数学老师的谢班主任,字体如字帖,在他的影响下,我们班同学几乎都能写出一手比较好的字。

还有学工学农劳动,几乎每个学期都有两个月是去工厂或者农村劳动。记得我曾在当地的毛巾厂和酿造厂劳动过。在酿造厂劳动中,我亲身经历了腐乳的制作过程,看着发霉的腐乳白胚,经过我们的手,在红酱里蘸一下放入一个个瓮里。每天要站着做很多瓮腐乳,一天下来不但腰酸背痛,还把衣服弄得都是腐乳味和腐乳色。在农村的劳动就更可怕了,因为都是在农忙季节下乡,就不是小孩时的捡麦穗了,而是用双臂搬麦子,每次都要搬五六捆麦子,来回穿梭在麦田里。那时的我们不戴遮阳帽,没有矿泉水,最多是在树荫下凉快一下,拧开自带的水壶,喝上几口凉水。还有就是撒牛粪,即把晒干的大块牛粪,用手扳开(不戴手套的哦),向田里的各个方向撒去,回家后感觉浑身都是牛粪臭。

第一篇 纯真年代的美好时光

这和如今我们逛马路戴墨镜和遮阳帽,有太大的差别,更何况我们还是中学生,正长身体时期,"文化大革命"把我们这些花季少女锤炼得个个如铁打一般。

那时在中学里,除了学工学农,学校还安排做许多其他的业余事情,如号召学生捡废铜烂铁,就是收集废弃的金属、铁皮之类的东西。我们就满大街地在地上找,看到铁质的东西便如获至宝。还有就是捡小石块,而且每人都有指标,好像是每次十斤,现在想想可能是学校要建校舍,让我们学生去捡石块。当然还有著名的"除四害"活动,就是消灭蚊子、苍蝇、老鼠和蟑螂。我们就去农村的稻田里捉老鼠,因为那时男女同学不讲话,所以我们几个胆小的女生只能豁出去了,但往往忙乎一天也抓不住一只老鼠。后来其中一位同学发现了地上的一根老鼠尾巴,我们就把它作为"战利品",交给了班主任,算"除四害"的一点小成绩。

四年的中学,起码有两年是在学工学农,一年是在写大批判文章,另外一年的读书时间也是断断续续的,没有连贯性。所以我们从来没有把读书当作一种负担(和现在的中学生有太大反差),也经常无组织无纪律。记得那时我们所在的嘉定县经常被上影厂选为电影外景地,在拍摄电影《年青的一代》和《阿Q正传》时,我们就因为结伴去看拍电影而旷课。曾在孔庙的大殿中欣赏了一段《阿Q正传》里阿Q被枪毙的场景。当听说上影厂要来招考电影演员,我们几个小伙伴又赶去了,但绝对不是去报考电影演员(有自知之明),而是去看热闹。就在这次看热闹中,我们惊喜地看到了张瑞芳和高博等一批电影大咖。那次的招考演员的过程让我记忆犹新,地点就设在嘉定孔庙(原来的嘉定文化馆)。由于没有设置任何条件,且不收报名费,属于零门槛,来的人只要想考都可以报名,就如现今的海选,所以来参加考试的人特别多。应试者可以随意展示自己的艺术特长,有的唱歌,有的跳舞,有的朗诵一段诗或者讲一个故事。那些讲故事的人,凡讲得动情至流泪的,监考老师就会让其去量身高,以表示可以进一步考虑,因为那时需要的是高大全式的英雄形象。还记得有个女孩,没有准备任何节目,她就往左边跑上三步,振臂高喊"毛主席万岁",接着又往右边跑上三步,振臂高喊"毛主席万岁",让我们笑了好一阵子。忙了半天,最终好像一个都没有选上。反正那时的我们,从来没有把读书放在首位。

即使读书,也不把考试当回事儿,那个年代的考试是速战速决型的,上午考两门,下午考两门,两天就结束考试。有一次,我们在上午考完第一门课后,就到嘉定州桥老街上的点心店吃小馄饨。那时大家都没有手表,不掌握时间,等到我们几个嘻嘻哈哈地再走回学校时,第二门课已经开考,被谢老师狠狠地批评了一顿。

总之我的中学年代,一直是在半工半读、自由散漫之中度过的。似乎较早地融入了社会,但没有完成学生时代应有的使命——读书。

1976年,我高中毕业了,"文化大革命"也终于结束了,这就是我中小学的十年。

(撰写于2009年4月8日)

四、我的启蒙老师

我的中学班主任谢步罡老师比我们年长一轮,在我们刚进初中的时候,也不过 26 岁。主教数学的他,有着很强的逻辑思维,比如当有同学说,"谢老师,我的毛笔找不到了",他就会说,"吵什么吵,物质不灭定律,不在这里,就在那里",弄得这位同学哭笑不得。他又是一位知识面极广的人,对于主项数学,他在读中学时,就曾经在上海市第六届数学竞赛中获奖;还在中央电视大学高等数学竞赛中获奖。他精通古代文学,至今和他交谈,说着说着就会引出孔子、孟子的言论,让我感到自己缺乏知识;他的书法作品在当地小有名气,常常作为书法展出,至今他所在单位的标牌还是他书写的。

那时的我们,其他知识没有学到,却打下了写作基本功,提高了书法技能。班主任还会经常家访,每次到我家,和家长交流不多,却会像长辈一样的问我:最近大楷练了多少页?文学书看了哪几本?让我感觉自己太贪玩了,且会糊涂,他究竟是数学老师还是语文老师。由于他不失时机地教育,班里的大部分同学思路都比较开阔,我们高二(2)班也在城区一中小有名气。

人的一生有很多师长,读书时有小学老师、中学老师和大学老师,工作时有师傅、领导,但我最认可的是博学的谢老师。他不仅使我在懵懂的学生时代学到了尽可能多的知识,更为我后来立足社会打下了基础。我理解的启蒙老师就应该是这样的。

为了能一直得到他的教育和影响,我和谢老师一直保持着联系,除了经常电话请教、网上聊天外,我们几位同学每年都会与他相聚,聊聊国事、家事。我们也尽量在各自的工作岗位上为老师争光。

很幸运让我遇到了一位受用一生的师长。

(撰写于 2008 年 10 月 14 日)

五、我的技校生活

1976 年高中毕业,由于那时没有高考,学生是按照国家有关规定安排出路,这出路也就是插队落户和去工矿企业。在

第一篇 纯真年代的美好时光

1976年,插队落户的指标已经很少了,我们班只有十几名同学去农村插队。而被分配至企业的有硬档和软档之分,即如果家里有哥哥姐姐插队的,你就可以去企业,属于硬档次。而我是老大,又想逃避农村插队,就只能属于软档次,这个档次的工作,一是去商店做营业员,二是去技校读书,但读技校是不计算工龄的(在那时工龄很重要,加工资就看工龄)。至今我还清醒地记得父亲说:"去技校,多读点书肯定没错。"就是他的这句话,使我去了技校,也从此决定了我的人生轨迹。

嘉定技工学校是由上海市手工业局委托嘉定农机工业局举办的一所职业技校,设有车工、钳工、刨工、铣工和磨工专业。我们76届总共六个班级,两个车工班,男女生比例各半。做钳工的体能要求比较高,所以两个钳工班全是男生,没有一名女生。而做铣工、刨工和磨工比较省力,所以在两个铣工、刨工和磨工班中,除了八名男生外,全是女生。有这么一句行话:"伟大的车工,万能的钳工,懒惰的刨工,聪明的铣工。"因为车工从车刀开始,都是自己磨的;钳工可以用灵巧的手,把一大块铁做成一根针;刨工是把半成品放在刨机上慢慢刨,不需要人太多的操作;铣工就是切割槽子、铣齿轮等精细活。我幸运地被分配在铣工专业班,开始从事我生命中的第一个行业——机械制造。

技校是两个星期上理论课,两个星期去车间劳动,这是真正的半工半读,理论联系实际。记得去学校的第一周,我们班就得去车间上中班,下午3点钟上班,半夜12点钟下班。这在中学学工时可没有遇到过,让我有点措手不及。因为我们是本地学生,不住校,所以对于下班后骑20分钟自行车的夜路回家有点害怕。幸好我们有几个家住得比较近的同学,一起回来,互相壮胆,慢慢地也就习惯了,也从此开始了我两年的技校生活。

在技校还是学到了一些知识,理论课程有:数学、物理、机械制图、理论力学、材料力学、液压传动、机械制造工艺等,当然还有必须的政治和体育课。我们的班主任是陈老师,一位马列主义老太太,语录口号随口来,经常让我们刻意地去学雷锋做好事。有一年,陈老师要求我们班把食堂里的卫生工作全包了。我们的数学老师是一位复旦大学数学系高才生,这位陆老师一身书卷气,但不乏幽默,能够循序渐进、不厌其烦地授课。也就在那时,我开始了对数学的喜欢和钻研。最投入时,上完中班,午夜12点半回到家,还会做几道数学题。

技校的学习生活还是很轻松的,由于两个星期的轮换,把我们一会儿带到紧张的课堂,一会儿带到隆隆响的车间,又因为我们班只有四名男生,所以只听见我们女生叽叽喳喳的笑语,"阴盛阳衰"得厉害。技校的工资(其实只能算作津贴),第一年13元,第二年15元,那是人民币可不是美元哦,但我们还是挺快乐。记得每月10日发工资这天,我们几个同学就会结伴去梅园点心店,吃上0.12元一碗的小馄饨。

技校生活也是蛮有趣的,不仅让我认识了机械制造这个当时很热门的行业,还了解了社会,结识了很多同学。因为我们学校的学生来自全市八个郊县(当时上海有十个县),所以我的同学几乎遍布全市各个乡村。最远的崇明,最近的青浦和宝山,而且各地同学口音也很有特色,但崇明同学怕被人讥笑,几乎不讲崇明话,而用普通话代替。其实青浦朱家角和川沙浦东话也是蛮有特色的,学习各地的方言也成了我们的业余爱好。

这就是我的技校生活,学习了初级的机械专业知识,广交了四方朋友。对于这走入社会的第一站,很难忘!

(撰写于 2009 年 4 月 10 日)

六、我留校了

1978 年技校毕业分配,因为没有什么工厂吸引我,就自愿留在学校,开始了我人生的第一份工作。

那时所有用人单位的惯例是,新进员工必须先在基层(如车间)劳动一段时间后才能被选派到相应的工作岗位,所以我们先被安排去车间劳动。其实我深知,一名技校生怎么可能去做技校老师呢?如果按照现今小学老师必须是本科生,那么我那技校学历都没有资格做幼儿园老师的。

在车间劳动期间,我又学习了车工,并遇上了我的车工老师滕明玉,她比我高两届,也是留校教师。在她的教导下,我学会了磨车刀、加工圆轴等一些最基本的加工技术,并获得了两级车工(最低级别)的水平。但我对车间劳动始终提不起兴趣,其实就是怕脏怕累,按照"文革"的话就是典型的小资产阶级思想作怪,不够钻研,得过且过。当然在车间里也有苦中作乐的时候,记得有一年冬天,我们一起上中班的六个人感到饥寒交迫,就把用于擦机床的纱头围在一起,点燃取暖,还在上面烤山芋。当我们品尝着喷香的山芋,得意地互相看望时,猛然发现所有人的脸都黑乎乎的,这才知道是带有机油的纱头被当作柴火烧惹的"祸",为此大家乐呵了一番。

在车间工作了半年多后,我又被安排去食堂劳动。在那里,我第一次看见了大食堂做菜的工具,洗菜是在一个比浴缸还大一倍的池里,用竹子扫帚搅拌清洗。炒菜的勺子是一把锹煤的锹子,反正任何东西都巨大。那时我在食堂窗口卖饭,看到好朋友来买饭,偶尔会免费供应(慷国家之慨)。在卖面条时,对于好朋友,不管他们是买一两还是四两,给我多大碗,就替他们捞多少面条,满满一大碗,让他们吃了这顿不用再吃下顿了。

后来又去学校图书馆工作,担任图书采购员。为此我经常光顾当时上海最有名的南京东路新华书店,与书店的营业员成了朋友。他们看到我这个带着支票的女孩,格外关心。我的购书原则是,除了老师们列出的购书清单外,凡是看到书架上陌生的封面,一律买下(因为记不住太多的书名)。那时学校对于购书有预算,不用完会作废。

在留校时期,有一个不得不说的故事,那就是一直在学校流传的"18人事件"。事情是这样的,我们那一届(1978年)留校共有18人,其中13名女生,5名男生,当时学校被市里的某个局合并了,改为市属中专,学校的老师将从原来的集体所有制变成全民所有制。但上级认为,原来技校的老师过多,全部转全民所有制有困难,就准备把我们这一届留校的18人先清除出去,转入县里其他集体所有制企业,并在某一天向我们宣布了这一决定,我们18人一下子全蒙了,认为不公。理由是,要退出也应该一视同仁,因为和我们同样编制的还有比我们高两届的学哥学姐们。于是我们中有的写信给市劳动局,有的写信给当时的分管副市长,并去了市信访办,但并没有寄予太大希望。大约过了一个月,校领导和我们开会,说根据上级指示,取消了原来的决定,现在你们是中专编制的员工了。这让我们觉得天上掉下了馅饼,我们一群人从三楼的会议室,沿着阶梯,一边蹦跃似的往下跳,一边高呼"我们胜利了"。这是我人生中第一次体会到的欣喜若狂(至今还没有任何事情可以超越它)。这件事后来就被学校称为"18人事件"。从那以后,我们18个人更加团结了,大家非常珍惜这段患难与共的日子。如今30年过去了,大家还是互相关心,定期相聚。

这就是我在技校的工作情况,总之属于学校教师,而没有授过一堂课。但学校的文化和氛围,对我后来的事业有很大的帮助。

(撰写于2009年4月13日)

七、我的高考岁月

1977年冬季恢复了高考,那时许多人都想上大学。但由于上大学就会失去现有工作,对于有比较稳定工作的我,没有插队落户知识青年那么迫切。但是在技校老师眼中,我应该去考大学,他们会经常关心地问我:"怎么不去考大学啊?"让我有点骑虎难下。为此我嘴上不说,心里还是挺努力的,经常去买一些高考的书看看,或者参加一些高复班。

从1979年起,国家开办了中央电视大学,面对在职职工招生,可以带薪学习,既全脱产学习,又有工资来源,这非常吸引我,但需要单位同意。记得这是第一届,学校只同意两名员工去参加考试,我幸运地成了其中一名。

其实能参加考试是一关,而考上才是真正的关卡。由于十年"浩劫",知识对我而言基本上是一片空白,两年的技校生活,只有一年是在学习理论知识,而且又是比较专业的机械制造方面的学科。当我坐进上海科技大学高复班的课堂时,发现要补的课程实在太多。那时没有文理科之分,数学、物理和化学均为必考课程。对于理科的"硬三样",我比较喜欢数学,因为原来就在自学高等数学,已经学会了导数和微分。但是物理和化学一窍不通,而且又急不来。我就匆忙地学习了物理中的力学、光学和电学等部分,而化学仅学了一点原子结构图,其他就放弃了。我认为,与其学习难以接受的新知识,还不如把似懂非懂的搞清楚。

中央电视大学的入学考试共设三门课,即数学、物理、化学,英语为附加分,不计入总成绩。让我自豪的是,在数学考试中,我用自学的导数方法解了一道极值题,既快捷又准确。最终的考试成绩是:数学67分,物理72分,化学20分,英语只考了15分(幸亏不计入总分)。最后以总分159分考入中央电视大学,仅比录取分数线140分高出19分,这里还是应该感谢化学的20分,否则将以1分之差与大学失之交臂。

这就是我在非常时期速成的成绩,现在想想够悬的。但不管怎样,考上才是硬道理。

(撰写于 2009 年 4 月 14 日)

八、我的大学生活

前面还没有提到我考的是什么专业,其实那时的我们是不考虑专业的,只要能上大学,有什么专业就读什么专业。那年中央电视大学只有电子工程和机械工程两个专业,我当然想选择已经有一点基础的机械工程专业。但因为我所在的嘉定县,达到中央电视大学录取分数线的仅五人,难以组成一个班级。所以我们被县教育局送往上海县电视大学,而它只有电子工程专业班,我只能"入乡随俗"。从此我离开故乡,前往另一个陌生地——上海县(之前我从没去过),开始了我的大学生活。

记得第一学期开的课程是:数学、化学、英语和政治,但对于我,化学和英语是"重灾区",等于文盲。我面对一本美国翻译的化学课本无所适从,而第一堂化学课,当听到老师说"前面五章大家都已经学过了,我们从第六章开始上"时,我心一颤,简直是要我的命。另外还有英语,由于我不是一个很努力的人,因此不像许多人那样,利用业余时间,通过广播电台自学英语。入学时,我只知道 26 个英语字母,如果要说认识几个单词的话,就是 I、You 和 He。为此在大学一年级,化学和英语花费了我所有的时间。其实英语只要死记硬背,多用点时间还是可以跟上的,但化学就不同了,所有知识都是在高中化学基础上的深化。我只能在学习大学化学的同时,补习高中化学。这样每次的期末考试,我总是能够以七八十分的成绩过关。

后两年的大学生活还是比较轻松的,因为都是读专业课程,大家的起跑线相同,我就可以应付了。尽管我对电子技术专业没有丁点喜欢,但还是通过了模拟电子线路、自动控制技术等所有的专业课程。

凡上过电视大学的人都知道,它的考试是最严格的。每次考试就如全国统考,由中央电视大学出题目,市电大统一组织考场。我们三年的电大期末考试地都在上海交大,有严密的考场纪律,所以电大的考试是最难作弊的(我也没有这个爱好)。而理工科的题目大多需要计算,答案错了,全盘皆输。这对于一向粗心大意的我来说,吃了不少亏。所以我很少取得高分,及格是我的基本目标,平均分数最多七八十分。

在学校的三年,我们也有许多业余的生活,因为后来的两年,我们从原来的走读换成了住读,同班26名同学朝夕相处。由于电大的特殊性,使得班里同学年龄相差悬殊,有的已经结婚成家,有的刚刚走上工作岗位,最大和最小之间几乎差一个辈分。我的同桌唐宗校班长原来就是一位厂长,比我大12岁,女儿已经上学。每次考试,我们都在担心自己的发挥,他却说在担心女儿的考试。我们班有六名女同学,其中石慧敏曾去内蒙古插队落户,和电影演员陈佩斯是一个生产队的。她说,她是看着田华去他们村里把陈佩斯带回北京的。当然我和嘉定技校一起去读书的周超颖更是同进同出了整整三年,作为学友,也建立了友谊。

最有意思的是,我们的最后一年是住在七莘路上的莘庄小学,介于七宝和莘庄之间。这条路如今已经高楼林立、别墅成片。但在1982年时还属于农村,望出去是一片田野。许多同学喜欢走在田埂上背英语单词,在大自然中,为身体和大脑吸氧。最寂寞的是,这里偏僻得没有一家小商店,所以当我看到很多同学趁晨练跑步去莘庄改善早餐时,便有点嘴馋了。有一天早晨,我跟随一帮同学去跑步,想跑到莘庄吃小馄饨。当我跑得筋疲力尽时,同学们说还有一半路程,让我彻底没有了脾气,觉得吃小馄饨的代价太高了。于是我一个人往回跑,回到学校后,想想自己白忙活了一个早晨,来回跑的路程等于去了一趟莘庄,但还是没有吃到心爱的小馄饨,得不偿失。

三年的大学时光很快就过去了,我们也算是新一代的大学生(电大属于大专生)。这就是我第一次的大学生活。尽管学习的是至今都不喜欢的电子专业,但是理工科专业本身的数理化知识,要比文科更深,它可以培养人的逻辑思维和分析判断能力,为我以后从事的经济工作打下了坚实的基础。

(撰写于2009年4月15日)

九、17年后再上大学

17年后的1999年,我又一次走进大学校门,而且再次成为电视大学的学生,主修金融专业(专升本)。这次学习的目的并不仅仅是取得本科学历,而是因为我在1983年电子工程专业毕业后,每次填写履历表时,在所学专业栏中一直填写电子工程专业。这让早已从事经济工作的我有点困惑,让人看上去仿佛专业不对口,学识没基础。

当然这次的大学生活完全不同,不仅专业不同、学历不同,而且是全业余的(没有全脱产读大学的好事)。在这里,我系统地学习了金融专业的各门学课,包括:西方经济学、财政与信用、信托与租赁、保险学、证券法等。而这回考试和我以前读理工科时的考试,难易程度有天壤之别。并不是考场纪律的问题,而是金融类的科目很少有计算题,大多是阐述和分析题,每次考试只要把基本的意思答上了,再进行一下发挥(多写点)就可以通过。所以在这里的学习,我平均分数几乎达到90分,大大地满足了我的虚荣心。

在这里,又让我结识了很多同学,他们都来自名副其实的金融领域。有来自建设银行的小沈,来自上海银行的小费,来自浦发银行的小蒋,来自证券公司的小张。记得那时我们上课都是在晚上或周末,每次上课的时间就是我们相聚的时刻,大家就像久违的朋友,有说不完的话。凡是晚上上课,课后必到大木桥路上一家谭鱼头火锅店撮一顿;凡是周末上课,课后必到徐家汇商城逛一圈。但遇到考试,大家还算有点紧迫感,课后就不忙着吃宵夜、逛商店了,而是一骨碌钻进我的车里,去我家复习功课。大家分工合作,根据复习提纲,每人分配题目,分别做完后拷贝分享。这种多快好省、娱乐中的学习,既轻松又见效。

如今我们都成了好朋友,资源共享。小沈是建设银行分管公积金贷款的高级经理,干练而热情,经常在家里办公,当然仅限于为我们同学办理公积金贷款。小张是证券公司的资深理财顾问,我们的证券账户都开在了她所在的证券公司。小费是上海银行的信贷部客户经理,她以美丽和机智赢得了很多大客户,是我们中公关能力最强的一位。小蒋是浦发银行的电子金融工程师,聪明而大气,是我们成员中最年轻的一位。我们不仅定期聚会,还经常携家旅游,最近的去了杭州、千岛湖和安吉,最远的去了日本和澳大利亚。

这就是我的第二次大学生活,和第一次的大学生活相比,时代不同了,感觉不同了。尽管后来我还去了华东师范大学就读工商管理硕士(MBA)课程,但这已经是锦上添花了。我的学业也仅此而已,和一些正规、全日制高等学府毕业的大学生相比,不能算严格意义上的大学生,只能算是随时代诞生的业余大学生。

我所谓的大学生活共六年(大专三年、本科三年),近20年的时间差(1980年读大专,1999年读本科)。也可以说我用20年取得了如今只需四年的本科学历,想想有点滑稽,但这就是我们这一代的命运。

人就是时代的弄潮儿,只能在属于自己的那个年代,随波逐流,走向未来。

(撰写于2009年4月16日)

十、"我们的六一"小学同学会

2013年10月5日,我们嘉定普通小学六一班同学举办了一场轰轰烈烈的同学会,这是小学毕业41年后的再相会。

(一)筹备小学同学会

近两个月我一直忙于一件非常重要的事情——"我们的六一"同学会。

起因是6月初旅居美国的牟善暄同学回国,掀起了嘉定普通小学六一班聚会的热潮。因为是临时通知,6月5日这天仅来了24名同学,占全班同学的三分之一左右。也就在这天,我见到了几十年未见的小学同学。于是大家一起回忆当年班级同学的名字,互留手机,并把自己知道的同学信息汇总起来。

7月初,我建立了一个"普通小学六一班"微信群,先让有微信的十多名同学入群,大部分都是女生。后来任勇明、潘乐明和身处澳大利亚墨尔本的金光等男生的加入,群里立刻活跃起来,哈哈!男女搭配,干活不累。

此微信群也在同学中传播,有很多平时不使用微信的同学开通了微信,如陈向东、徐欣请自己的孩子为其开通了微信,张平儿子还特意给她买了一部iPhone 4S。群聊中获悉,旅居澳大利亚的金光和旅居日本的过任都将于今年9月底回国探亲,大家觉得应该是相聚的时刻了。群里开始讨论如何办聚会,大家一致认为,这是我们班级1972年毕业后的第一次同学会,要办出六一班的水平。

先说说"六一班"这个尊称,我们是整个年级三个班级中的一班,从开始的一(一)班、二(一)班直至六(一)班。当年是按学生家庭居住区域分班,班级同学主要来自三个区域:六一新村、小囡桥堍和何家宅。但因为80%同学的父母都来自县委大院,同学们都有个性、有思想,同学聚会没人敢挑头去做。可每次和一些同学见面,大家都说小学六年最珍贵,同学感情最深。用我们班同学、现著名作家张旻的话说:因为男女同学之间不说话,所以在那个年代,眼神是男女同学之间唯一的沟通渠道。在这个背景下,六一班聚会就等了41年(1972—2013年)。当微信群中有人建议聚会时,得到了群里所有人的拥护,大家开始在微信平台出谋划策。

1. 确定聚会时间

聚会时间很重要,这意味着出勤率。有的说9月底,有的说10月初,但为了凑合大家的时间,当时初定在了10月6日下午(国庆长假期间),现在改为10月5日全天。

2. 确定聚会名称

我觉得名称至关重要,如果仅说"同学会"显不出我们六一班的水平。凌春同学取名"玩大的六一",逄炜同学取名"永远的六一",张旻同学取名"今昔六一"。大作家的话我得认真听取,但实在觉得这个名字有些沧桑感。于是我请张旻同学再想一个更好的。他说:"我就知道你们喜欢煽情的,我个人喜欢客观的。"我说:"那你就起一个煽情的名字吧,同学之间不用这么严肃。"他回复:"要不叫'我们的六一',亲切些,六一又指儿童时代。"最终我们就采用大作家取的名字——"我们的六一"。

(撰写于2013年9月11日)

（二）背景板设计

昨天说到了聚会的时间和名称确定。但会场布置也是一个重要方面，背景板更是一个展现六一班水平的平台。我当时脑海里浮现出的是在老校舍的衬托下，突出"我们的六一"名称，再配一个六一班Logo。

1. 寻觅老校舍照片

由于嘉定普通小学已经从原来的张马路搬到了塔城路，老校区场景不在。但我们太想念那里了，它留下了我们童年时代的点点滴滴。葛雁同学拿出了她女儿上小学第一天时在普通小学老校区门口的照片，只可惜照片除了校牌外，没能反映校舍的面貌。

微信群中的潘乐明同学"潜水"很深，当他听说我们在寻找老校舍时,立即去嘉定图书馆寻找资料,觅得了两张老照片:一张是当年学校操场的照片,但不够清晰;另一张是教学楼照片,非常清晰,有了这张照片,我们心里就有底了,背景板用这张照片做衬底足够了。

2. 设计"六一班"Logo

逄炜同学提出请许昕女儿包晓翀设计Logo,她从小就有绘画天赋,曾经获得全美华裔少年创作画一等奖。现在美国加州从事形象艺术设计工作。许昕立即转告女儿,为我们这一届属猪的同学们设计一个小猪Logo。翀翀发来了三个小猪造型,最后大家选择了比较可爱的那个小猪造型。这时又有同学说我们班还有少部分属狗的同学呢,于是翀翀又设计了猪狗相伴的Logo。

3. 书写名称

"我们的六一"是不是也应该请人写呢?开始时想到了当年的校长、范欣同学的妈妈沈文月,后来又想到了当年嘉定县教育局局长、牟善暄同学的妈妈水恒。最终大家决定,请水局长写聚会名称,请沈校长为以后的纪念册写序。于是我们把这个任务交给了远在美国芝加哥的暄暄同学,她通过越洋电话给妈妈布置作业,85岁高龄的水局长在写了十多稿后才有了最满意的一稿。

4. 书写诗句

广告公司的设计师小郭根据我提供的照片和名字,设计了第一稿,其中还有两句诗:"四十岁月一瞬间,往事依然映眼前。当年共圆求学梦,今朝举办续前缘。"我一看就喜欢,用手机拍摄后传到微信群中,同学们都说好。但张旻觉得后面的诗句需要修改,我们当年不懂"求学梦",也不需要"续前缘"。他提出把第二句改成"当年有缘结童心,今朝举杯谱新篇",这样上下句文字对仗,结童心和谱新篇意思也有照应。但也有同学说:都老了,还用去"谱新篇"吗?有人建议用"喜开颜"。张旻回复说:肯定不好,一是重复了"举杯"的意思,二是词性和"结童心"不对称。在某种意义上,我们真正的人生是从60岁开始的。而翀翀还对一行英语提出了建议,觉得太中文化了,建议改成"Class of 1966—1972 year Reunion"。

那么诗句请谁来写呢?网络上的字体都非常漂亮,但我们不甘。立即想到了我们班级书法高手鞠鸽群同学,他一口答应,并很快写出一幅漂亮的字体。

集合以上元素,出了第二稿,但我总觉得几个楷体和整体不够协调,发给鞠鸽群同学看后,反应极其强烈,说:坍台了。于是我承认是我拍照把字拍变形了。当天晚上12点了,他说再写一幅,要求我一定要扫描给广告公司。鞠鸽群后来写成了竖版字体,充分发挥了他舒展而大气的书写风格。至此,最终的背景板终于出炉,微信群中的同学们一致通过。

哈哈!一张背景板就够我们折腾的了,可见还有多少聚会的事情等待着我们去"折腾"。

(撰写于2013年9月12日)

(三)选定老师

但凡公众事项都讲究集体决策,即便是同学会。于是我们在7月底成立了"我们的六一"筹备委员会,由当年的班干部和像我这样干活的同学组成,男生有张黎平、陈向东、张旻、任勇明、范欣,女生有卢佩敏、邹红、葛雁、逄炜、施向群,五男五女,干活不累。也就是说,我们在微信群里讨论的事情都将经过筹委会讨论通过才能执行。

同学会究竟邀请哪些老师呢?大家首先想到送我们进入中学的最后一任班主任沈玉荷老师,但据说她十年前就去世了,我们决定邀请她女儿来参加同学会。

葛雁提到了张静华老师,她不仅曾是我们的班主任,后来也是葛雁女儿的班主任。

许昕说:不要忘记我们还有第一任班主任李敬欧老师。我想起了这位老师,记得当年我父亲带我去小学一年级入学报名,他拿着两个事先起好的名字(我都不喜欢)给李老师选择,李老师就选择了我现在的名字。想想还真要感谢李老师,使我的大名留下了时代痕迹,也经常被不认识的人认为是男性。

我们想起了范欣同学的妈妈沈校长。逄炜电话告诉他,请他转告他妈妈出席我们的同学会,他说:我妈妈知道了不要太开心哦。

接着大家想起了美女老师朱慈贞,她是教我们至小学毕业的任课老师,也是男生们最喜欢的美女老师。

目前,已经通过各种渠道通知到这些老师,凡是健在的,感动之余都表示参加。例如,我给现已86岁的李敬欧老师去电,她说:一定来,一定来。我让她带上保姆,呵呵!

(撰写于2013年9月13日)

（四）寻找失散 40 多年的同学

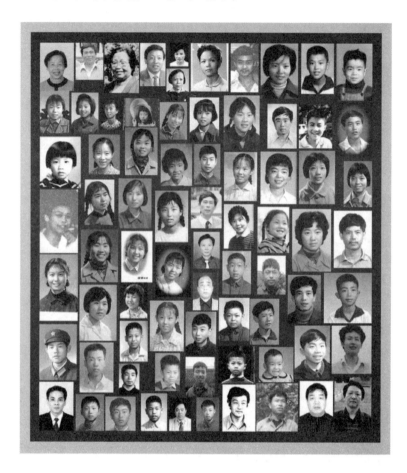

今天讲讲寻找同学的故事。这张照片，除了有八位老师外，都是我们六一班的同学。要知道，在两个月前，我们寻找这些同学的过程有多艰难。首先是确定六一班究竟有多少同学，其次要知道这些同学的名字，并获取联系方式。

第一篇 纯真年代的美好时光

根据邹红同学一年前初步统计的同学名录,大家在微信群里一起回忆六一班同学的数量。我就记得当年课堂坐得满满的,好像有64名同学,大约分布在六一新村、小囡桥塬和何家宅三个区域。通过这么回忆,记起了很多同学。但原居住在农村何家宅的同学,由于小学毕业后都去了嘉定城二中念书,而我们大部分都升入城一中,所以失去了联系。幸亏其中的尤文德同学后来私宅被征地后,同胡明健同学一个单位,通过他找到了何家宅的几位同学。当我们回忆出63名同学的名字后,觉得应该齐了,但潘乐明同学说,应该还有一位名叫柯华的同学;任勇明同学说,还有一位名叫王浩的同学。最后大家一致确认,有柯华同学,但王浩同学是中学同班,不是小学同班。而且当时确实是64名同学,只是有的读到高年级转学了,例如:牟善暄、过任、柯华;有的是在高年级转入的,例如:邹红、朱耀平,总数轧平。

人数核对无误了,同学在哪里呢?但我们仅有30多名同学的联系电话。于是,大家一起努力,尤文德提供了部分原何家宅同学的联系电话,例如:朱惠林、何建青、何美英等;徐欣因为曾经在嘉定邮电局工作,联系上了同在邮局工作的陈林海、沈永同学;最后集中在陆加萍、郭海鸣、张美英三名同学身上了。据说陆加萍成了个体老板,但在哪里做老板不得而知;郭海鸣中学不同校,据说后来去市区工作,和所有同学都没有联系。后来有同学认识陆加萍的姐姐,才获得了他的信息;而张旻妈妈一直和郭海鸣妈妈有联系,于是通过妈妈们的牵线,与郭海鸣同学联系上了。曾居住在何家宅的张美英,何家宅的同学都不知她今在何方。吴玉妹同学通过公安信息查询,

我的时光手札

1959年出生的张美英在上海市共有九个,她打了其中八个的电话都说不是,只有一个居住在嘉定的电话是空号。于是我们请在嘉定的同学根据地址找上门,孙敏健同学自告奋勇去,结果那里住着一对老人,门都不敢开,说没有张美英。后来通过张美英父亲那里,获得了她另一个住址,郭红在患着带状疱疹的情况下去张美英住地,终于找到了最后一名同学。当郭红在微信群里告诉大家找到张美英时,群里的同学都欢呼"六一班没有办不到的事情"。然而,当我们知道张鲁和王忠耀两名同学英年早逝时,顿时沉默了,非常难过。

如果说2013年持续40℃的高温让我们难以忘记,那么,2013年我们冒着酷暑寻找六一班同学的曲折经历更让我们难忘。

觅到了同学电话,我们开始核对姓名,不能把名字写错了。例如:陆加萍同学是男生,大家认为应该是"陆加平";朱耀平同学是女生,大家认为是"朱耀萍";顾其麟同学,大家认为要么是"顾麒麟",要么是"顾其林",结果人家偏偏就是两者各取其一;顾燕是男生,大家以为他应该是"顾雁";尤其是任勇明同学,中学时一直用的是"任永明",和他本人核对后才得知,当时他觉得"勇"字太难写,就改写了"永",但身份证是"勇",所以后来就只能用"勇"了;而张旻作家的名字是他成名后改的,以前在学校时叫"张明"。你看,我随便说说,就有这么多人的名字需要确认,后来郭红承担了这个责任,给所有同学电话打了个遍。

(撰写于2013年9月26日)

（五）给老师送请柬

今天离 10 月 5 日,"我们的六一"同学会只剩四天了。六一班微信群从最后的 41 天（寓意 41 年再相会）开始倒计时。但从今天起,我要求倒计时的同学以小时来计,例如：现在是北京时间 10 月 1 日晚上 10 点,那就是离同学会（10 月 5 日上午 10 点）还有 84 个小时。

随着聚会的临近,几位旅居海外的同学都将陆续赶回来。几天前金光已经从澳大利亚墨尔本回国,前天牟善暄从美国芝加哥回来了,后天过任也将从日本回国。

尤其是牟善暄（我们叫她暄暄）,她是特地为本次同学会回来的,由于 10 月 7 日公司有一个重要会议等待着她去主

持,所以10月6日她就将返回美国,原定的10月6日同学会也因她而改为10月5日。喧喧1989年留学美国,曾在芝加哥市政府、朗讯(贝尔实验室)、摩根大通银行、摩根斯坦利工作,现在发现卡(Discover Card)工作,旅居美国芝加哥。

我和逄炜前天一起去机场接喧喧,送她回家的同时,也把请柬给了她妈妈——水恒。"我们的六一"就是她书写的,1955年至1967年她任嘉定县教育局局长。

昨天我们又去了沈文月校长家里送请柬。几天前,当沈校长知道我们要去送请柬时,就开始兴奋了。她谢绝了中秋老朋友聚会等很多场活动,养精蓄锐,等待10月5日"我们的六一"同学会。

(撰写于2013年10月1日)

（六）准备会、席卡、胸卡

随着聚会以小时倒计时,我们仿佛已经听到了时钟敲响的那一刻。所以,今天我们又召开了最后一次准备会。我们把 10 月 5 日的流程走了一遍,看看还有什么需要提醒的。我们把男女生分为四组,陈向东、孙敏健、邹红和胡明健分别担任组长,关心好组里的每一位同学。在普通小学时,安排郭红担任普通小学校史陈列室引导员,葛雁为教室引导员。在安亭时,陈秋霞和王黎萍负责签到;葛雁、吴玉妹负责老师和同学的留言;任勇明和逄炜负责车辆安排;凌春专职接送年迈的李敬欧老师。最后我提醒陈向东班长要对同学们说:注意安全、注意文明举止,在现场不要乱扔杂物,要体现六一班的文化素养。

我们让远道而来的牟善暄和金光提点意见,暄暄说:在美国我一直从微信里看你们讨论聚会的事情,非常感动。我妈妈就不要发言了,她这几天已经兴奋得睡不着觉了。我同意,就让她老人家和大家打个招呼。金光同学说:我一定会发言,看着你们这么认真执着,建议主持人陈向东在会议结束时,感谢筹委会全体同学的辛勤付出。

其实,从开始筹备同学会以来,我们的准备会已经开了好几次。

8 月 6 日第一次准备会,请来了几十年未见的部分同学进行务虚,看看对聚会是否有兴趣,得到了他们的一致赞同。

8月10日,又和筹委会负责文字统稿的张旻和负责摄影的范欣同学进行了沟通。

席卡也经过了认真设计,这是由凌春同学提出的。他说:有一些同学从来没有享受过席卡的待遇,是不是可以让他们过过瘾啊?我觉得,41年没有见的同学,放一张席卡可以清晰地知道名字。但又觉得,聚会所制作的每一件东西都要让大家能留作纪念,所以排除了用有机玻璃插卡的传统款式。当身在日本东京的过任同学为我们买来了日本席卡时,我们更觉得这份席卡必须做得精致而有特色。于是设想制成六一班的系列产品,背景是老校舍,有"我们的六一"五个字,有LOGO,而所有同学的名字请鞠鸽群同学书写。鞠鸽群同学把每个老师、同学的名字先写在宣纸上,再通过扫描,复印至席卡上。他太太也在家里帮助一起印制,72个老师和同学的名字就是这样铸成的,很不容易。

胸卡的制作更是迫在眉睫,也是前几天凌春同学提出的,设计和制作时间太紧。但在一天时间内,就请广告公司设计出了一款,有"我们的六一"和Logo,还用了一张照片以及鞠鸽群同学书写的名字,哈哈!比信用卡还要精致。

而对于挂绳,也不能单调啊,我要求在挂绳上印制"我们的六一"和Logo(呵呵!六一的广告无孔不入),但这需要制作专门的模板。曾有同学说:算了,太费功夫了。但我觉得,既然想到了,就不留遗憾。在我的执着下,广告公司老板也被感动了,所以,这挂绳是9月29日才印制完成的,当葛雁同学把取回的挂绳通过照片发到微信群里时,我的心才算落定。

我们的挂绳分3种颜色,以区分老师和男生、女生。到时挂在同学们胸前,一定是一款亮丽的装饰。

至此,所有的准备工作基本完成,只等着10月5日那一天,但愿那天天气是晴朗的、明媚的。

(撰写于2013年10月3日)

(七)聚会进行时

昨天(10月6日)风和日丽,"我们的六一"同学会顺利圆满举行,背景板前坐满了这么多老师和同学,这个聚会不成功也得成功。聚会来了8位老师、57位同学,应到同学64人,出勤率达到了89%。要知道这是失散了41年后的小伙伴哦。

2013年10月5日,早上7点我就从家里出发,先去财大那里接天天(她积极要求参加),然后折返至地铁2号线江苏站接上摄影师,再去牟善暄家里接她和她妈妈。一路顺利地

在9点就到达了嘉定普通小学门口。这时老班长陈向东已经在门口迎候，他手握同学胸牌，准备来一个挂一个。许昕妈妈许洁知道水恒老局长和沈文月老校长来参加聚会，特地赶来看望老朋友。同学们从四面八方赶来，走进普通小学校园。

大家挂着胸牌，别着普通小学校徽，先参观了校史陈列室，然后走进课堂，大家按照当年的同桌坐定。看见大家在教室里一片欢腾，我走上讲台，用粉笔写了"安静"两字，才让课堂"纪律"有所好转。朱老师发现讲台上缺少老师，大步走进教室，站在讲台上说："Good morning, boys and girls!"同学们回答："Good morning, teacher!" 41年后，同学们依然很听老师的话。

在校门口拍摄了本次同学会的第一张合影后，大家坐上了任勇明同学准备的大巴，前往聚会的第二站安亭汽车城。来到汽车城,我们先参观汽车博物馆,哈哈!聚会还看博物馆,六一班是不是很有文化啊?

为了便捷,午餐用汉堡,毕竟我们的聚会主要不是来吃饭的。接着来到五楼会场,签到和留言,让大家可以感慨一番。水局长留言:"师生之情、同学之谊,情谊长存。"沈校长留言:"五十知天命,稳步向前行。"

会议桌上的席卡是按照同桌排定,女生用粉色的,男生用蓝色的,老师用绿色的。

大家先在背景板上签名,然后在群像图中寻找自己(群像图是把孩时的照片聚集在一起)。87岁的李敬欧老师来了,她是我们第一任班主任(1966—1967年),可惜只教了一年,因为"文革"开始,她被打倒了。李老师看见水局长和沈校长很是高兴,三位老人为了今天的聚会,互相间已经通了无数次电话。

下午1点30分,陈向东宣布同学会开始,卢佩敏班长致辞。席间,屏幕上滚动着每一名同学的PPT。我代表筹委会解读背景板,这项议程是前几天才考虑的,因为背景板是同学们自己的创意,必须告诉大家,我们的同学多有才。

第二任班主任张静华老师开始点名。每报出一名同学的名字,该同学就站起来说"到"。50多人,一个点名程序就花了很长时间。

茶歇后,会议继续。老教育局长水恒说:"我过了一天非常丰富的学校生活,谢谢大家!"

原普通小学校长沈文月对发言进行了认真的准备。她说:"普通小学72届的同学是在1966年动荡的年代踏入小学阶段的。你们进入小学一年级的开学典礼是在'军人大礼堂',内容是'打倒正副校长当权派'。小学毕业的时候,正值学制改革,小学六年制改成五年制。你们读了五年半的小学,没有举行毕业典礼,也没有拿到毕业文凭。在这五年半的小学阶段,校名有过三个,入学时叫城厢镇中心小学,后改成工农兵小学,最后恢复到原来的老校名普通小学。你们的启蒙教育就是在这样的环境中进行的。在当时特殊的年代里,我心里一直在祝福你们有一个美好的未来。很多年以后,每当家人或朋友说起你们中的一些人,我就十分关注,会情不自禁地回忆起你们当时的点滴往事。现今你们已经年过半百,经历了风风雨雨,真如《易经》上所言:'君子终日警惕慎行,自强不息',你们走过来了。为此,我由衷地高兴。记得我刚工作的时候在一个乡村小学教书,与蓬蓬的外婆是同事。那时有一部苏联电影叫《乡村女教师》,我看到电影里同学们在毕业十几年后重新相聚,还与老师一起激动地回忆快乐的校园时光,就非常地向往。今天能与同学们相聚,是一大快事,我和你们一样兴奋。我已是八旬老妪,脑海中穿越几十年的时空,回忆起你们成长的往事,有一点苦涩,但更多的是欣慰。祝你们生活愉快,家庭幸福!"

李敬欧老师说:"接到邀请电话我兴奋了好几天,同学们第一次上门看我时,我身体很不好,但见到同学后身体就好了。老年生活很幸福,几十年的风风雨雨过来了,你们没有学到什么书本知识,但你们都有很大的成就,希望你们从此时起,重新迈步,创造更美好的未来。"

朱慈贞老师是我们以前的英语和文艺的任课老师,她说:"现在通常都是中学聚会、大学聚会,很少有小学聚会的,你们做得真好。"她说:"普通小学中,你们班级给我的印象最深刻。"

第三任班主任沈玉荷老师已经过世,我们把她的两个女儿请来了,她的女儿也做了发言,说:"谢谢你们还想到我妈妈,请我们来参加同学会。"

在互动环节,很多同学举手发言,回顾当年的学校生活,感慨这天41年后的相聚。如今已经是著名作家的张旻同学带来了他的长篇小说,送给每一位老师。鞠鸽群同学再次展示了他的书法。同学们在席卡背面互留名字,也留下了今天的开心时刻。

合影也"闹腾"了很长时间,有大合影,男女生分别合影;有居住在六一新村、小囡桥堍和何家宅同学的合影;有居住在外新村和里新村同学的合影;有六一新村11号11名同学的合影;有职工幼儿园和普通小学幼儿园同学的合影;有属猪和属狗同学的合影;有在一个单位工作同学的合影……反正能想到的都想到了。

晚宴也非常丰盛,张黎平同学提供了所有的白酒和红酒,让大家一醉方休。

一天的同学会,地点设在两个点——普通小学和安亭汽车城;参观了两个馆——普通小学校史陈列馆和汽车博物馆;从早上来到学校门口那41年后的惊喜相见,到晚上的温馨晚宴……

大家最想说的是,意犹未尽,来年再聚。

(撰写于 2013 年 10 月 7 日)

(八)视频制作

经过两个多月的努力,"我们的六一"视频终于和大家见面了。自从 2013 年 10 月 5 日六一班聚会以来,我就着手视频和纪念册制作的事情。活动当日,摄像师汤老师共拍摄了三个多小时视频,最后剪成了目前的 73 分钟。

1. 关于配乐

一个视频得有背景音乐,用什么音乐呢?我首先想到的是少儿歌曲,如《让我们荡起双桨》《我们的田野》等能够把人们带到童年时代的儿童歌曲。但网上有不同的版本,后来发现了北京天使合唱团演唱的少儿合唱曲,更能烘托气氛。当然也有人建议用维也纳童声合唱的《蓝色多瑙河》等。原想在整个 70 多分钟的视频中分别运用,但后来发现,《蓝色多瑙河》难以和中国少儿歌曲协调。

第一个场景运用了《光阴的故事》。时隔 41 年后在校门口的相聚,同学们有惊讶、有感动,犹如光阴的故事。尤其是其中的"春天的花开秋天的风以及冬天的落阳,忧郁的青春年少的我曾经无知地这么想"感染了我,但这首歌曲是我在最后替换上的,原来用的是欢快的《卡布里岛》。

第二个场景运用了《童年》。当同学们走进校园时,运用这首歌曲可以把我们拉回到童年时的校园生活。其中歌词:"池塘边的榕树上知了在声声地叫着夏天,操场边的秋千上只有蝴蝶儿停在上面,黑板上老师的粉笔还在拼命叽叽喳喳写个不停,等待着下课,等待着放学,等待游戏的童年。"

第三个场景运用了《听妈妈讲那过去的故事》。当在参观普通小学校史陈列室时,其悠扬的歌曲,很好地铺垫了当时的气氛。

第四个场景运用了《同桌的你》。回到课堂,寻找同桌,用这首歌曲再贴切不过了,只是我没有用老狼的原唱,而是运用了少儿合唱。"你从前总是很小心,问我借半块橡皮,你也曾无意中说起,喜欢跟我在一起,那时候天总是很蓝,日子总过得太慢,你总说毕业遥遥无期。"多么生动的课堂写照,可惜"天总是很蓝"现在很少见到了。

第五个场景运用了《奇异恩典》。这是一首基督教圣歌,但因为旋律欢快,被运用在了参观汽车博物馆的场景下。

第六个场景运用了《让我们荡起双桨》。这是一首家喻户晓的儿童歌曲,被运用在了拍摄集体照的场景,"做完了一天的功课,我们来尽情欢乐,我问你亲爱的伙伴,谁给我们安排下幸福的生活。"我们在结束了同学会后,确实尽情欢乐。

第七个场景运用了《我和你》。这是最后一首歌曲,也是本视频中唯一不是童声的歌曲,当时觉得它的结尾音乐特别美,可以使视频圆满收官。至今,这首歌的插入仍然是我制作整个视频中最满意的亮点。

所以,看73分钟的视频,也是听少儿歌曲的过程,而有音乐的陪伴,大家会更享受。

2. 关于字幕

因为有音乐的衬托,如果再有现场说话声就会闹腾,而要避免这种情况的发生,就得运用字幕。我在开始时的普通小学背景介绍、汽车博物馆介绍,以及水局长、沈校长、李老师第一次出现的画面上打上了字幕,也在老师、同学发言时介绍其简历,这样就丰满了视频的信息量。只是开始我想的不够周到,一会儿觉得在这里要加字幕,一会儿又觉得在那里要加字幕。当把发言的同学全部打上字幕简历后,我又发现,卢佩敏和陈向东两位主持人的画面下漏了字幕,于是再追加。当发现李敬欧老师晚来先走时,我觉得应该要有所交代,于是打上了"87 岁的李敬欧老师,下午特地从嘉定城中赶到安亭的会场"字样。后来我又发现,老师的发言也需要在屏幕上显示,于是根据视频记录下他们说话的内容,再用文字呈现在屏幕上。

3. 关于旁白

都做到这个份上了,增加旁白也不是件难事。但是请谁讲呢?我想到合唱团的丁杰,她曾经是武警文工团的报幕员,也想到了她的先生成笛。后来有朋友介绍了上海电视台著名节目主持人卜凡,才算落定人选。卜凡在家里用唱吧录制后,用微信发送给我,我再把它转换成 MP3 格式。科班出身的她,声音非常亲和,给视频添彩不少。

4. 关于视频

说了这么多,视频剪辑才是重中之重。在初次看视频时,我发现在合影部分没有小囡桥塥和何家宅同学的合影,那怎么行呢？还有对于解读背景板的场景，也是一笔带过，让观者不知道背景板到底是什么意思，所以我要求其介绍稍微详尽一些。

当然还有现场声音和音乐的高低。例如，开始时卜凡的旁白并不突出，没有感染力，所以我建议把背景音乐放轻，把卜凡的声音放响。还有音乐起始处的分隔。我给汤老师的邮件："在8:40处，再开始播放《乡间的小路》歌曲，现在播放得太早了"，"在最后的敬酒时，只需要音乐，不需要现场声音"。

5. 尾声

还是想说说自己设计的刻意之处。开始时，喝酒的场景有八分多钟，让人一下子感觉同学会成了喝酒会。但是最后的议程确实是喝酒，而以喝酒场景结束我很不甘。于是想到回闪几个重要镜头，如回到课堂大家高喊"好好学习，天天向上"、在普通小学校门口的合影、在安亭会场的合影等，并以群像图结束。但最初，汤老师在音乐还没有结束时，画面就没有了，我感觉美好的场景一下子被切断了。于是告诉他："这首歌曲时间为4:10，倒算的话，就应该在合影结束后（大约在1:09:55处）就播放《我和你》歌曲。"现在的效果就是这么逐渐放缓，慢慢结束，让人意犹未尽。

由于经验不足，多次（起码十次以上）修改后，也让汤老师有点不耐烦，所以最后我说："你就把这两个地方改好去刻录吧，不用给我看了，否则我还会发现问题，还会修改。"哈哈！不断否定自己，也是不容易的哦。

该视频最后的职员表,是因为我觉得应该把卜凡为我们做旁白的事告诉大家,她的出场绝对提升了视频的效果。而如果视频在剪辑和文字上有什么失误,那就是我的责任了。当然最后加上了"我们的六一"筹委会,那就是大家一起担责了。

前天,"我们的六一"同学会视频已经挂在本博客首页,如此急切地上挂,是想让在海外的暄暄、过任、金光等能早日重温当时的场景。陈秋霞在微信群里说:太激动了,仿佛又回到了10月5日;王黎萍说:看了视频,感动,衷心感谢六一筹委会;邹红说:感谢蓬蓬给了一个大大的圣诞礼物。当然也有眼尖的郭红和胡明健指出有一个地方旁白重复了,让我内疚了一阵子。都怪我粗心,如果可以给大家一起编辑的话(其实很难),说不定就可以弥补缺憾。但我后来给自己的安慰是,留点遗憾吧,谁让我不专业呢。

最后感谢所有为本视频作出努力的同学们,纪念册的制作还在进行中,视频做了两个月,纪念册再给我三个月的时间吧。

(撰写于 2013 年 12 月 25 日)

(九)《我们的六一》纪念册发行仪式

去年(2013 年)10 月 5 日,是我们普通小学六一班同学分别 41 年后首次相会的日子,至今已经一年了。在周年庆的日子里,同学们纷纷要求再相聚。于是在上周六(9 月 20 日),六一班同学又相聚了,同时也是《我们的六一》纪念册(含视频)发行

第一篇 纯真年代的美好时光

仪式。

本次聚会先后到了52位师生，假座嘉定新城开发公司，这里也是嘉定新城规划展示馆。我们能在如此漂亮的场地举办同学会，要感谢六一班潘乐明同学的助力。

同学们首先参观了嘉定新城规划馆。嘉定建县于南宋嘉定十年（1217），是名副其实的江南历史文化名城，有"教化嘉定"的美称。嘉定城中的法华塔、州桥皆创建于宋代，历史悠久。嘉定新城是上海市城市总体规划确定的近期重点发展的三座新城之一,将建成以现代服务业、世界级体育休闲产业和高科技产业为核心的现代化城市,是上海都市圈西北翼的区域性核心城市。2009年,嘉定新城荣获"中国最佳生态宜居城市"称号。

今天的主题是《我们的六一》纪念册首发。封面是回到课堂时的黑白照片,封底红色中的白字,是所有老师、同学的名字。

本次活动再次邀请沈校长、朱老师和张老师等参加。沈校长说:去年的六一班聚会,让我从当时心情不愉快的日子里走出来;原以为不会再有第二次了,但你们又给了我惊喜。

高伟波、张志华和王力同学去年因为有事错失了聚会,当看见纪念册中仍然有他们的老照片时,他们都感动了。曾在广告公司工作的朱慧林说:我看了纪念册眼泪都要出来了,精良的制作,在上海难找第二家。

我简单回顾了纪念册制作过程,对相关照片和文字作了说明。

活动现场还和日本东京的过任同学视频连线。这是美国芝加哥的暄暄同学提出的建议,为此也让我研究了很久,特地注册了Skype,并请新城公司网管拉了一条网线。就在这天的上午,我还和暄暄、过任视频试机,结果发现和美国的视频连线不够畅通。最后过任代表海外的暄暄(美国)、金光(澳大利亚)向同学们问候。

要感谢沈永同学,他是嘉定邮政局机要室的一员,为此我让印刷厂把纪念册直接发送到他处,他像保管机要件那样保管纪念册。

如果按照去年出勤和今年出勤的同学计算,目前 64 名同学中已有 61 名同学前来相聚,人数占 95.3%。真不可思议!

（撰写于 2014 年 9 月 24 日）

（十）《我们的六一》纪念册被收藏

一直有一个心愿,希望《我们的六一》纪念册可以被永久保存,这是受许昕同学的一句话的启发——这本书可以传代。于是想到,纪念册应该公有,因为只有捐给国家,书才能永久保存。嘉定区图书馆在知道我们将要编辑这本纪念册时就希望收藏,于是我们送去了两本。

通过张旻同学,询问了嘉定区档案馆是否可以收藏。档案局副局长顾建青（照片中右一）是张旻的学生,立即答应了我们的请求。尽管以前档案馆从来没有收藏过此类册子。

今天下午,我们六一班几名同学来到了嘉定区档案局,赠送纪念册。旅居美国芝加哥的牟善暄同学(照片中左二)正好回沪探亲,一起参加了赠书仪式。嘉定区档案局沈越岭局长(照片中左三)亲自接书。

我把纪念册从头到尾向沈局长介绍了一遍。沈局长认为:小学同学会能够办成这个场面实属少见,纪念册太有收藏价值了。档案馆向我们出具了捐赠荣誉证书。沈局长说:档案馆也有很多普通小学的资料,但是经查,"文革"时期的普通小学资料几乎都没有了,"文革"后从1984年后才有。那么,我们1966年至1972年的这段小学经历,正好填补其空白。

《我们的六一》纪念册终于可以永留史册了。

(撰写于2015年4月21日)

十一、"一个甲子的情缘"集体生日

最近几天,我们六一班小朋友又嗨了!这是"我们的六一"聚会五年后的再一次相聚。本次共有33名同学和两位老师参加,出席的同学占全班同学半数以上。

昨天,我们来到了风景秀丽的江苏常熟尚湖花园酒店。我们的会场依然这么正式,会议依然由陈向东同学主持。卢佩敏班长作了热情洋溢的致辞。我代表筹备组对本次活动作了说明(以下文字是我在非洲旅游时的一次飞行中写

第一篇 纯真年代的美好时光

下的）：

人的一生只有一次60岁，在一个甲子的时刻，我们穿上代表本命年的红衣，一起度过这难忘的时刻，也只有我们六一班才能做到。

一晃六一班聚会已经过去五年了,当时的大聚会还历历在目,让所有人羡慕。我参加的合唱团团长王佳芬说,你们可以把小学同学全部找到真是一个奇迹;沪上著名女性问题专家林华老师说,全市也找不出第二个像你们这样有创意的同学会。

当然,我们要感谢卢佩敏班长的执着,每年的六一班年夜饭让我们同学情谊不断。

其实,本次活动创意要归功于旅居日本的过任同学。她今年6月份短暂回沪,聊起今年同学们应该都60岁了,便建议说,我们六一班同学一起过一个生日聚会吧。经她这么一说,我越想越觉得有意义。和几位同学讨论后,就在六一班群里发出了聚会通知。在不到一天的时间里,大家踊跃报名,说明大家都非常赞同这次聚会。今天来了半数以上的同学,并邀请了沈校长和普通小学幼儿园的陈老师。遗憾的是,曾经参加六一班聚会的三元老中,李敬欧老师在前年已经过世,暄暄妈妈也因身体原因不能前来。

本次活动题目依然由大作家张旻同学命名:"一个甲子的情缘",大标题"我们的六一"继续保持,因为这是我们六一班活动永远的主题。

本命年得有点本命年的样子啊,于是定制了本次活动的红色纪念衫,并印有"一个甲子的情缘",希望大家在本命年穿上这件衣服,好运伴随。

选择来到常熟住一晚,是考虑我们上次聚会是一天,本次再怎么着也得有点进步啊,而常熟又离嘉定比较近,尚湖风景区是一个美丽的地方,所以就这么愉快地定下了。

最后,要感谢为本次活动忙前忙后的同学们,我也是刚从非洲旅游回来,是她们做了大量的前期工作。谢谢!

普通小学沈校长抢着发言,她说:"五年前你们的聚会我参加了,当时就有人说,五年后,60岁时再聚一次,今天终于如愿了。"

交流环节,航天人葛雁激动地分享了她前往酒泉发射基地目睹火箭发射的景况。当然同学们说得最多的是健康平安。旅居美国的牟善暄正回沪探亲,原来也报名参加,可惜突然有重要事情,不能前来。

在东京的过任同学人不到心意到。她特地在常熟的蛋糕店订制了一个双层蛋糕,"一个甲子的情缘"的字样赫然醒目。大家在蛋糕周围插上了 60 支蜡烛,全场唱起生日歌。

本次活动还安排了一个摄影讲座,那一定是范欣同学主讲了。他是上海摄影家协会会员,曾经多次和上海摄影家协会的大师们前往非洲的肯尼亚和纳米比亚拍摄大片。

次日,我们一起游览了尚湖风景区,给本次活动画上了圆满的句号。

(撰写于 2018 年 7 月 30 日)

十二、参加中学同学会

今天参加了嘉定城区一中(2)班的第二次同学会,第一次同学会是在 1984 年举行的。

第一篇　纯真年代的美好时光

我们班级共有53名同学,但已经有四名同学离开人世。所以今天应到49人,实到41人,出席率为83.7％,这是很高的比例了。

假座嘉定品海酒店。到会的老师有谢步罡老师和羌永英老师两位班主任,以及任课老师宣慧琴。另外一位班主任丰定婉因为身体原因没能来参加。

屠敏班长主持了会议,王晔班长致辞,谢老师送上了一幅字。当几名同学同时举牌"谢谢您亲爱的老师"时,很有现场感。我们还给老师送上了暖心的羊绒围巾,令老师们感动。

谢老师点名过程中,同学们作自我介绍。包益民说,自己高中毕业后插队落户,后来考上了大学,1990年去美国攻读博士,在美国福特汽车公司做研发,幸亏他在三年前已经离开了底特律,否则,这个破产的城市必将给他们带来磨难。汤道胜同学说,中学毕业后他进入公安局刑警队工作,专门拍摄人物照,可惜这种拍照不用看被拍摄者的表情,因为拍摄对象都是犯人。鞠鸽群(普通小学六一班同学),本次他又带来了一幅书法,是不是想和谢老师PK啊?活动现场,大家一起为12月份生日的同学祝寿。

我担任本次活动的摄影,架起了三脚架,使用了快门线,拍摄起来既轻松又清楚。大家除了全体合影外,还分别按照普通小学六一班同学、六二班同学、六三班同学合影。

感谢屠敏班长的辛苦操劳,她为了本次同学会精心准备了两个月,由于目前家住金山,她最后一个月几乎每个周末都到嘉定,和筹委会同学们一起商讨聚会的事情。

(撰写于 2013 年 12 月 15 日)

十三、"难忘的岁月"技校同学会

1976 年至 1978 年我在嘉定技校就学,在离开学校 37 年后的 2015 年 3 月 15 日,我们举办了一场"难忘的岁月——上海市嘉定技工学校 76 届同学会",博客记录了整个过程。

(一) 同学会筹备工作

3 月 15 日是我们盼望已久的嘉定技校 76 届同学会的日子。目前同学会已经筹备了三个月。由于队伍庞大,有 40 多位老师、近 200 名同学参加,这样的聚会需要程序规范、内容充分。筹备过程很享受。

首先我们建立了"76届指挥营"微信群,组成"76届同学会"筹委会。筹委会由各个班级的同学代表和老师代表组成,所有事项都通过"76届指挥营"讨论决定。

1. 设计背景板

本次聚会主题为"难忘的岁月"。这是我们最终定稿的背景板,将制作成高3米、宽5米的签名板,其中的照片是当年的毕业照和最近各班级的聚会照片。所有参加人员都将在这块背景板上签名。

2. 给老师送请柬

按照背景板,我们制作了请柬。为了环保,我们仅对老师发送纸质请柬,而同学们就发电子请柬了,既快又方便。大部分纸质请柬都由7606班邹红同学负责分发,对于一些领导和年迈的老师,我们决定上门邀请,以示敬重。

1月20日,我和7605班的杨莉蓉给住在市区的原机械制图老师王贞亚送请柬。80岁的她捧着请柬说:今晚我要睡不着了。

1月27日,我和7606班的邹红给原技校领导陈嘉森送请柬。老领导如今83岁,他听说我们要举行盛大的同学会,非常激动。但因身体原因,不能前来参加,于是我为他录制了一段视频,准备在聚会时播放。

2月5日,我和7601班的樊建、7606班的邹红一起去位于嘉定区的上海天灵开关厂,给老领导罗灿源送请柬。曾经非常严肃的他,听说76届搞聚会特别高兴,表示一定参加,我还请他届时代表老领导发言。

3月5日,我给住在市区的原7603班的班主任刘洪居送去请柬,80岁的刘老师非常高兴,说一定参加。

嘉定技校创办于1961年,"文革"期间停止招生,1974年恢复招生,共招收74、75、76、77四届学生。1978年起技校停招学生,注册了上海市农业机械制造学校(隶属上海市农机工业局),共招收两届中专学生。后中专学校搬迁至上海百色路,根据当时人事制度的规定,教师分成两部分,一部分随中专学校搬迁,一部分留在技校。所以曾经的技校老师各奔东西,住在了全市各个地方。而本次同学会,也正好使这些几十年未见的老师相聚。本次共邀请了40多位老师参加,几乎把当年的校领导、班主任、理论和实习老师都请到了。老师们只要身体允许,都想来参加聚会。看到老师们发自内心的笑容,我们觉得同学会办得很及时。

3. 制作纪念章

活动不能让来者空手而归，但也没有必要无谓地奢侈，于是7601班的戴惠萍想到了纪念章，并设计了很多稿。最终我们选定了现在这个版本，背景隐约显现老校舍，总体代表离校37年后的2015年相聚嘉定。

4. 筹委会还商定了以下事宜

一是会场选择。对于聚会场地大家曾热烈讨论，有的说，去一个度假村，让老师和同学们尽兴聊天。更多的同学说，回到母校，因为大家想念那个曾经朝夕相处两年的校园，在那里有太多的回忆，那里有难忘的岁月，大部分同学在1978年毕业后就没有回去过。最后，确定了在学校原址（现为上海市大众工业学校）举行，并且得到了上海市大众工业学校领导的大力支持。

二是确定时间。自从去年11月底找到了所有234位同学后，六个班级都在12月份举行了班级聚会，很多班级已经聚会了好多次。所以原来定在1月份年级聚会的日子，改在了3月份，这样也可以让一些在海外的同学趁回国过年参加同学会。

三是采购项目招投标。活动经费问题来不得半点含糊，活动的所有采购项目都进行招投标，让活动经费的使用公开透明。最终，嘉定诚大广告公司接下了广告宣传的制作业务，施琪企业形象策划公司接下了摄影和摄像的创作业务。

四是成立工作小组。筹委会成立了八个工作小组，分工合作。

筹备组，由所有筹委会成员组成，负责协调和运作同学聚会活动工作。

联络组，承担联系老师、发送请柬、汇总人数等工作。

会务组,承担会场布置、席位安排、视频播放等工作。

餐饮组,协调同学聚餐和餐位安排等工作。

财务、接待组,负责聚会签到、经费收取、费用支出及公布财务明细账等。筹委会推选了两位财务官,总管聚会中的财务工作。各个班级推选一位财务人员,配合总财务官做好本班级的收费工作。

联谊组,负责午餐时的娱乐、策划工作,要求每个班级准备娱乐节目。

摄像组,由承接的广告公司进行全程摄像、拍摄集体照等。本次活动因为有几个场地,200多人,为了使每位到会的老师和同学都露脸,我们在签名板前安排了两名同学给所有签名者留影,安排1名同学专门负责记录下校门口37年再聚会那激动人心的时刻。

安全保障组,如今安全比什么都重要,我们要求大家低碳出行,少开车,多喝酒。

对于是否在上海市区,例如人民广场安排一辆大巴,以及在地铁11号线嘉定北站安排一辆车子短驳,筹委会也进行了讨论。后来大家一致认为,因为青浦、奉贤和松江都有专车集体过来,而其他同学如果集中在某一地,还不如乘坐地铁11号线方便。在地铁11号线嘉定北站乘坐嘉定9路车,乘坐2站路,或者走十分钟,就可以到校门口。最后决定在地铁11号线嘉定北站出口处设置"嘉定技校76届同学会接待站",每个班级都有同学接应。使老师和同学们在踏上这久别的嘉定土地时感受到温暖,我们还要求对年满80岁的老师有同学一对一接送。

聚会当天,我们还将在学校门口的伸缩门上悬挂横幅——热烈欢迎嘉定技校76届同学回到母校,以便让同学们走在嘉定环城路上就可以醒目地看见欢迎标语。

5. 召开筹委会,踏勘现场

我们先后召开了五次筹委会,商定了一些重要的事情。

2014年12月26日,在嘉定技校原址(上海市大众工业学校)举行了第一次筹委会并踏勘现场,原嘉定技校党总支书记、上海市大众工业学校党总支副书记、75届校友周超颖和现学校办公室主任和我们一起讨论并查看了几个场地。

2015年1月8日,一起筹划广告设计,其中7603班的赵进华同学是资深广告策划人。

2015年1月16日,在戴惠萍同学所在的公司召开了第三次筹委会。会上邀请了当年的车工实习老师朱成贤和7604班班主任李忠海老师出谋划策。

2015年1月28日,又来到上海市大众工业学校,赵苓同学是唯一如今还在学校的76届同学,所以由她和学校领导沟通非常有效。最近几天,她几乎一个人在学校忙碌着所有的细节,从打印席卡到预定午餐、准备合影拍摄的台阶。

2015年3月9日,我们来到了7603班赵进华的广告设计公司,他请来了摄影师共商聚会拍摄场景。当摄影师听说我们将有地铁接待站、校门口、参观车间、会议、午餐等很多场景时,觉得一个摄影、一个摄像不够,当即决定再增派一个摄影和一个摄像。

今天,3月13日,我们举行了最后一次筹委会,有17位老师和同学参加。会上,大家把具体程序一一过了一遍。今天,查看校大礼堂,看见高挂的横幅,大家心中顿时感觉亲切。届时会场还将伴随着《同桌的你》合唱,投影出老照片的滚动视频。

一切准备就绪,聚会就在眼前。目前最烦恼的是3月15日可能天公不作美,但愿只下点毛毛雨。或许,我们37年再相聚的热情可以吓倒雨水,大雨变小雨,小雨变不下雨。

(撰写于2015年3月13日)

(二)同学会圆满成功

今天3月15日是我们聚会的日子,我7点30分就来到了位于嘉定环城路的上海市大众工业学校,我们立即把欢迎横幅挂在了校门口。而7601班部分同学3月14日晚上就提前住在了嘉定,他们将承担校园内的车辆和人员引导工作。在地铁11号线嘉定北站,由7602班陈振鸣同学负责、各班级同学参加的接待小组成员,也早早地来到了车站。75届校友陈棣和7602班的潘益群同学也已经在背景板前等候,他们将为每一名签名的同学拍照,以保证每一名同学都出镜。每个班级都有两名同学提前来到,接待本班级同学,并让他们在签到簿上留言。

8点30分以后,各区县同学陆续来到。首先安排参观学校。前身为嘉定区工业学校的上海市大众工业学校,创建于1985年,是一所以工科类专业为主的全日制国家级重点中等专业学校,具有学历教育、职业技能培训、职业技能鉴定三大功能。

第一篇　纯真年代的美好时光

会场滚动播放着老照片视频和《同桌的你》的歌声。上午10点,原7604班班长张耀华宣布同学会开始,上海市大众工业学校高康校长致欢迎词,7602班赵苓代表全体同学送上了"37年再聚首"锦旗。我代表筹委会汇报了本次同学会的筹备工作。站在讲台上看见台下的老师们都非常认真地听着,他们似乎被我们寻找234名同学感动,为我们缜密的筹备工作惊叹。原7604班班主任李忠海作为老师代表发言。7601班樊建、7603班付刚、7606班邹红分别作为学生代表发言。老领导罗灿源代表当年的学校领导发言,同学们对罗老师印象深刻,因为当时他主要负责管理学生思想品德。

一个半小时会议后,开始拍集体照。天空终于不下雨,让我们窃喜。

午餐时间有节目相伴,7603班的谢辉是娱乐节目主持人,各个班级都准备了节目。我们把老师按十人一组请上台,请五名男生和五名女生分别为他们送上了康乃馨,并请每位老师说一句话心里话。

最后大家纷纷按照原来各个县进行合影,包括:川沙、宝山、奉贤、松江、崇明、南汇、青浦、嘉定。

本次活动能举办得如此精彩、圆满,一是老天开眼,二是学校给力,三是老师和同学们投入,更有筹委会全体成员的辛勤付出。很多同学说,这样的聚会百年一次,不可复制。更有老师说,看不出76届聚会可以搞得如此红火。今天又听到很多局外人的赞叹,因为这件事情在小小的嘉定城里传开了。

（撰写于2015年3月18日）

(三)《岁月》纪念册出炉

上海市嘉定技校76届同学会纪念册《岁月》最近终于和同学们见面了。

命名为《岁月》的这本纪念册,其制作历经去年3月15日至今一年多时间,其中,听到很多同学在问:纪念册做得怎么样了?我们何时可以拿到啊?可见同学们的期待程度。

其实,在去年3月15日聚会前,我们筹委会的同学们就已经在酝酿制作这本纪念册了,所以在同学会举办的同时,已经做了很多工作。例如:收集老照片,让每一位到会的老师和同学们在背景板前留影,在签到簿上留言。会后,又让老师和同学们写感想,收集所有同学现实版的大头照等。

我在纪念册的最后写下了后记,记录了制作这本纪念册的初衷和感悟。全文如下:

第一篇　纯真年代的美好时光

在《岁月》纪念册完成之际,有很多感慨。本次同学会顺势而为,水到渠成。开始寻找同学时,没有想到会全部找到;惊喜找到同学时,也没有想到会举办76届年级大聚会;年级聚会的喜悦时,也没有想到能编制《岁月》纪念册。当纪念册完全定稿时,还会有什么没有想到呢?

一次次惊喜,一次次实现,一次次满足,这是我们76届同学齐心协力的结果。

本纪念册共分四个主题:

一是回首篇。力求展示当年76届234名同学的全貌,包括名字和照片。珍贵的老照片,让我们回到了37年前的那个年代。可惜的是,没有获得所有同学的老照片,而从集体照上截取的照片不够清晰,但是,模糊的照片也说明那远去的年代。

二是成长篇。我们生长在一个特殊的年代,经历了"文革"和改革开放。而从1978年毕业后的同学们各奔东西,或各有建树、或自强不息。但因为事业有成的同学都比较谦虚,企业家们都比较低调,几次约稿都无功而返。所以,如果读者觉得这一部分比较虚,不是我们同学中没有成功者,而是他们更愿意做隐身者。而一些女同学愿意把自己曾经下岗、从头再来的经历分享给大家,更难能可贵,这是需要勇气和自信的。

三是相逢篇。从班级聚会到年级聚会,尽可能地把聚会的精彩时分展现出来。由于各个班级参加的人数不均,所以各个班级在镜头下的照片数量也不均,但是我们力求做到人人都出镜,每位到会者的签名照就是为了弥补这一不足。当天到会的41位老师和154名同学都有出现,这也是和前面234名同学黑白照片的呼应。同时我们知道,"315"未能到场的大部分同学是因各种原因而遗憾缺席。作为弥补,纪念册最后的笑脸墙,把所有能够获得的同学照片汇集在一起,让更多没能来的同学不再错过。

四是筹备篇。筹备工作倾注了老师和同学们的不懈努力和辛勤付出。为了牢记筹备过程的点点滴滴,我们把筹委会的九次会议纪要写入纪念册,让大家见证一路走来的不易。

最后,要感谢陈加森和童永康两位老领导为纪念册作序,他们认真地书写,让设计师都不舍放弃原稿,但考虑到纪念册的出版要求,只能忍痛割爱;感谢刘洪居老师、朱成贤老师有感而发的文章,让编者受到鼓舞;感谢所有投稿的同学们,你们对聚会的感想让大家看到了聚会的成功;感谢陆扬声老师为纪念册书写《岁月》,陆老师的楷体早就是同学们熟悉的字体。感谢7602班杜正娴篆刻的"岁月"印章,如今印记在封底,使纪念册更具有艺术感;感谢梁峰同学的好友、毕业于四川美术学院油画系的资深美术设计师、广告设计专家潘令宇,潘总被我们的激情感动,友情为我们设计了封面。感谢右序工作室董春洁,她们为本纪念册用心排版,不厌其烦地修改了近20稿;感谢老师和同学们书写了"岁月"两字,你们印记在纪念册封面的笔迹,将伴随着《岁月》一起被收藏。

感谢年迈的老师们拄着拐杖前来参加；感谢路途遥远的老师和同学们不辞辛劳地从各地赶来；感谢上海市大众工业学校的大力支持，感谢所有到会的人们。

难忘的岁月因你们而精彩，因你们而载入史册。

（撰写于 2016 年 4 月 25 日）

（四）《岁月》纪念册被收藏

嘉定技校 76 届《岁月》纪念册完工后，我们一定要把纪念册赠送给档案馆和图书馆的，这样它就可以被永久保存。

5 月 14 日，我们筹委会的几名同学来到了嘉定区档案馆。当我们把《岁月》纪念册交给顾副局长时，他如获至宝地说：很珍贵,我们档案馆非常需要。我告诉顾副局长,学校已经更名,目前校址也将变迁,主管部门已经从原来的农机局变为教育局。而这本《岁月》纪念册真实记载了那个年代的岁月。档案馆还举行了赠送仪式,并出示了一份捐赠证书。

接着我们又来到了嘉定区图书馆。年轻的工作人员肖瑶楚对我说:之前《我们的六一》纪念册也一直放在这里供大家阅览。哈哈!我已经为嘉定区图书馆贡献两份资料了。

随着纪念册被收藏,嘉定技校76届同学会的事情都完成了。

(撰写于 2016 年 5 月 19 日)

第二篇
勤于学习　快乐工作

在蓬蓬的工作生涯中,曾经从事过机械、电子、金融和审计等工作。经过五次跳槽,最后在外高桥集团系统工作了21年,期间担任企业内部审计工作,倾注了最大的热情,并不断在理论和实践中挑战自己。

一、昏天黑地的高级审计师理论考试

今天参加了一场全国高级审计职称考试,随着下午5点钟考试结束的铃声敲响,我终于一身轻松地走出考场。倒不是因为考得有多么成功,而是一个月来的苦读熬夜终于到了尽头。

关于考试,从小到大不知经历了多少场,但近年来已经好久没有和它接触。一是因为自己已过了考试的年龄,二是对考试没有了激情,缺乏追求。现在想想,也不知道自己怎么就想着要去参加这场考试的。

不过今天的考试让我见识了现代考试的形式和标准。首先,上午9点开考,规定提前20分钟可以进入考场。我8点驱车来到位于斜土路的卢湾中学时大门紧闭,门卫不让车子进入,只得把车停在对面的郁金香花园小区内。考虑到时间还较早,我便在车内复习那早已看了不下30遍的考试资料。其实这时的复习只是掩盖自己那不安定的心情。当我8点30分走向学校时,看见斜土路校门口一片黑压压的人群,而那扇大铁门还是紧闭,只因为还没有到8点40分。从大门往里看,学校内的场地上空荡荡,但考生只能站在嘈杂的马路边,大家都在临阵磨枪。因为是中级职称和高级职称同日考,估计人数在300人以上。也许和昨天世博会103万人相比,考生数连零头数都不到,但站在斜土路上还是挺惹人眼球的。校门在8点40分终于被打开,大量的人流都涌向了学校底楼那写满了考号和对应教室的白板前,考生间非常拥挤无序。

第二篇　勤于学习　快乐工作

考试在 9 点准时开始,考题和答题卡是分开的,但被要求在每页答题卡上都要写上姓名和准考证号码,这造成了我在八页答题卡上写了八个姓名和八个准考证号码。

考场共有 25 个座位,但有 11 个位置空缺,这些都是报了名但没有来考试的考生座位。也许这些人临时有事不能前来,也许是不自信而放弃了。如果是这样的话,起码我还是属于有勇气、敢于应对的一员。

整个考试分上午和下午两场,每场考试时间为三小时。上午是"经济理论和宏观经济政策",下午是"审计理论与审计案例分析"。

高级职称考试与通常的考试不同的是,你必须掌握国家宏观经济政策,包括社会主义市场经济理论、财政理论、金融理论、财务会计和财务理论。具体如:市场经济转型、我国的财政政策和货币政策、我国宏观经济面临的主要问题、我国工业化的现状、我国公共财政框架、国际金融危机下我国财政政策、防范金融风险的机制、金融监管的内涵、我国国库现金管理改革、影响我国汇率变化的主要因素、人民币国际化、全面预算控制、集团内部转移价格等等。也就是说,这些题目都是关系政府执政能力、社会和百姓们的大事。我想,如果能够背下总理的政府工作报告就一定能通过考试。

今天上午的考题是:

(1) 阐述如何构建公平与效率相互协调的收入分配制度;

(2) 论述我国国有企业公司治理的改进与完善;

(3) 论述地方政府投融资问题及对策;

（4）论述中小企业融资的现状及目前中小企业融资难的原因；

（5）论述证券市场内幕交易的内容表现形式及禁止内幕交易的主要措施；

（6）关于公允价值的相关论述；

（7）论述我国政府提出城乡协调发展的意义；

（8）阐述政府采购制度、基本内容和基本体征。

在8题中任选5题即可。我选了2、3、4、5、6题，其中有4道题目是南京审计学院的蒋教授在为我们辅导时押题押中的，看来他押题的成功率还是很高的，如果考试通过的话，我一定发封邮件向他表示致谢。但不管怎样，蒋教授为我们出了37道题目，共三万字，所以要全部背出是一件很困难的事情，复习的过程既艰难又痛苦，曾几度想放弃。三天中秋节假日和国庆七天长假，我几乎不出家门，闭门苦读。

下午的审计案例就复杂多了，因为都是一些实战的题目，没有一定的工作经验是无法答题的。如：企业内部控制和不相容职务分离、私设小金库、财务核算等。考题是4题答4题，没有选择余地，但每个案例题中还有4—6个小题，即等于需要答20道题目。原以为可以同上午一样从容地答题，但越做越慢，答完第一题时，时间已经用去一个小时。因为每道小题都让你去寻找企业经营和管理中的漏洞，平时工作时往往会有足够的时间去分析、判断，但因为这是考试，必须在有限的时间里给予准确判断。如果已存在的问题没有被发现，那就失分了。由于答第一题超时，所以在答后3题时我心急火燎。最后2道题目我仅用了一个小时,自己觉得答得非常不全面,如果再给我半个小时,一定可以提高10分。考试结束铃声敲响时,我看见几乎所有的考生都没有交卷,都在埋怨题量太大、难度太大。反正我交卷时,就感觉眼前昏天黑地,手臂都抬不起来了。

但不管怎样,还是坚持了下来,也终于完成了这场自作自受的考试。被称为"自作自受",是因为几乎所有知道我要去参加本次考试的人,都认为意义不大。当然合唱团的佳芬团长还是很鼓励我,因为她是事业狂、工作狂,特例。确实,都年过半百的我,即使获得了这个职称又怎样呢?大家千万不要以为是为了增加300元退休金,因为这点钱还不足以支付水电煤费用。我的初衷是:从事审计工作20年,如果到退休都没有一样可以证明自己审计业务能力的最高级职称,总觉得有些遗憾。尽管我在十多年前就已经拥有两个初级职称和三个中级职称(也都是全国通考的),但这也仅能说明我的业务水平还是停留在中级上。曾经空想,如果两个助理初级职称能够换取一张中级职称,两张中级职称可以换取一张高级职称,那我不是已经拥有两张高级职称了?哈哈,这是"蓬式理论"。所以本次参加考试更多的是一种精神寄托,去尝试了就不后悔了。况且我们现在这个年龄的考试能力一定不能和年轻人比,不管是脑力还是精力,比的就是经验和精神。

其实,如果真的通过了这次考试,还得去考计算机和英语,还要发表两篇论文(已经发表了一篇)。总之,选择高级职称考评这条路,前途是光明的,道路是曲折的。

(撰写于2010年10月17日)

二、审计理论考试通过了

今天下午同行告诉我,三个月前参加的高级审计师考试的成绩已经在"中国审计网"公布了,但需要输入准考证号码才能查询。回家后立即打开电脑,上"中国审计网"查分。由于对考试成绩没有把握,当我用颤抖的手在网站上输入姓名、身份证和准考证号码时杂念四起。想想可能就差几分吧——如两门考试分别为56分、58分;也许差得更多,如45分、48分;也许是70分和55分——并默默地告诫自己,千万不要当真,不及格也不要在乎。当我选择"2010高级审计师资格考试"一栏,输入姓名、身份证号码、准考证号码后,屏住呼吸,用力敲打回车键,立即闪出四行字:

> 经济理论与宏观经济政策:69分
> 审计理论与审计案例分析:67分
> 成绩类型:合格
> 证书号码:231001000698

两门课的成绩都不满70分,但合格了。我紧握双拳,从心底里呼喊:60分万岁!

回想本次考试还是蛮有难度的。测试的两门课程必须分别达到60分以上,而非合计120分,而且必须同一年通过。当然对于本次考试,我没有太多的奢望,更多的只是参与,想检验一

第二篇　勤于学习　快乐工作

下自己是否与时俱进。考试后,我曾预测过自己的分数,自认为,上午考的"经济理论与宏观经济政策"都是死记硬背的题目,在所考的5题中,有4题被复习到,所以估计可以考到70—80分。而下午的"审计理论与审计案例分析",心里彻底没有底。它都是实践中的案例,让你寻找其中存在的问题,判定是什么性质的问题,违反了哪个条例和规范,更没有标准答案可查。今晚查分时,我认为最有可能的结果是,上午考75分,下午考55分,最终遗憾出局。所以对于目前的结果真的出乎意料,我很满足、很开心。

其实,对于不想跳槽,只想安逸的我来说,高级职称还真不是必须要获取的一张"派司"。而为了记录点滴,我曾在博客上写到了自己参加考试的事情,使得好几位朋友问我:考得怎样啊?分数出来了吗?当然我一点也不"抖哗",我自信地认为,对于已经上了年纪、久未经历考试的人来说,参加考试本身就需要很大的勇气,就应该算是成功了。况且在自己紧张的工作和不算充实的业余时间中,要挤出时间复习功课,也不是一件容易的事。今天的合格,让我看到了自己的付出没有白费,勇气可嘉。对于69分和67分这不高的分数,我更愿意把6转180度,变成99分和97分。不谦虚地说,如果放在以前读书的年龄,说不定还真能考到这个分数。

当然文化考试合格仅是离高级职称近了一步,还有英语、计算机和两篇论文等待着我去完成,只有当这些任务通通完成后,我才能捧着资料,向上海市高级审计师评委会提出申请。所以从某种意义上说,文化考试的合格,也是我评定高级职称之路的开始,似有"套牢"的感觉。

(撰写于 2011 年 1 月 7 日)

三、惊心动魄的英语职称考试

今天参加了英语职称考试,现在想起,还是四个字——惊心动魄。

(一)交通堵塞,延误开考时间

本知道今天是清明扫墓高峰,所以我提前一个小时驾车出门。但车转至中环线,从桃浦路下匝道后就开始拥堵,短短的 500 米路用了近 30 分钟。左转至真南路考试目的地真南路 1008 号上海信息技术学校门口,校内不给停车,这时已经 8 点 55 分,我只能往前开至祁连山路,面对红灯的禁行标志,来了一个大转弯——严重的闯红灯行为(估计周一办公桌上会放一张交通处罚单)。我用最快的速度把车停在了学校对面的大卖场,径直往学校奔,同时寻找我那 1 号考场 1 号座次的教室。等我走进教室时,考生们已经开考。这时我的心情不要太紧张哦。

(二)座号 NO.1 打扰我

记得当时拿到准考证,发现自己的座位是 1 号考场 1 号座次就觉得不妙。NO.1 对比赛来说是好数字,但考试座位绝对不是一个好数字。果然我坐在了教室门口的第一个座位,不停地有人进门、出门,使得本身已经着急的我更不耐烦。我只得不停地请监考老师关门。而且监考老师还不停地看我的考卷,核对我的身份证(有两次)。这些因素使我久久不能平复焦急的心情(起码影响我10分钟)。

(三) 题目超出了大纲

第一部分词汇选项(15题15分):给出一个句子,在某个单词或词组下画线,要求考生从下面所给出的4个选项中,选择一个与画线部分意义最相近的词或短语,又称同义词替换。但开始的第2题和第4题就难以在同义词词典中查到(考试可以拿一本英语词典),这是我没有想到的。在总共的15题中,这样的题目有5题,我只得打上记号,暂时放弃。

第二部分阅读判断(7题7分):给出一篇300—450词的短文,题目有7个句子,让考生根据短文意思,判断正确、错误和未提及。这个题目据说是托福的试题,关键是未提及和错误容易混淆。刚开始复习时,我认为错的,而答案往往是未提及。所以这个7分是很难拿全的。但我总算看明白短文大意,所以估计可以答对5题,获得5分。

第三部分概括大意与完成句子(8题8分):给出一篇300—450词的短文,有两个测试任务,一是给出6个段落小标题,要求考生根据文章内容,为其中指定的4个段落各选择一个正确的小标题。二是有4个不完整的句子,要求考生在所提供的6个选项中选择4个正确选项,分别完成每个句子。我根据单词定位法答题,估计可以得6分。

第四部分阅读理解(15题45分):这是考试的重点,得分所在。给出 3 篇短文,每篇 300—450 词,文章后有 5 道题目,要求考生根据文章内容,从每题所给的 4 个选项中选择 1 个最佳答案。因为根据往年考试惯例,总有一篇文章是来自课本的,所以我把今年课本中新增加的几篇文章都认真复习了,但是与往年不同的是,答案有变,所以只有把文章大意理解了才能够准确做对选择。但是 3 篇文章的难度没有超过复习范围,所以估计能够做对 10 题,得 30 分。

第五部分补全短文(5 题 10 分):给出一篇 300—450 词的短文,文中有 5 个空白,文章后有 6 组文字,要求考生根据文章内容,选择将其放回相应的位置。这是比较难的,浪费了我很多时间,但还是心中没底,估计最多做对 1 题,得 2 分。

第六部分完形填空(15 题 15 分):给出 300—450 词的短文,文中有 15 处空白,每处空白给出 4 个选项,要求考生根据短文内容选择正确的答案。这个部分我最没有信心,但因为历年考试中这个题目来自课本,所以我把这两篇课文和答案看得比较熟。但是本次考试,题目是课本的,但答案有一半被改动了,我一时六神无主。最终决定,知道的准确答案填满后,其他一律选 A。所以估计这个部分只能得 8 分。

做完所有的题目,时间是 10 点 40 分,离考试结束还有 20 分钟,我忽然想起第一部分暂时放弃的那 5 道题,于是又开始核对这些题目的解答。其实这题型不难,主要是需要时间,对 4 个选项的英文单词一个个查字典。由于我的词汇量实在太少,所以当我做完其中 4 题时,发现已经是 10 点 50 分了,离考试结束还有 10 分钟。

（四）一秒钟收卷

因为答案必须写在答题卡上，这项工作才是考试的根本，否则做得再好，而答题卡上一无所有，就是 0 分。于是我开始根据考卷上的答案，用 2B 铅笔，在相应的答案空格中涂黑。我知道自己是一个粗心的人，所以边看答案边涂黑，由于都是 ABCDE 等选项，很容易看错一格、一行。时间一分一秒过去，心怦怦地跳。当全部 65 题填满后，我发现自己的准考证号码也得涂黑，于是赶紧涂。边涂边问考官还有多少时间，回答：4 分钟。我想，那涂完后还可以核对一次（答案和涂黑核对）。但是，几乎在我涂完准考证 11 位号码最后一位数字的同时，结束考试的铃声便响起。老师随即用力从我手里抽取考卷，边抽边说："时间到了，不能做了。"让我再次"享受"第 1 排第 1 座的待遇。

老师这个用力一抽的举动，让我心寒。你收卷就收卷，有必要这么用力吗？也许因为在刚涂完的同时就被她这么一抽，有一种被打的感觉。在收去考卷后，我久久不能回神。长久地望着老师手中的考卷，其实就想看看我那最后填写的准考证号码是否正确。嗨！NO.1 座位的我，孤苦伶仃地最后一个走出教室。

这就是我今天的考试经历，确实使我惊心，让我动魄。其实就考试本身来说，我还是基本发挥了应有的水平，估计能够凑一个及格分数。但万一我把准考证号码涂错地方了，那不是前功尽弃了吗？听天由命吧！

（撰写于 2011 年 3 月 26 日）

四、失算了的计算机考试

今天其实不太有心情写博客,因为计算机考试把我考蒙了。本次考试属于职称考试的一个部分,因为评定高级职称除了专业考试外,还需要考英语和计算机。听老同学超颖说,计算机只要稍微知道一下考试的规则和步骤就可以笃定应付。所以在3月26日结束英语考试并娱乐几天后,我便怀着轻松的心态迎接4月初的计算机考试。但开始准备计算机考试时才发现,全不是我想象的那么容易。

(一)考试内容

我的年龄段需要考两门,因为第一类别为必考内容,所以选择了"Internet 应用";另外一门选择了"Word 2003 中文字处理",自己几乎每天都在使用 Word 2003,所以选择这门课最毫不犹豫了。

(二)考试方式

全国专业技术人员计算机应用能力考试不像其他考试,全国考生在同一天、同一时刻开考,而是在一个时间段分几天,一天分几场。由于是人机对话式的考试,所以每场参加的考生有限。2011 年第一场考试时间:4月8日至4月29日。上海职业能力考试院4月1日才在网上发布每名考生的考试日期,所以在这之前我必须做好4月8日第一天、第一场考试的准备。后来知道自己被安排在 4 月 13 日 14 点 10 分考"Word 2003 中文字处理",15 点 20 分考"Internet 应用"。每门课要求在 50 分钟时间内完成 40 题人机对话。

(三) 复习迎考

所谓复习,就是从网上下载收费软件,不断地练习。我在博大网校上支付了 100 元,买下全套的"Word 2003 中文字处理"复习软件,共有 400 道题目。软件可以手把手地教你如何操作,很快就能学会,但是 400 道题目都不是容易的,它包含了 Word 2003 各个角落的功能。如字符的输入与编辑、排版;图文和艺术字美化;表格和文本框的选择;批量文档的建立和修改。通过练习我才发现,自己平时仅运用了其中的 30% 左右,也就是说 70% 的功能必须重新开始摸索。关键是你看到题目,还不知道在哪个菜单里寻找,例如:

(1) 在"格式"工具栏增加一个"制表位"按钮;

(2) 查找文档中含有"孤行控制"的全部段落;

(3) 在文件光标处插入题注。

如果说第一题还告诉你在"格式"工具栏中寻找,那么第二题的"孤行控制"我还是第一次听说,也未曾使用过题注的功能。面对 400 道练习题里 200 道的这类题目,我不仅要学会,还要熟练掌握。

再说说"Internet 应用"复习。同事凤毅借给我一张光盘,我操作了几遍竟然可以考到 80 分以上,心想,太容易了。因为这些题目只要能够点击下去的,就是正确的。但后来又听说今年开始考试内容有更新,再想想 Word 2003 那么难,Internet 不应该这么简单吧,于是我又从博大网校购买了"Internet 应用"复习软件,结果发现,完全不同了,难度提高了好几倍,第一次试做仅得了 42 分,这下真的把我急坏了。

"Internet 应用"课程主要包括:调制解调器、局域网接入、文件共享、网络资源的搜索、Outlook 收发邮件、Core FTP 的使用、MSN 软件的使用、金山杀毒软件的使用。对于我来说,仅使用过 MSN 的对话,所使用的邮箱也不是 Outlook,而其他的都未曾使用过。

一面是对"Word 2003"的摸索,一面是"Internet 应用"需尽快学会。这时已经是 4 月 7 日,面对两门课程共 800 道题目,要学的东西实在太多,但时间只有短短的 5 天。所以本周请了两天假(周一和周二),连着双休日,4 天足不出户。我把两个科目共 800 道题目全部做了一篇,还把两科共 20 道模拟题反复做了好几遍,所以一共至少做了 2 000 道题目。每天都复习至深夜 12 点、1 点。由于一直盯着屏幕,眼睛严重受损,后背严重抽筋。进入 4 月 11 日,复习总算有所收获,模拟练习从原来的 40 分升至 70 分,直至 80 分。

(四)考试实况

由于在模拟考试中每次能够保持在 80 分左右,所以对考试充满信心。同上几次一样,喝了一罐红牛饮料(有兴奋作用)便出发了。

由于我选择的考场就在家附近,因此不存在堵车的问题,提前了 30 分钟到达考场。因为计算机考试没有试卷，准考证上没有照片，所以为了防止作弊，每位考生进入考场后必须拍照。

14 点 20 分，第一门"Word 2003 中文字处理"开考，电脑倒计时 50 分钟。我一边看着题目，一边不定地点击鼠标，时间一分一秒过去。做着做着，我发现怎么有这么多陌生的题目，40 题中大约有 12 题做了标识，想等全部做完后再思考。不久，计算机出现了"考试结束"的字样，50 分钟到了，但还有很多题目等待着我，心里非常郁闷。休息了 20 分钟，15 点 20 分，又开始了第二场"Internet 应用"科目考试，这次考试比前场稍微好些，大约有 5 题没能解答。自我估计得分："Word 2003 中文字处理" 50—65 分；"Internet 应用" 65—80 分。

在回家路上，我脑海里反复出现两个字——失算。具体有以下方面。

首先是选择考试类别的失算。考试的类别是可以选择的，但我自认为 Word 2003 最熟悉，所以不加思索地选择了它。现在想来，由于 Word 2003 已经普遍运用，软件已经开发相当成熟，考试出题可以五花八门。而如果选择相对陌生的类型，如 PowerPoint 2003 中文演示文稿、Photoshop 6.0 图像处理，说不定反而简单。因为这是应试教育，不管白猫黑猫，通过考试就是好猫。当然，通过本次的强化训练，现在我制作 Word 2003 文本有了很大进步，对工作还是很有帮助的。

其次是选择考试时间的失算。上半年考试有 3 场，分别在 4 月、6 月、8 月，因为我的轻视，所以选择了 3 月英语考试后的 4 月，以至于仅有 2 周复习时间；如果选择 6 月，那我就不用这么紧张,也许会比较顺利。其实"计算机"3个字和我有紧密联系。30年前,我大学的专业就是电子工程,在1984年还进修了1年的计算机课程,全面学习了计算机硬件和软件,包括:计算机操作系统、计算机汇编语言、BASIC语言、FORTRAN语言、DBMS数据库等。1984年曾参加了首届上海市计算机程序员考试,并获得了程序员的资格,记得当时全市仅有485人通过,所有名字还被登载在当时的《上海科技报》上,成为那个年代上海市第一批计算机人才。而且凡获得程序员资格的人,同时获得助理工程师职称。后来因为转行,才渐渐地远离了高速发展的计算机世界,直至退化到只能简单运用,以至于面对如此初级的计算机职称考试都忧心忡忡。

当然,要说失算,最大的失算就是不该等到这把年纪才想起考高级职称。在英语和计算机考场中,我见到的几乎都是年轻的身影,特别是计算机考试,退化了的视力,极大影响了我的考试速度。

辛苦复习,得到这个结果,让我伤心。晚上去合唱团排练,当坐在一旁的梅总知道我因为计算机考试不理想没有吃饭时,不停地安慰我,还送上了一颗巧克力和一个酱蛋。她雪中送炭,送上的不仅是一份食品,更是一份关怀。再次谢谢丽君大姐!

(撰写于 2011 年 4 月 14 日)

五、计算机考试通过了

今天中午,在和朋友午餐时,我突然接到朋友的电话:计算机考试的分数出来了。他告诉我们怎么在网上查阅分数,还说已经替我查好分数。我急着问:到底及格了没有啊?他说:及格了。我又问:是两门课都及格了吗?他说:是的。但我还不相信自己的耳朵,请他大声复述一遍。其实,这时,我不需要了解过程,只想听到"两门课程都及格了"这句话。这一突如其来的喜讯,使我今天午餐的饭量大增,甚至想把当初因计算机考糟而没吃的那顿晚餐补回来。

真的不敢相信能够全部通过,我都已经做好了 6 月份再考一次的准备。而且已经想好了,如果再考,就不选择 Word 2003 科目。两门科目的成绩分别为:"Internet 应用" 80.0 分;"Word 2003" 67.5 分。曾经因为选择科目的失误而后悔莫及,现如今因为及格了而欢欣雀跃。一个月前那痛苦的复习考试过程还历历在目。现在想来,那也许是一种不可多得的经历。

回顾高级职称的考试历程:

2010 年 10 月 17 日,全国高级审计师考试;

2011 年 3 月 26 日,全国职称英语考试;

2011 年 4 月 8 日,全国职称计算机考试。

在不到七个月时间里,把该考的几门课程全部完成,而且除了英语成绩还没有出来外,其他均及格了,确实蛮有成就感。至于论文,前年已经发表在了《新会计》期刊上,最近还会发表一篇。也就是说,我已经完成了所有的硬件内容,只等着最后的资料送审和评定。很多人说,高级职称的考试需要用一两年的时间准备,是退一层皮的那般艰辛。但我使用了速战速决的战略,冒险了一番,收获了一摞,性价比很高。

我的时光手札

在这七个月中,基本没有影响我的业余生活。一是坚持写博客,使大家能不断看到蓬蓬博客。二是参加演出,没有影响合唱团三八节的排练和演出。三是春节之旅,因为几乎每年春节都会和先生出游,所以今年春节还是按照惯例参加了武夷山的禅茶之旅。

如果真要说有什么失去的,那就是没能参加合唱团"花开台北"的演出活动。其实也是因为3月26日英语考试与3月21—27日的台湾行程冲突,否则也许我还会前往。

当然最缺失的是睡眠。在那些日子里,我每晚基本的作息时间是:写博客至10点后,开始复习功课,先是审计,接着是英语,后来是计算机。半年中,几乎都是在晚上12点到凌晨1点睡觉。

又及:今天下午,我想从网络上再次确认成绩时,发现上海市职业能力考试院的网站上没有计算机成绩查询的信息,我立即电话问朋友,他也发现了这个现象,好像被网站撤下了。这下又考验我的心理了,但是他很明确地看到了我的成绩,并且已经下载了成绩表,一定不会有错。我想,也许发布者发现了某些错误,所以得更正后再上挂。但我想,只要不把我那67.5分更正为57.5分,其他都随便了。

(撰写于2011年5月6日)

六、英语考试通过了

最近挺忙的,但忽然想起3月份参加的全国职称英语等级考试分数应该出来了。上周曾经查阅上海职业能力考试院网站，反映"无结果"，心里有些忐忑，因为"无结果"究竟表示为考试成绩尚没有公布，还是成绩为"0分"呢？因为我一直感觉，考试时用2B铅笔涂黑的框框会涂错格子，从而没有分数。

今天一起参考的朋友来电，说考试成绩出来了。我立即在上海职业能力考试院网站查阅。哇！73分，考得还真可以，比我想象的60分要高出许多。尽管分数有点浪费，但据说英语分数的高低也是评定高级职称的一个标准。

在所有职称考试中，只有英语分数我最不担心，倒不是我有多少能耐，只因为上了年纪的我，只要参加考试，不满60分也可以参加评定。而如今获得73分，让我能够更体面地参加高级审计师评定了。

（撰写于2011年6月13日）

七、高级审计师答辩进行时

今天上午去完成了高级审计师最后一个关键程序——答辩。结果如何尚不清楚，但自我感觉很一般。

早上9点30分来到了审计局八楼答辩待定室。像医院挂号室，里面已经有几名答辩者在等待。当一名即将上场的男士拿到一张答辩题时，大家都拥上去，看是什么题目。原来每位答辩者将在答辩前15分钟得到2道题目，以做答辩准备。

这位先生的答辩题目是：经济责任审计的目标是什么？信

息化审计的好处？我想也许这是题库中抽取的，或许我也是这个题目，于是立即在随身携带的 iPad 2 中查询。

10 点 35 分拿到了我将答辩的题目。一是：你是怎样开展风险审计的？财务审计和风险审计的区别？风险审计的难点？二是：你是怎么通过审计计划和审计方案来规避审计风险的？当我正想通过电脑查询时，监考老师说：拿到题目后不能上网查询。我想一时半会的也不可能查到什么结论，再说准备时间仅有 15 分钟，我索性把电脑合上，一门心思考虑答题，并在草稿上写上了几个答辩要点。

大约在 11 点，监考老师叫我的名字，我走进了答辩室，看见会议桌对面坐着四位评委，仅有一位是市审计局领导，其他三位都像学者（据说学者们挺挑剔）。只听见他们在说：我们的时间把控还是很好。我想，他们也够辛苦的，因为在我之前已经面试了很多名，一定有点累了，不知道这对我是有利还是不利。

主考老师客气地说：你的材料我们都有，但作为高级审计师，请你介绍一下自己，以及主送论文的要点，时间为十分钟。我根据准备的答辩词进行了自我介绍，由于我的答辩题和论文基本相符，所以，我把仅有的十分钟都用来介绍自己了。当我讲完后，主考老师说：已经超过时间了。但我庆幸，即使超时，我也没有被打断，我把该讲的都讲了。接着是两道答辩题目的讲解，但自我感觉有些急躁，答得不够利索，总的来说，估计可以得及格分。但因为高级职称不是及格就能过关的，还是有点玄。

不管怎样，我终于完成了高级审计师所有规定动作，从理论考试、撰写论文到今天的答辩。结果有所谓,也没所谓,听天由命了!

(撰写于 2011 年 11 月 26 日)

八、高级审计师答辩词

昨天完成答辩后与马燕华在一起,我向她简要地说了一段自己的答辩词。她听后说:"你太牛了!"其实我原来倒是没有觉得有多少好,被她这么一鼓励,我似乎有点信心了。所以决定把我的答辩词公布于众。这篇答辩词是我上报高级审计师自荐材料的浓缩版。全文如下:

各位评委老师好,我来自上海外高桥(集团)有限公司,目前担任审计稽核部总经理。

基本情况:中共党员。曾分别就读技校、大专、本科和 MBA 课程;涉及机械、电子、金融和经济管理专业;曾先后在六家单位工作,包括税务局四年、中国银行三年、外高桥集团系统 17 年;先后获得了助理工程师、助理经济师职称,在 1994 年、1995 年、1996 年分别参加全国统考,获得了会计师、统计师和审计师职称。这些学习、工作经历,拓宽了我的视野,为我日后从事内部审计工作打下了基础。

我 1985 年开始从事经济工作,1995 年起从事内部审计工作,有 16 年内部审计工作经历。1995 年进入外高桥保税区新发展公司审计室工作,1997 年担任审计室负责人。2004年2月调入新发展上级的外高桥集团公司,担任审计部门负责人。

外高桥集团成立于1999年,是一家市级大型国有企业,主要负责上海外高桥保税区10平方公里区域综合开发与经营,注册资本12.6亿元,至2010年12月底,总资产为262亿元,净资产为53亿元,共有各类投资企业112家,其中79家控股公司。分别涉及工业房地产、国际贸易、国际物流、保税交易等行业,总资产超过亿元的企业有22家。由于外高桥保税区是1990年开发的,而外高桥集团是在1999年成立的,属于先有儿子后有爹,集团审计部门也是在我上任后才从计划财务部独立出来。面对从零开始的审计现状,我的压力前所未有。我做了以下三个方面的工作。

(一)助力推进,构建和施行集团内部审计框架体系(免疫系统)

(1)建立内部审计制度。制定了《上海外高桥(集团)内部审计制度》《审计稽核部岗位工作职责和职业操守》,以及与其相关的各类审计制度。

(2)规范内部审计程序。内部审计制度制定后,还有两个难题,一是92家陌生的投资公司,我必须尽快地认识和了解;二是从下属公司抽调的审计人员水平参次不齐。在组织审计人员对92家陌生的控股公司开展全面内部审计的同时,制定了《外高桥集团内部审计工作规范》,从审计方案、审计工作底稿、审计报告、审计档案以及审计成果利用等,建立了一套规范的流程和格式,统一了审计人员的审计方法和作业流程。

(3)强化审计建议落实整改。把审计回访列入年度审计计划。对于一般审计项目,要求被审计单位自查整改;对于审计发现的重大问题,下发《限期整改意见书》,要求被审计单位在限定期限内立即整改。对于审计过程中发现的潜在风险,做到即时即改。

(4)运用信息化审计手段和审计质量评估标准。这两项工作的展开,使外高桥集团的审计工作有了进一步提升。2007年起通过计算机审计软件,提升质量、防范风险。2008年起开展内部审计质量评估,制定了《外高桥集团内部审计质量控制评估标准》。对审计各个阶段的操作规范进行界定,在评定中发现了审计工作底稿存在着缺乏交换意见笔录、对审计人员职业素质缺乏书面考评等问题,我立即编制了《审计项目服务质量评定表》。在每个审计项目结束时,请被审计单位按"审计程序合规性"和"审计人员职业素质"两部分进行打分,从而对审计人员的工作有了客观和量化的考核标准。

(5)营造内部审计文化。针对外高桥集团投资公司多、行业类别广、企业规模大的特点,在审计资源有限的情况下,本人注重造就一支既有良好职业操守,又有较高专业技能的审计团队,并营造卓越的审计文化和精神。一是培养审计职业道德。要求审计人员树立应有的职业道德和求真务实的工作作风,不遗漏一个问题,不错判一起事件。二是营造不断学习、追求知识的氛围。所有审计人员分别具有 ACCA、CPA、CGA、CIA 等职业证书,以及审计师、会计师职称。三是以身作则带领团队。凡是难度大的审计项目本人都会参加,凡是出现审计报告征求意见难时,本人会和被审计单位沟通分析,勇于承担责任。四是关心审计人员。当员工不安心审计工作时和他们谈心,寻找问题根源。当员工家庭发生困难时,及时送上慰问,与部门员工成为良师益友。

(二)求真创新,推动财务审计向风险审计的转型(风险管理)

2010 年度,上海外高桥保税区创造地方税收 297 亿元、海关关税 444 亿元。经济增加值占全国 13 家保税区总额 40%;进口额占上海市 32%。面对如此庞大的经济总量,企业的经营风险已经远远大于财务风险。我开始把审计转入以风险为导向的内部审计。通过分析和调研集团经营风险源,我们发现集团在工程建设和国际贸易中存在着很大风险。

(1)工程建设内部控制。由于外高桥集团所属的 7 家房地产公司平均每年工程建设项目投资超过 40 亿元,工程建设内部控制是一个重要的方面。在 2007 年,审计部门参与制定了外高桥集团《关于加强工程建设项目内部控制的指导意见》,对系统内工程建设从设计、招投标、材料采购、工程施工和审价等环节进行全面控制,并建立了重点关注事项和重大风险跟踪报告制度。审计部门每年对这些公司进行专项审计调查。这些为建立外高桥集团建设工程风险监控平台奠定了基础。

（2）参与制定风险控制模型。外高桥集团拥有 20 多家进出口公司，对国际贸易市场依赖度高，容易受到国际金融危机的侵袭。审计部门组织开展对进出口行业风险控制的调研，同这些公司共同组成了"风险控制课题组"，撰写了《进出口代理业务中的风险控制》风险控制模型，给外高桥集团系统各进出口公司提供了指引。

（三）提升价值，发挥审计为领导提供决策依据的作用（增加价值）

审计人员在长期的内部审计工作中掌握着大量的信息和审计案例，把这些信息及时传导给管理层，使案例成为其他经营者的前车之鉴，是审计成果和价值的最好体现。

（1）运用审计成果，为经营决策服务。每年组织审计人员撰写经营管理分析报告。撰写了《关于对集团系统管理费用和销售费用的专项调查报告》和《关于集团系统内部控制缺陷情况的专项调查报告》，引起了集团领导的高度重视。

（2）组织审计讲评，提高审计权威性。每年的外高桥集团审计工作会议上，我都会对审计案例进行分析，通过举一反三，起到了警示作用。近几年来，外高桥集团没有发生一起经济案件，说明了内部审计不仅有权威性，更有威慑力。

总之，我从一个理工科类转行至经济类专业后，在实践中学习,与时俱进,追求国际化审计视野与外高桥集团文化的有机结合,把外高桥集团内部审计提升到了较高层次。

　　2008年,外高桥集团被浦东新区审计局评为"浦东新区2006—2007年度内部审计先进集体";2011年,被上海市审计局评为"2008至2010年度上海市内部审计工作先进单位"。

　　本人担任浦东新区内部审计协会副会长,上海市内部审计协会商贸专业委员会副主任。1998年和2000年,先后两次被浦东新区审计局评为内部审计先进工作者;2008年被国家审计署授予"2005年至2007年全国内部审计先进工作者"荣誉称号。

(撰写于2011年11月27日)

九、成为高级审计师

　　今天上午,我忽然想起,11月26日的高级审计师答辩已经有一段时间,结果还不知晓。于是拿起电话,打给承办该事项的上海市审计局人事处小李,问:高级审计师的结果何时出来啊?他说:已经在"21世纪人才网"公示了,恭喜你通过了!真的?挂下电话,我立即上网站进行了确认。原来早在11月30日就公示了,我的消息太不灵通了。

　　振奋人心的消息,让我独自激动了好一会儿。立即给关心我的好友马莉黛报喜,她嘲笑我:"看你忙的,怎么今天想起了这件事情?"她说一周前就打听到了这个结果,但因为忙于事务,没空给我电话和信息。我心想,如果你没时间打电话,发信息的时间总该有吧?当然她是一位非常严谨的人,也许认为要等到最后书面依据才能恭喜。但对我来说,不管是口头结果还是书面结果都非常重要,起码是传递一个好的信息。自从答辩完后,我确实玩得不亦乐乎。但每每静下心来,想起这件尚未有结论的事情,心里总会纠结一下。

现在夜深人静,我回想经历的一年高级审计师申报和理论考试的过程,艰辛而富有挑战。关于考试和答辩的过程,已经即时发送在了博客上,但其实申报资料和准备答辩的过程也是蛮有波折的。

今年5月份起,我开始准备申报材料,自荐书的撰写让我费尽心思、斟酌再三。请教专家,各有各的说法。有的说:要写得翔实,以证明你的业务能力;有的说:要写得超脱,以显示你高级审计师应有的管理能力。于是我粗略地把这几年的工作总结归纳一下,一篇文章立马完成,发给马莉黛看,她说:一看文章,就知道你没用心,东拼西凑,不连贯。你应该拿出像写博客的认真劲。她的当头一棒立即把我震醒。于是我废弃原稿,从头再来,记得那天在办公室,从下午3点一直写到晚上8点。第二天再发给她时,她回复:这一稿还算像点样子。

后来又给了市内审协会夏处长看,他告诉我:要掌握两点,一是在文章第一页,把要说的全说了,因为评委们没心思看后面的。二是文章后几页中把标题选好,因为评委关心标题胜于关心内容。这下,我又没有方向了。我在首页中,把所有可以美化自己的故事全集中了。后面的标题,把排比句、押韵等对比性强的用词都用上了,但就是觉得文章不够顺畅。于是,我索性把这件事情放在一边,又玩去了,我想等想清楚了再做。

这么一拖,就到了8月份。我发现得抓紧时间了,因为9月底必须完成。而且字数必须控制在4 000字以内,但我的初稿有7 000字。于是在最后的一个月内,我开始浓缩文章、取其精华。就这样几乎改了十多稿,在老同学逢炜为我修改了实务部分中的章节后,我请马莉黛为我定稿,她说不用改了,很全面了。我再请梅总修改,她说:你太谦虚了,又把内容拔高了一些,为文章加上了几个"国际视野"的句子。在交稿的前一天,我想起了刚刚调入集团投资的东方汇文公司常务副总、毕业于北京师范大学的胡环中。因为他原是我们集团办公室副主任,所有文件都由他核稿。确实,在最后关头,他把文章中的"我"改成了"本人",使文章更规范。所以仅仅这篇自荐书就有不下五人帮助完善,在此表示感谢。

本次参评过程中,获得了许多好友的支持和关心。

(1)马莉黛,上汽集团审计室主任,也是我的好友。她对我的事情比自己的事情还上心。不仅修改文章、帮助论文发表,还不断地在我耳边说"你评不上谁评得上?"的鼓励话语,让我义无反顾、勇往直前。在答辩的前一天,我俩正好在一起开会,她还对我的答辩词提出了修改意见,并积极鼓励我,只要正常发挥,应该没有问题。

(2)李中宁,我们上海女企业家协会副会长、合唱团副团长。应该和她没有关系的这件事情,她给予了关键性的提醒。记得6月份,在女企业家协会的一个活动上,李总看见我问:"你今年是否报考高级职称?"我说:"你怎么知道?"原来她是上海市高级职称评委会的一员,已经获得了部分评审对象的名单。于是她说了一些注意事项,所以我今天第一条信息就发给了她,谢谢她的关心。她回复:"在遥远的加州恭喜您!"哇!我一个不经意的信息,竟然还漂洋过海了。

(3)梅丽君,就是我一直称她为梅总的大姐。在我一年多的考试和评审过程中,一直关心和关注着我。不管是高级审计师理论考试、英语考试还是计算机考试,她会不时地关心我:"复习得怎么样了?辛苦啦!"其安慰的话语同样激励着我闯过一个又一个险滩,来到了胜利的彼岸。本次答辩结束后,聪明的她从来不问我结果出来与否,而总是说"你100%通过",让我睡上了安稳觉。

(4)周超颖,我电大同学。在复习英语时,是她告诉我可以去网上学校复习,并借给我相关的英汉字典,以至于我少走弯路,获得了超预计的成绩。

当然还有很多合唱团的姐妹们:朱莉见我复习英文是那么困难,就说:"要是两年前,我完全可以辅导你。"佳芬团长见我计算机考试后闷闷不乐时问:"难道你真的很郁闷?"看见我的答辩词后,她说把她看得一愣一愣的。马燕华以为我的答辩应该在9点钟结束,结果11点30分还不见音讯,又不敢给我打电话,把她急的,也真让她操心了。李雪榛在我答辩结束的第一时间,问我答得顺利与否,当我说"很一般,不太好"时,她说"你谦虚了,每次都说有惊险,但每次都过关",让我感到了欣慰。

回想起2010年10月份的高级审计师理论考试,2011年3

月份的英语考试,2011年4月份的计算机考试,2009年和2011年先后发表的三篇论文,2011年6—9月让我纠结的申报材料阶段,2011年11月份那紧张的答辩过程。所有这些,几乎都在一年时间内完成,自认为性价比还是很高的。

曾以为高不可攀的高级职称终于搞定了,我将好好珍藏这本证书。因为它是对我审计职业生涯的肯定,也是对我退休后的一份增值(当时拥有高级职称退休工资可以增加300元),尽管这区区300元并不是我的主要目的,但当这份荣誉可以被量化时,300元所拥有的无形资产将被无限放大。

(撰写于2011年12月17日)

十、注册企业风险管理师考试

曾以为我再也不会参加考试了,但不得已,因为参加了注册企业风险管理师学习,考试也成为必然。考试可不是一件轻松的事,但你越忌讳,它还越来。

从准备考试内容、考试工具,到考试时间的确定,我在考前几天一直追问老师。后来才知道,考试的2B铅笔是由北京总部来的监考老师带来,准考证是考试当天发给大家,当然还得带上身份证。但李老师对于迟到30分钟,考生不能参加考试是这样解释的:9点开考,但你们必须8点30分进场准备,9点以后进入考场的考生将被取消考试资格。我问:"不是9点钟开考吗?"她说:"是啊。"而我理解的30分钟取消考试资格是:9点开始考试,这时题目已经公开,30分钟以后再进来的考生,也许已经获得了考题,可能作弊。当然我也不想再问下去了,管好自己,早上8点15分到考场,安全系数放大一点。

由于4月19日晚上我还参加了一项重要的活动,因此到家已是晚上22点30分。这时,我还在惦记着一些题目,所以最后复习至凌晨时分,并整理一些考试用具,其中,认真地在包里放上了一副老花眼镜。呵呵!这说明我已经过了考试的年龄。

其实,我在开始没有学完全部课程时就做过模拟题,可以获得70分左右,可见这些题目主要是理解和积累。但后来发现,另有一套题目很难,不弄明白一些概念和理论还真做不出来。考试的题目类型大约是这样的:

(一)凭经验选

例题:保健品行业处理产品质量风险,最推荐的处理原则是(　　)

A. 不表态,同时开展新一轮广告战术,以正面声音压倒负面声音

B. 得到预警信号后高度重视,及时采取措施,将危机消灭在萌芽状态

C. 销毁问题产品

D. 调查原因,采取负责任的态度

答案:B

(二)凭积累做

例题:某企业经过风险评估,收益Y与综合风险指数

X 可以用下式表达(　　　)。

$Y = -0.5X^2 + 3X + 3.5 (X \geq 0)$

风险指数成本 C 为：C = X + 2

该企业在最佳风险承受状态时的综合风险指数为(　　　)

A. 7　　　　　　　　　　B. 3

C. 3.5　　　　　　　　　D. 不存在最佳风险承受状态。

答案：B。这是考数学题了，对 Y 求导，获得求最大值公式，$-X + 3 = 0, X = 3$。

(三)凭知识点做

例题：6 月份，交易者认为 X 公司股价在未来 3 个月内可能下跌，此刻股价为 50 元。此时，三个月看跌期权行权价为 39 元，且售每份 5 元。如果该交易者 3 月份投入 5 000 元购买看跌期权，9 月份该股价下跌至 34 元，则其损益是(　　　)。

A. 损失 5 000 元　　　　B. 获利 1000 元

C. 不赚不赔　　　　　　D. 损失 50 元

答案：C。这是一个远期合约的题目，只有理解行权价、看跌买入等概念，才能算出。

(四)凭感觉做

例题：这是一个行业塑化剂的问题，酒鬼酒成了替罪羊，你认为酒鬼酒曝光后，应该立即怎样做？(　　　)

A. 向社会喊冤

B. 把行业的企业一块揪出来

C. 沉默,让市场反应慢慢降温

D. 寻找危机中的商机

答案:A。因为是替罪羊,所以喊冤。

由于 100 题的数量会让人从清醒到糊涂,即使会算也会算错,即使理解也会选错,而且上午的 100 题只占复习题的 15%,所以 85% 是跟着感觉走的。但因为知道下午的题会更难,我十分担心。幸亏后来的解答自我感觉良好。

至于考试结果,说不重要,我也付出了很多;说重要,毕竟我也没有想过把它当成职业。参与了,学习了,才是我参加企业注册风险管理师考试的真正目的。

(撰写于 2013 年 4 月 22 日)

十一、成为注册企业风险管理师

今天中午忙完了工作,我忽然发现电脑中的 QQ 在闪动,立即点击,是署名园园的财大周老师留言:"你的风险师考试通过了。"真的吗?我不敢确信,立即去网站查询,以确认她们没有搞错,自己没有听错。但输入名字后,跳出了"无此考生"的答复,又把我急了,当即电话了周老师,她告诉我:"我们内部先知道了,过几天会把成绩登入考试查询网。"我通过了,又一次证明了自己。

也许很多人对注册企业风险管理师还没有概念,介绍一下:

(一) 发证机构

亚洲风险与危机管理协会(AARCM)是全球第一个从行业角度推出《企业风险管理人员职业标准》的协会;是全球第一个以职业标准为知识与技能框架,对全球企业首席风险官(CRO)实施系统性考核认证的国际权威组织。

(二) 注册企业风险管理师(CERM)证书

(1) 持证者具有国家注册认可的风险管理职业资格,享有国家职业资格的权利和专业地位;标示着持证人在各类风险报告上签字的国家级公信度、专业公信度、社会公信度和国际公信度;是持证者应聘、晋级、评职称、定岗责的重要依据。

(2) CERM是中国企业风险管理职业水平的第一和唯一品牌。以企业风险管理为核心理论基础的CERM证书,2005年底在中国落地,以此为标志揭开了中国企业全面风险管理的新

时代。

（3）标明持证者具有国际接轨的风险管理理念及国际通行的风险管理语言，常能得到国际上某些国家政府就风险管理专才的认定（如专业移民认定）。

（4）CERM 国家职业资格势必被人力资源猎头公司纳入风险管理人才第一或唯一搜索引擎。进入国家风险管理人才交流网络平台，建立风险管理专业高端人脉。

这份国际资格证书是全英文的。我从此可以成为"越老越值钱的企业医生"。

（撰写于 2013 年 5 月 17 日）

十二、文章被登报

经常看我博客的人，也许觉得蓬蓬一直处于玩的状态，不是看演出就是去旅游。认识我的人会问："你怎么这么有空啊？"言下之意，你的工作一定不怎么样；不认识的人还以为我是一个无业游民。所以今天就讲讲和工作有关的事情。

3月份，我去上海市审计局经济责任处开会，吴处长见我就说："你的文章被登载在昨天的《中国审计报》了。"我很惊奇，因为我没有投稿啊。吴处说："是一篇关于集团型公司内部审计风险防范探讨的文章。"我才想起，这是我两年前写的一篇文章。今天收到了他们处徐科长寄来的 3 月 9 日的报纸，才发现，我的文章确实被登载了。

这是一篇关于审计风险的论文，论文大意：近年来的国家审计风暴,使大众对审计越来越了解和关注,"审计"两字在人们心目中的地位越来越高。但在提高审计地位的同时,无形中增加了审计人员的使命感,增大了工作压力。所以如何防范审计风险、提高审计质量,是每一位审计人员必须重视的问题。本文首先阐述了审计风险的定义,并结合在集团型公司管理模式中出现的审计风险表现形式,提出了审计风险的控制措施。内部审计只要严格按照《中国内部审计准则》,就可以最大限度地发现被审计单位的重大差异或缺陷,减少审计工作中的检查风险,从而不辜负审计工作者的光荣使命。

其实,这是一份工作体会,也是为了完成市内审协会的任务。但被市审计局选送至全国内部审计协会,参加全国审计论文评选(上海市共有七篇),获得了全国内审协会优秀论文奖,并于2009年底去山东烟台参加全国内部审计论文交流大会。

本人不是新闻记者,从来没有向报纸杂志投过稿,本次属于被登载。《中国审计报》是国家审计署下属中国审计报社的一份报刊。也许他们认为,凡是审计局获奖文章,就自然拥有版权,所以不用征得作者同意。但我认为,这是两码事,稿费可以免,但尊重作者不能免,起码应该通知我,免得让我"受宠若惊"。

当然文章被登载总归是一件好事,因为得到最高专业机构认可不是那么容易的。这篇文章还被登载在了2009年11月份的《新会计》杂志上。也是因为有了这篇文章,使我萌发了去争取高级审计师的冲动,并开始了艰难的七个月的考试旅程。现在想来,这篇文章是导火线。

哈哈!星星之火,可以燎原。

(撰写于 2011 年 5 月 13 日)

十三、在员工大会上的发言

上周五(7 月 15 日),公司举行半年度员工大会。每年这个时候,都是总经理主讲、员工听。也许老总也发现了大家的乏味,今年他就别出心裁,让员工畅所欲言。这种场合,我一般不愿意发言。但要求每个部门都要有代表发言,我只得硬着头皮上。

来自各个部门的九名员工发言。毕业于复旦大学新闻系的陆勤,代表行政办公室,把本部门员工的照片制作成"我把青春献给你"的 PPT,把本部门员工一个个夸奖了一番;党办魏建春则说道,因为部门必须对付上级 18 个主管部门,工作应接不暇;计划财务部朱宏博因为是公司唯一的未婚青年,对大家的关心表示感谢……

当八名同事说完后,最后,我作了以下发言:

各位领导、各位同仁,大家好!

听了大家的发言,对自己的发言没有信心,一是属于公司最小单位(目前仅有两人)的审计部门,如果制作 PPT,只有两页;二是党办为有 18 个主管部门感到烦恼,而我们为有下属 90 家投资公司感到烦恼;三是我们部门没有未婚青年,想操心也没有对象;四是如果行政办公室的"我把青春献给你"是现在进行时,那么我则属于过去完成时。

已过了青春年华的我,面临职业生涯的最后阶段,纵然回顾,也仅是一种释然。

1. 对保税区的感情

我 1994 年 1 月进入保税区工作,当时只有 35 岁,和在座的很多人一样年轻,尽管不太漂亮。在这以前,我曾经就职于四家单位,分别在税务局工作三年、中国银行工作四年、期货公司工作一年。所以今天我忽然发现,自己三天打鱼两天晒网的性格怎么会在保税区一干就是 17 年,而且似乎要做满 20 年,直至我退休的那一天。当把 20 年岁月年华都奉献给了保税区,我对保税区的感情自然是非常深厚的。

在保税区的前 10 年,我在新发展公司计划部工作,与刘宝生(现为外高桥股份公司副总经理)、徐而进(现为陆家嘴集团副总经理)成为同事。我与这些当年的未来之星一起,面对保税区一片毛地,经历了艰难的"七通一平"和招商引资。2004 年初,在新发展公司进入收获期的时刻,我来到了外高桥集团公司,承担起了集团内部审计工作。由于工作层面一下子从直属公司提升到集团层面,审计范围从原来新发展公司的 20 家投资公司扩大到集团层面的 70 多家控股投资公司,责任和压力前所未有。从建章立制开始,开展规范审计程序、创新审计手段、开展审计质量评

第二篇 勤于学习 快乐工作

估等工作,我在同伴们的支持下,一直坚持到现在。

2. 对内部审计的感慨

从 1995 年从事内部审计以来,我像一名新驾驶员那样,走过了战战兢兢、勇往直前、如履薄冰的 16 年内部审计历程。战战兢兢,是因为刚做内部审计时的能力有限;勇往直前,是面对审计难题无所畏惧;如履薄冰,是担心自己的审计成果是否经得起历史检验。每当总经理问我:"难道都没有问题了? 真的没有问题了?"我更是夜不能寐。

"隐蔽战线"最大的困惑是,高兴的事情不能说,不高兴的事情没处说。我们不求其他部门的轰轰烈烈,但求自己的勤奋敬业;不求其他部门的门庭若市,但求自己的任劳任怨。审计岗位能够锻炼人,更能培养人。

请领导放心:我们审计人员一直想把本职工作做得更好。

请领导关心:由于内部审计需要揭露问题,难免受到被审计单位无端指责,但我们无所畏惧,更为自己的职业感到自豪。

面临职业生涯最后的 40 个月,曾经三天打鱼两天晒网的我不会跳槽,这不是年龄问题(经常有猎头公司来电),而是对外高桥这块热土的热爱,对保税区的感情。谢谢大家!

在我简短的发言中,不时引来大家的笑声和掌声。我一直认为,如果这样的发言都不能轻松,那我们还怎么应付工作中的正规发言呢?

(撰写于 2011 年 7 月 18 日)

十四、中国(上海)自由贸易试验区挂牌

今天(9月29日)上午,中国(上海)自由贸易试验区正式挂牌,这是我国对外开放战略的一项重大举措。

由于最近新闻媒体连篇累牍地报道自贸区成立的事情,作为奋战在这里20年的本人,也感觉了一份自豪。外高桥保税区

经过 23 年的开发,已经吸引了诸多世界 500 强企业,每天有 20 万人在保税区工作,其中有 1 万余名外籍员工。

今天的挂牌仪式现场来了很多市级机关和企业代表。上海市的四套班子成员都出席了。商务部部长、海关总署副署长等出席了仪式。仪式在上午 10 点准时开始。杨雄市长致辞,商务部部长高虎城说,选择上海作为自贸区的理由。一是上海有较好的基础。上海开放型经济规模大,内外经济联系面广,国际化企业集聚度高,可以在一个比较高的起点上进行试点,承受风险的能力也相对较强。这片区域已吸引各类投资企业 12 000 家,其中世界 500 强企业投资了 230 个项目,2012 年进出口贸易额为 1 130 亿美元。二是上海有较为成熟的监管制度和管理经验。2009 年,上海市人民政府设立了综合保税区管理委员会,有管理开放区域的很多经验,有助于下一步创新监管服务模式,促进各类要素的自由流动。三是上海有较好的区位优势。上海地处长三角,拥有广阔的经济腹地,通过发挥辐射效应,可以带动更大范围、更广区域的开放开发。市委书记韩正揭牌,还为首批入驻自贸区的 25 家中外资企业、11 家中外资金融机构颁发证照。

(撰写于 2013 年 9 月 30 日)

十五、走进上海立信会计学院

应上海立信会计学院审计硕士生导师王扬博士的邀请,昨天我来到了位于上海松江大学城的上海立信会计学院。

我还是第一次来到松江大学城,走进上海立信会计学院。本次是为硕士生们授课。要知道为大学本科上课的老师一定是博士哦。

我讲课的内容是"外高桥集团公司内部审计实务"。因为来自自贸区,我首先把外高桥保税区、自贸区、外高桥集团介绍了一遍;又因为讲内部审计,把国家审计、社会审计和内部审计作了区别。

内部审计实务主要从制度先行、依法审计、审计管理、审计质量、内控建设、审计回访、审计讲评、审计分析、自我保护、提高素质等十个方面展开。因为都是工作中碰到的实例,同学们都听得很认真。我告诉大家,审计人员不仅需要具备财务知识,更需要其他行业的知识。大家对"自我保护意识"听得很仔细,我告诉他们在提高审计质量的同时,一定要做好案卷,避免被审计单位胡搅蛮缠。审计人员要做到勤奋敬业、任劳任怨、斗智斗勇,有为才有位。在最后的交流环节,同学们比较关心就业问题。

提问1:如果想在内审部门发展,毕业后直接进内审部门好,还是先在事务所工作一段时间再转内审好?我回答:先进入四大会计师事务所,有经历后容易进入国企内审部门。

提问2:内审人员在企业中的晋升方式是什么?我回答:认真工作,水到渠成。

提问3:国企和银行比,哪个内审性价比高?我回答:不建议直接进入银行,因为银行比较古板,论资排辈。而现代大型国有企业,看业绩和能力。至于性价比,就是看哪个单位了,也许银行暂时会高于国企。

其实我更多地引导同学们做自己喜欢的事情,以前说是"做一行,爱一行",如今应该是"爱一行,做一行"。建议同学们不要看眼前的利益,要从长计议。我告诉他们,我都没有做过财务,就能够做一名审计人员,靠的就是工作实践中的不断学习。

我还特意把"蓬蓬博客"告诉同学们,让他们知道一名审计人员的业余生活也可以丰富多彩。还讲到了中国ShEO合唱团去马耳他比赛,引发了同学们好奇的笑脸。

两个半小时的讲课中,没有人交头接耳,少有人走动,我也没有喝一口水,可算是一气呵成。我是坐着说的,因为牙疼脸肿。临来时吃了一片散利痛,好在讲课过程中全没有感觉牙疼。但到5点30分讲课结束后,顿感头疼脑热,牙疼再次出现。哈哈!精神力量无穷。

今天学校有人给我发来信息:"作为聆听您讲座的一名研究生,首先非常感谢您昨天来到我们立信会计学院作的关于内审的讲座,让我受益匪浅,我认为您的讲座内容非常'接地气',让我对内审工作有了进一步的认识和理解。"

我回复:"感谢你们给了我走进校园、走上讲台的机会。"其实我也只能将自己的工作经验告诉同学们,而他们审计硕士的理论知识才是我需要学习的。

(撰写于 2014 年 10 月 30 日)

十六、告别与起航

在退休前的最后一天,我在公司内网写下了这样的一段话:

各位集团公司的领导、同仁:
  今天是我的生日,明天我将踏上新的旅程,重新扬帆

起航。我珍惜在外高桥 21 年的美好时光,和大家共同见证了保税区开发建设、自贸区成立的时刻。如果我在工作中有做得不地道的地方,请大家原谅;如果我还算有点投入的话,请大家鼓励。谢谢有缘的同事们,陪伴我度过了 35—55 岁人生最美好的时光。相信,外高桥集团明天会更好!

是的,我退休了。

(撰写于 2014 年 11 月 28 日)

十七、又见刘新民总经理

今天见到刘总了。专门说说刘新民(照片中着浅色衣服的

先生），是因为他是我的恩师，也是我的伯乐。

在我的工作生涯中，共经历过技校、税务局、中国银行、中信申信贸易、军工期货、外高桥新发展公司、外高桥集团等七家公司。工作努力的我，少有得到领导的青睐，因为多做多错，原则性太强。而少有的领导，就是上海市外高桥保税区新发展有限公司、上海外高桥（集团）公司刘新民总经理。

记得1997年，他从浦东新区经贸局局长调任新发展公司总经理，那时我主要担任统计工作。一次他把我叫到办公室，带有质询地问："你怎么把对英特尔公司的土地批租数据计算到了1996年度？"那时已经是1996年12月份，要统计年度招商工作。我一点都没有觉得自己做了糊涂账，回答："因为批租合同是1996年12月份，所以计入了1996年度。"他被我这么一说，似乎觉得有点道理，但又说关于批租土地的统计数据要谨慎。这时我忽然醒悟，刘总今年刚上任，如果算到1997年就属于他的业绩了（当然他应该没有这么小肚鸡肠），于是我说："如果我在1997年再统计一次就重复了，因为外高桥保税区管委会都知道我们仅批租了这一块土地给英特尔公司。要么，我再写一个统计调整的说明，把1996年的这块土地算到1997年度。"刘总说："我是觉得，统计数据要有依据和时间性。"我回答："我的依据就是根据合同签约时间。"

回到办公室，想想刚才的据理力争有点过头，人家可是新来的老总，多少人想拍马屁都来不及。更要命的是，我谈工作从来都是很严肃的样子，和领导说话也不会装笑，着实让我后怕了一小阵。

第二篇　勤于学习　快乐工作

不久就是公司1997年迎春年夜饭。许多人去给刘总敬酒,我也跟着部门领导抖抖哔哔去了,我还没有开口,刘总笑哈哈地说:"你这人非常具有刚性,这不是批评你。"我连忙说:"上次我瞎说话,请多包涵。"他说:"哪里哪里。"这时我已经看出,刘总不讨厌我的性格。后来我的性格就被刘总"利用"了,让我从事公司内部审计,你不是原则性强吗?哈哈!

从事内部审计后,在对新发展下属二市场的一次审计后,二市场总经理孙惠定对刘总说,你派来的审计人员为你把关很严,可以重用。被审计单位能够为审计人员说好话,真不多吧?

于是刘总一直非常关心我,包括入党、晋级。后来,他组建并出任上海外高桥(集团)公司总经理,需要招聘审计部负责人,他对人力资源中心总经理孙总说,要招像我这样的审计人,哈哈!真被他重视到底了。2004年他调任我去外高桥集团,找我谈话时说:"想请你来帮忙,可能薪酬上会有所损失。"我说:"谢谢刘总你看得起我,我既然来了就不会提报酬,只是怕自己站在高一个层面,难以胜任这个岗位。"也许想为刘总争气,我在担任集团审计稽核部总经理后,带领部门员工,努力工作。面对外高桥集团100多家控股和参股公司,我们通过计算机审计和审计质量评估等国际先进的审计理念和方式,开展了内部审计和风险控制。我们外高桥集团被评为上海市内部审计先进单位,本人也曾被国家审计署评为内部审计先进个人,在成为高级审计师后,本人也算是"德艺双馨"的审计人了。

当然我佩服刘总,更多的是他的领导艺术和聪明才智,每次向他汇报工作,我刚讲第一句,他就知道我想说的第二句。他对经济形势的判断和企业经营中的思路缜密,让我不得不钦佩。如今我退休了,我可以说,做我的下属很好做,做我的上级不好做,后句有点"反上"。因为我需要能给我指导性的领导。刘总就是一位令我佩服、具有人格魅力的好领导,没有之一。

　　后来难得的几次见面,我一直对刘总说:"也只有你懂我,忍耐我的性格,并不断提拔,没有你就没有我的今天。"这些话可都是在他退下来后说的。后来我知道他和我都是天蝎座,怪不得我相信星座预测。

(撰写于 2018 年 3 月 29 日)

第三篇
家和万事兴

这里的家事涵盖了蓬蓬的父母和其他亲人,写到了96岁的奶奶,写到了桂林的大舅舅、纽约的姨妈、芝加哥的姑妈和爱好书法的小舅舅,还有被蓬蓬视为良师的王叔叔。另外老邻居们30年后的再相会,显示了浓浓的亲情。

我的时光手札

一、想念远在桂林的亲戚

刚才得到桂林表姐发来的一个不幸的消息,我那远在桂林的舅妈不幸过世,享年84岁,这让我悲痛了很久。我给表姐回复的信息是"但愿老人家在世时不留遗憾"。

舅妈此次是因为患乳腺癌而去世的。此前,她还患有严重的白内障,眼睛几乎瞎了。舅舅和舅妈一个89岁,一个84岁,他们都是典型的上海人,两人在解放前就因为工作需要离开上海去了广西桂林。舅舅曾在中国银行和中国工商银行任高级职员,舅妈在一家服装厂做裁缝。上海情节一直伴随着他们的生活,每次回上海,冲着九江路和福州路就喊三马路、四马路,这可是旧上海时的称呼。每次回桂林,总要带上一点上海小吃,如王家沙豆沙、猪油八宝饭。因为桂林没有草头,所以来上海就想吃草头,舅舅还曾把一根草头夹在书中带回桂林以示纪念。他们喜欢吃西餐,喜欢喝咖啡,小资情调在当地是出了名的。特别是舅舅,绝对是一个上海老克拉,在没有改革开放时,外汇券在上海很吃香,而我舅舅只要经过上海和平饭店或者国际饭店门口,黄牛们就会围上去询问:"外汇券有伐?"以为他是归国华侨,可见他气质超凡脱俗。上海解放前舅舅一直在金融界工作,所以在旧中国,每天西装革履。舅妈是裁缝,会选料,总是把他打扮得非常精神。舅妈祖籍是苏州,所以一直是小家碧玉的样子,小日子过得非常让人羡慕。在桂林,他们"看不起"当地人,总觉得他们"土"。

但是,在"文化大革命"时期,舅舅受到了冲击,原因是在上海解放前夕,银行职员都逃到台湾去,你没有跟着去,那你肯定是潜伏特务。再说,他有一个弟弟和一个妹妹都在美国。有海外关系在那个年代是要倒霉的。所以他被批斗并隔离审查了很久。舅舅是一个乐观的人,那时常常传达中共中央文件,因为他是"反革命",所以被排除在群众行列之外,不能听文件,但是他却幽默地说:"我不能听,但我的孩子们听了回来告诉我,不是一样的吗?"在那个年代,舅舅没有工资收入,舅妈就节衣缩食,为了拉扯大一对儿女,把舅舅当时不可能穿戴的领带,改成了当年流行的"假领子",也算是创意吧? 尽管艰难,但他们的精神世界很富足。

后来舅舅平反了,在59岁时还加入了中国共产党,用他的话说:"入党是我梦寐以求的,现在终于实现了,我要证明自己是拥护中国共产党的。"舅舅兴趣爱好广泛,喜欢摄影,还自己冲印胶卷照片,他摄影的桂林漓江山水风景照多次被登载在当年的《人民画报》上。他喜欢打桥牌,和几个银行界的老朋友每周打一次,他的桥牌水平在桂林很有名的,还经常和省委领导切磋牌技。

我曾去过桂林好几次,舅舅和舅妈以前也定期来上海,我就常常带他们四处走走,看看上海的变化,彼此很有感情。所以当三个月前听说舅妈患癌症时,我焦急万分,当日就在网上订了机票,没有来得及同家里打招呼,就从公司直接开车奔浦东机场,并于当日晚上飞抵桂林,在到达桂林后才通知老人,想给他们一个惊喜。对于这一快速的反应,我的想法是,尽管她还没有到病危的时刻,但我必须要在她还算健康时看到她,给予老人更多的安慰。果然，他们看到我后非常高兴，我为两位老人拍了许多照片，我知道这也许是老人最后的留影。不到48小时我就回到了上海，对于这次匆忙的旅程，感觉非常值得。

我一直认为，在世为老人做点事能使老人受用，而豪华办理后事是给旁人看的。所以我一直不认可人过世后，追悼和吊唁的排场过大，又烧纸又摆酒。如果在世时对老人多尽点孝心，那么后事办得怎样都不重要。对于老人的关爱，作为小辈如果想到了要马上做，否则后悔的是自己。

谨以此文悼念我亲爱的舅妈，但愿老人家一路走好！

（撰写于2008年9月28日）

二、我亲爱的表哥走了

周六上午忽然听到手机声，来电显示是远在桂林的表姐童华，我心头一紧，因为小华姐不是经常来电的。匆忙打开手机，问是否89岁的大舅舅出事了，她泣不成声地说："不，是我弟弟童轲在单位上班时因心脏病猝死了。"我眼泪夺眶而出。当知道葬礼安排在周日上午时，我的心就已经去了桂林。于是不假思索地预订了去桂林的往返机票，当天下午5点从上海虹桥机场出发，晚上9点抵达桂林。当我走出桂林两江机场时，习惯性地环顾了一下机场出口处，似乎还在寻找每次来接机的表哥，当然这已成为我的奢望。在外甥陪同下，我从机场直接赶去表哥家。一走进小区，就看见搭建的帐篷，这是表哥的灵堂。当我看见灵堂中间放置的那张不修边幅、皱纹四起、面容消瘦的相片时,想到他连一张合适的照片都没有留下时,失声痛哭,在他像前深深地三鞠躬。

说起表哥,我有太多的话要说。首先我从来就是"没有规矩"地对他直呼其名,所以在这里就让我叫他轲吧。我和轲虽然远隔千山万水,但感情很深,那是因为我很欣赏他的品格和为人,他那不修边幅、书生气的样子一直到年长了都体现出可爱。记得"文化大革命"时期,由于他父亲(我大舅舅)被打成特务,关押审查,所以轲就和姐姐华来到上海,住在我家。那时我还在读小学,他们是中学生,我们在一起玩、一起闹的情景,至今清晰地印在我的脑海里。后来他回去了,听舅妈说,由于家庭成分不好只得去农村插队。不善于生活的他却很能吃苦,队里发什么就吃什么,有一次队里发红薯,他就吃了一周的红薯,让舅妈还伤心了好一阵子。那时兴学《毛泽东选集》和《资本论》,他还和我父亲通过信件讨论学习《资本论》的体会。知青大规模返城时,每一批回程的单位是不同的,他被挤出了较好的单位,轮到他的是一家装卸公司,但他无所谓。1978年轲参加了高考,由于是国家恢复高考的第二年,考生的水平参差不齐,可能是为了选拔考生中的优秀人才,在数学试题中出现了附加题,但这些题目不算分数。听大舅舅说,轲在考数学时,觉得前一部分题目太简单,就先做附加题(高等数学),他认为附加题能做的话,老师就应该知道这位考生有多高水平了。结果等到他把最难解的附加题做完了,再去做前面简单的题目时,时间不够了,留了很多空白,最后轲因自己的书呆子气而耽误了上正规大学的机会。后来凭着他的执着,上了中央电视大学,终于成为一名大学生。

他长期以来一直在工程建设公司从事工程审价工作,获得了全国造价工程师的职称。

每次轲来上海出差,我都会带他去上海各处走走看看。记得1993年来上海时,我带他去了南浦大桥,他看到浦东开发初期满是高高矗立的塔吊,说:"浦东开发不得了,前景无限。"每次我去桂林旅游或出差,也都是轲到火车站或飞机场接送。

轲是一个有知识的人。这不仅体现在求知欲望上,还体现在对自己的形象设计上。有一次来我家时,发现他戴上眼镜了,我妈问他:"你眼睛近视了?"他说:"没有,我戴的是平光眼镜,这样看上去更有学问。"让我们哭笑不得。但是后来随着他知识的丰富,真的变成近视了,并名副其实地带上了"盼望已久"的近视眼镜。有上海血统的轲更是一个有上海情节的人,他喜欢上海的人文环境。每次来上海,他去得最多的是新华书店,他羡慕上海良好的读书环境和机会,他喜欢海纳百川的上海文化。

轲是一个很有职业素质的人。他所从事的工程审价工作是一个是非之地,容易被人利用。但据说他对施工队给予的任何额外费用都一概拒绝,从不滥用职权。昨天很多工程公司都送来了花圈并参加了追悼会。他的口头禅是:"不要麻烦别人了!"

轲是一个对生活没有要求的人。他生活自理能力很差,以前出差到我家,为了减轻我妈的家务,就自理一些基本的事情,但笑话百出。如他那所谓的洗袜子,是擦上肥皂后就晒太阳,没有漂洗的程序,所以每次我妈都需要把他的袜子重新洗过。他不知道怎么洗衣服的问题和他妈妈的溺爱有关,从小到大都是他妈妈为他夹菜,否则他永远是一边看书一边吃离自己最近的那碗菜。

轲有一位贤惠的太太小严。小严是他母亲相中的一位无锡媳妇,在桂林一家工厂做厂医。在桂林,无锡人被归类为上海人,舅妈认为她的各种习惯与之较相近。确实小严是一位良家妇女,忠厚本分,对轲可以包容一切,在生活上对轲照顾得非常到位。他们旅行结婚时就住在我家,所以我和小严也是好朋友。这次我去桂林前给小严打了个电话,她听到我的声音就哽咽地说不出话来,确实我与表哥轲和与表嫂小严有不一样的感情和缘分。

轲的儿子歆,今年29岁,是一个比较内向的男孩。原来我对其了解不多,但这次在送父亲最后一程中,歆表现出了男子汉坚强的一面。当有人说应该向组织提出一些要求时,他说:"父亲从来不麻烦别人,我们不能最后给他添乱。"所以他没有要求单位的任何补偿,很有骨气,这一点像他的父亲。歆对我说:"以前有父亲在,所以我对上海的亲戚不太关注,也从来没有去过上海。作为上海人的后代,以后我一定会去看望上海的长辈们。"父亲的英年早逝,让歆在几天中长大了许多。

由于这次的突然变故,大家怕轲89岁高龄的父亲接受不了,所以至今还瞒着老人家。当我开完追悼会去看望大舅舅时,我只能瞒着他说:"正好出差来此看看你。"他精神抖擞,当他开心地对我说"我给你泡一杯童轲从东北带回来的人参茶"时,我努力地克制自己。我陪老人去了他喜欢的一家烧鹅店用了午餐,一直在他身边待到下午4:30必须赶赴机场的时刻。看着他高兴送我的样子,想象着一旦知道亲爱的儿子先于他离别人世的那一刻,是多么的残酷,我不知道他能否挺住。

如果说除了伤心至极还有什么可安慰的,那就是最宠爱轲的母亲(我大舅妈)在半年前(2008年9月)刚刚去世,如果她老人家还健在,并看到自己心爱的儿子离她先走的话,肯定不日就会追随而去。用另外一种宽慰的解释就是,儿子去陪心爱的母亲了。

但不管怎样解释,轲都不应该在自己的本命年(60岁)离开人世。因为他还没有享受退休后的清闲生活(差几个月就退休了)。还有一个需要他支撑的家,需要他照顾的年迈的父亲,还有离不开他的其他亲人以及热爱他的好友。表哥,希望你在天堂里,在母亲的关怀下继续快乐地生活。

(撰写于2009年3月16日)

三、探望远在纽约的阿姨

第三篇　家和万事兴

5月28日,趁着来到美国纽约旅游,我在许昕同学的陪同下,探望了我的亲戚,年迈的阿姨和姨夫,他们家在纽约皇后区。

我们在纽约曼哈顿坐火车前往。下火车后,还得乘坐27路公共汽车。86岁的阿姨已在路口等待,89岁的姨夫则在家门口等待。我们来到一栋别墅前,这是阿姨和姨夫1973年来美国时买的,一直居住至今。想当初,在70年代,我们根本没有见过这样的大屋,而如今别墅在国内已不少见,可见我们和美国的差距至少40年。

姨夫施祖谦在新中国成立前就职于中国银行昆明分行,后调入中国银行西贡分行(越南)。越战后期,在我芝加哥童清曦舅舅的照应下来到了美国,进入一家银行工作,并加入银行高级管理层。曾在上海就读护士专业的阿姨童清馥,后来也在美国从事护士工作。阿姨是上海人,姨夫是江苏海门人。80年代,祖国改革开放初期,他们曾先后3次回国。但后来,由于年纪的增大,他们有心无力,再也没有回国探亲。

我1999年去美国遇见他们时,他们说:"我们很想回国,因为中国人讲究叶落归根。"但是,身体已经不允许他们坐十几个小时飞机。所以当他们知道我要去美国探望他们时,欣喜万分。姨夫骄傲地指着墙上的油画说,这是他的作品。看来,他是一位很有艺术修养的老人。

我阿姨共养育了两个儿子、三个女儿,如今子孙满堂。目前,五个儿女都没有和他们住在一起,但儿女们经常来探望他们,隔壁邻居也非常关心他们。

我们和两位老人的见面时间没有超过一小时。确实有说不完的话,我带去了父母的问候和全家福照片,以及一些小礼物,包括龙井茶和一个刻有金茂大厦、国际会议中心等建筑群的水晶工艺品,博得了他们的喜欢。他们给了我压岁钱,并给我父母和上海的舅舅准备了礼物。离别的时候,阿姨依依不舍地和我拥抱了很久很久。他们站在门口,向我们挥手道别,直至我们乘坐的出租车渐渐远去。是的,这一别不知何时能够再见面,希望二老保重。

(撰写于 2011 年 6 月 22 日)

四、怀念桂林大舅舅

上周在周庄游玩时,接到了表妹童海燕电话:"蓬蓬姐姐,桂林大伯伯去世了。"我一时无语,因为,前几天听妈妈说,大舅舅住院了,怎么一下子就没了呢?周庄回来后,我立即给桂林表姐童华去电,她说:"爸爸是 4 月底的某一天觉得胃部疼痛,送医院诊断为胰腺炎,5 月 9 日医院发出病危通知,5 月 10 日晚上 22 点去世。"大舅舅生于 1920 年,享年 93 岁。

桂林大舅舅一直是我非常敬重和爱戴的长辈。记得我 2009 年去桂林为表哥(他儿子)奔丧时,去探望了他,这也成了见他的最后一面。表哥突发心肌梗塞过世已经三年,直至临终大舅舅都不知道儿子已经离他先去。

那次去探望舅舅,我问了舅舅的一些经历。他说自己在年轻时从上海来到了广西。由于有电台收发报一技之长,所以,在一家外国公司担任发报员。后来进入了中国银行,新中国成立后,调入工商银行桂林分行,所以他是该分行老资格的员工。

"文革"对他有很大冲击。因为他新中国成立前就进入中国银行工作,又会发报,所以被认定是台湾潜伏特务,被关进了"牛棚"。他获得自由后,由于他负责银行点钞机、捆钞机等研发,所以经常会有与国内同行交流的机会。他每次去北京开会,就会向银行领导提出要途经上海几天。所以那时,我经常会看见大舅舅来我家小住几天,并帮着修灯管、换灯泡。

大舅舅是一个很有风度的人,剃着板刷头、腰板挺直、讲究穿着,合身的西服和领带一直伴随着他,犹如上海小开。舅妈在世时曾说:"解放前就身为银行高级职员的他一直是这样讲究。"

我在1983年大学毕业时,第一次去桂林大舅舅家,那时是黑白胶卷的年代,爱好摄影的大舅舅白天带我游玩,为我照相,晚上自己冲印照片。最近我整理旧照片时,就看见了大量他为我冲印的照片。

大舅舅擅长桥牌。以前他每周一次和牌友相聚,他的桥牌技术在桂林小有名气。2009年我去看他,在他茶几上有几本桥牌书,从这些桥牌书籍可见,大舅舅喜爱桥牌很有年代感。他告诉我,以前四个牌搭子,三个过世,就剩下他一个人了,所以现在不打牌了,就看看书。

大舅妈和大舅舅非常恩爱,舅妈2008年过世后,在原来舅妈生活的床位墙上挂着舅妈的照片。舅舅说:"我一直觉得她还在住院。"听着让我都觉得辛酸。他指着屋内的缝纫机说:"你看,你舅妈做了一半的针线活我都没有去整理。"

舅妈过世后,他的起居饮食由他女儿童华照料,由于住在一个小区,女儿每天中午送来午饭,而早饭和晚饭就由大舅舅自理。我2009年最后一次去看他时,他一直在一个很小的空间内活动。客厅正前方是电视机,右侧是一个电暖壶和热水瓶。他说:每天烧一壶水就够喝一天了。我忽然觉得,其实到了老年,还真不需要太大的房子,够住就行。大舅舅的老年生活很有规律,早晨散步,午后喝上一杯咖啡,午睡后,去小区门口取报纸杂志和信件。

大舅舅在摄影方面也很有造诣,退休前,他成了桂林工商银行接待各方宾客的公关先生和专业摄影师,几乎每月都会陪同宾客游漓江山水。他的很多摄影作品曾被登载在摄影杂志上,家里悬挂的都是大舅舅的摄影作品。

大舅舅是一位非常爱国的人士，热爱中国共产党。但因为他妹妹在南越西贡（后来去了美国纽约），他弟弟在美国芝加哥，他舅舅在台湾，如此紧密的海外关系，在"文革"时期是一个大忌。所以，他长期被排斥在中国共产党外。对此，他总是说：我无所谓。改革开放临近退休时，他被吸纳入了党，才说出了真心话："我终于实现了梦寐以求的愿望了。"可见，大舅舅对祖国的热爱，对中国共产党的忠诚。

这是 2004 年我去桂林出差探望老人家时的留影。直至今日，照片上的三位都已经离我远去，他们曾是我非常想念的人。

（撰写于 2012 年 5 月 16 日）

五、探望生活在芝加哥的舅妈

我的时光手札

今天(7月9日)我在普通小学六一班同学暄暄夫妇及其女儿的陪同下,去了位于芝加哥杰克逊市(Jacksonville)的二舅舅家。

上午7点20分从暄暄家出门,200多英里路程开了四个小时,来到了二舅舅家。其实我的二舅舅童清曦在2010年3月18日已经过世,我此次就是为了见二舅妈。舅妈见到我们说:"你们太伟大了,这么远的路来看我。"舅妈说准备搬家去加州,所以别墅已经有买主,但是由于房子老了,所以被人砍价至很低。房间都已经整理空了,家具也被处理了。只有一间屋内放着一张她睡的小床。她说在这里已经住了40多年,非常舍不得。由于现在舅舅不在了,没有人商量事情,不知道这个决定是对还是错。

二舅妈是一名柬埔寨华侨,祖籍广东。她比我二舅舅小整整20岁。二舅舅在2010年逝世时86岁,她才66岁。舅妈说,他们的两个儿子都很优秀,大儿子获得了一个博士(物理)和两个硕士(物理和数学)学位。小儿子获得了物理硕士学位,看来都继承了父亲的理工科基因。

早就听说二舅妈很能干,特别能够料理家事。只是她目前很孤独,见我们一群人去,特别高兴。她说,搬去加州的原因是那里有她的亲姐妹们,而且芝加哥天太冷,出门也不方便。另外,作为母亲还是放心不下两个儿子的婚姻,一个38岁、一个36岁,都没有女朋友。热心的暄暄说可以帮着看看是否有合适的女孩,她俩还交换了通信地址。

去午餐的路上,我们经过了二舅舅原来所在的伊利诺伊州教会学院。舅妈说:"你舅舅就是这样每天走着去学校上班的,因为和家仅隔两条小马路。"我立即要求下车拍摄舅舅曾经工作过的地方。

我二舅舅1949年离开中国去了越南西贡。越南战争爆发后的1957年,他只身来到美国,就职于伊利诺伊州教会学院数学系。记得我几年前曾给他打过一个越洋电话,舅舅一口上海口音,让我觉得非常亲切。他在电话中问了很多故乡的事情以及国家发展大事。到了老年后,舅舅已经难以乘坐12小时以上的飞机了。所以,五年前,舅舅特地请舅妈参加来中国的旅游团,去了桂林和上海,替他见他家的亲人们。可见没能回国来看一看的舅舅,非常想念祖国、想念自己的家乡。

舅妈说舅舅最终自己要求永远闭目于家中,舅妈陪伴着他走完了人生最后阶段。舅妈说在最后时刻,舅舅总是提到自己的父亲,因为父亲是他最崇敬的人。据说舅舅的性格比较古板,舅妈说他的性格是方的,意思是舅舅不懂圆滑和人情世故,EQ(情商)不高。但我可以体会,一个理工科学者,因为对科学的执着,才不会见风使舵。

舅妈提出想把舅舅的骨灰带一些回家乡,和他的父母放在一起。可见舅妈对舅舅的爱,知道舅舅叶落归根的心愿。

我曾经一直想来看望他们,但以前每次来美国都没有安排到芝加哥的行程。所以本次有机会来这里,心想,一定要到二舅舅家看看,不管二舅舅是否还在。当然如果没有暄暄家的帮忙,我也无能为力。所以再次感谢他们全家陪伴我了却心愿。

舅妈说她8月中旬就要去加州了。那么以后就有机会了,因为去美国通常都会去加州。我请舅妈来国内看看,也可以住在我家里,她一口答应。其实,我第一眼看见舅妈时很辛酸,这么瘦弱的女子,步入老年后,缺少伴侣、缺少亲情,也许,这就是美国老年人生活的真实写照。

(撰写于2012年7月10日)

六、陪婆婆过中秋

今天(9月30日)中秋节,我和先生陪着婆婆一起过中秋节。

婆婆生于1926年,如今已经87岁,每天坚持用跳交谊舞来锻炼身体。我们两个人在一起,我好像只比她年轻十岁。哇!那我不是77岁啦?哈哈!

我婆婆是一位典型的上海人,尤其喜欢西餐,所以我们选择了她钟爱的红房子西餐厅。吃任何东西都是那么精致,一定要把鱼子和奶油放在法式面包上,才会舒心地品尝。

她说以前吃一套西餐仅花费1元人民币。我估计那一定是上海解放前吧,可见当年她是一个很优雅的女人。据说,当年她跟随着我公公经常光顾高级餐厅,所以不管品相和吃相都属于上层人范畴。只可惜我公公在20年前就去世了。老太太一直很注意照料自己,她有一小篮保健药,每天会根据不同的营养缺失来补充自己。她每天无数遍地梳头,以缓解大脑的老化。她一年四季穿裙子,因为每天要去跳交谊舞,以锻炼手脚。可见,她的高寿一定和她注意锻炼和保养有关,值得我学习。

今天是中秋佳节,陪婆婆逛马路,一切都是那么的悠闲。

(撰写于2012年9月30日)

七、陪父母游外滩

带家人游玩是必须的,只是究竟去哪里呢?都是80岁以上的人了,出国游会累着。到周庄和朱家角等江南水乡也没有必要,因为他们本来就住在素有"江南水乡"和"科学城"之称的嘉定,于是索性带他们来到繁华都市。

　　本次还请上了我的姑妈和姑父(我习惯称他王叔叔)同游。我们来到了外滩的陈毅广场,看浦西浦东两岸风景。因为最近喜欢用三脚架拍照,一名游客问我:"拍一张照片多少钱啊?"呵呵!他以为我是专业摄影师了。

　　进入和平饭店咖啡厅,妈妈看了菜单,直喊太贵了。我们品尝了咖啡、冰淇淋、伯爵红茶、龙井茶和蛋糕,他们胃口好着呢。

　　转入北京东路,来到圆明园路,看看外滩源。我们入住的外滩中南海滨酒店就在外白渡桥后面的最高楼。妈妈再三问我:"酒店很贵吧?"我说:"我的出场费才叫贵呢。"呵呵!因为我最近确实很忙。

　　6点来到了酒店对面的海鸥滨江观景餐厅,这里可以边用餐边欣赏浦江两岸夜景。妈妈和姑妈看着菜单又说太贵了，我说："这个地段，就是这个行情。"但后来他们都说菜好吃。爸爸看到如此美景，忙着拍照。看着长辈们如此开心，我就开心。

（撰写于 2015 年 8 月 26 日）

八、回到妈妈出生地

昨天游玩外滩，我们今天去了妈妈的出生地——上海徐汇区建业里。

妈妈大名童清建，从小就听她说，因为出生在建业里，清字辈，所以叫清建。今天上午，我们特意来到位于建国西路、岳阳路的建业里。由于这里正由徐汇房地集团开发，门卫不让我们进去,我只能请求上海市老房子保护专家安石姐夫帮助。专家出场,问题迎刃而解。

  建业里建于1930年,我妈妈生于1935年,可见,那时候她的出生地是一个新建住宅。妈妈九岁时,外公患肺病离世,全家顿时失去了经济来源,外婆只能带着妈妈和舅舅回到了嘉定老家。"现在你们知道妈妈为何如此的节俭了吧?"因为孩提时那曾经的拮据,让她永远铭记。后来我外婆在嘉定外冈小学谋得教师工作,才使家境有所改善。

  昨天在外滩源,妈妈看见很多洋行时说:"我父亲以前也是在洋行里做的。"其实我外公是和朱屺瞻同辈的画家,至今我们家还保留着外公的画作。我小时候看见家里有很多扇面画,妈妈便告诉我那是外公的画。

  也许传承了外公外婆的基因,我妈妈很内秀,有着非常好的情趣,百般武艺都会一些。会吹口琴和笛子,会拉二胡和小提琴。她一直对我说:"唱歌是最不用成本的艺术,张口就来。"她平时嘴里还喜欢哼哼歌曲,在费翔的鼎盛时期,她一边炒菜,一边哼着《冬天里的一把火》,把我乐得……

  建业里有近两百幢石库门房子,占地约1.8万平方米。为了改造这片老上海建筑,建业里的千户原住民在2005年被要求全部搬迁。改造后的建业里清水红砖、马头风火墙、半圆拱券门洞形成其鲜明的建筑特色,将成为继新天地、思南公馆、田子坊后的又一个上海好去处。

  可惜是80年以前的事情了,妈妈根本无法回忆曾经住在哪个屋。我指着一户人家说:"这就算你们家吧,敲敲门。"

哈哈！

走出建业里，再来到岳阳路。一下子觉得这是一个了不起的老上海建筑群。在法国梧桐的辉映下，越看越有味道。这几天我有点导游的感觉，掌握时间节点地游玩了外滩，去和平饭店喝下午茶，在外滩夜幕下用晚餐，尤其是今天了却了妈妈的心愿，回到了她的出生地，主题明确、游程紧凑。

昨天的博客获得了很高的点击量，被大家点赞。才发现，自己好有创意。既看到了大上海的繁华，也看到了老上海的过去。

（撰写于2015年8月27日）

九、旅游年夜饭

年夜饭是中国人一年中最重要的晚餐。昨天除夕,携全家和亲戚来到了苏州,在异乡度过了难忘的除夕夜。

近十年来的除夕都因为去国外旅游,而没能和父母在一起度过。今年不出游,就得好好陪陪父母了。听说有一个叫"旅游年夜饭"的项目,就是旅行社开辟专线,把上海市区不想在家吃年夜饭的人们载往江浙一带的五星级酒店,一起吃年夜饭并开展旅游。据说,很多大家庭一起外出吃年夜饭已经成为时尚。

这给我启发了,想想如果家人参加旅行社的线路,他们能忍受,我无法忍受。况且五辆以上大巴几百号人一起吃饭,一定争先恐后,吓人。那就自助旅游年夜饭了,选择苏州,是因为嘉定离苏州比较近。这方案得到了弟弟家的积极响应,于是他去预定入住的酒店和年夜饭餐厅,带上他岳母,带上了我姑妈和王叔叔等前往苏州。

知道政府在假日免除高速公路通行费后会增加交通拥堵,所以我避开了沪宁高速,走了S26的沪常高速,果然异常顺畅,不到一个半小时,就来到了位于苏州市南部的沧浪区。我们入住五星级酒店——苏州吴宫泛太平洋酒店。酒店连着一旁的盘门风景区,从这里进入公园,只需要出示酒店门卡,就可以免除每人40元的门票。

年夜饭选择了酒店不远处的吴门印象时尚餐厅,这是一家很有特色的餐厅,大众点评高分。我们自带了法国红酒,我妈妈最能喝酒了,一桌1 880元,好口彩,好价格。不过菜也真心不错,色香味俱佳。酒店还为每一桌送了糕点和糖果。我爸爸不停地说:"第一次到苏州吃年夜,难得。"

是的,刚才给舅舅电话拜年,他说:"你父亲已经告诉我了,你的创意真好。"

父母在家就在,让他们过一个非同往常的节日是我们应该做的。

（撰写于2016年2月8日）

十、祝贺父亲获奖

今天11月8日是第十六届中国记者节。我父亲昨天去领取了"上海市新闻界精彩人生奖"。而我也是今天收到了郭亮（六一班郭红同学妹妹）发来的照片,才获悉父亲荣获了这个奖项。惭愧的是，上周回家探望父母，父亲拿出了一份邀请函，说11月7日有一个老新闻工作者的会议，希望我和他一起出席。我以为是一个普通的会议，也知道他特别喜欢参加一些讲座，所以没有答应陪同。后来母亲对我说，父亲很不开心。

父亲说被邀请的人很有限，嘉定区仅两人。现在我懂了，另一位是现任嘉定区老新闻工作者协会会长徐胜德叔叔，我父亲是第一届嘉定区老新闻工作者协会会长。如今徐叔叔获提名奖，而我父亲获"精彩人生"奖。

媒体是这样报道的："上海新闻界十大寿星"暨"老新闻工作者精彩人生奖"日前揭晓。新闻界德高望重的王维、丁柯、刘庆泗、高宇、肖木、张煦棠、欧阳文彬、张林岚、郑秀章、哈丽莲荣膺"上海新闻界十大寿星"。贾树枚、丁法章、居欣如等30位新闻界老领导、老同志荣获"老新闻工作者精彩人生奖"。

我认为，父亲荣获这个奖项当之无愧。他做了一辈子的新闻记者，也是嘉定地区最资深的新闻记者。曾经在上海的报纸杂志登载的关于嘉定的报道，基本上都是父亲采写的。也就是说，只要他发送的稿件，上海报刊电台都会用，因而也成了嘉定地区新闻第一人。如今，83岁的他还不停地写稿，并发表在相关的报纸杂志上。也许是新闻记者的职业惯性，他对社会新闻特别敏感。上个月我带父母去嘉定敬老院看卡拉OK比赛，他后来又去敬老院好多次，采访了所有参加比赛的老人们，采写了一篇有质量的文章，发表在了地区报纸上。每次回家，总能看见他书桌上摊着很多文稿，并不时拿出一些发表的文章给我们看，如今他还能在电脑上用五笔输入写文章，真是活到老学到老。

（撰写于 2016 年 11 月 8 日）

十一、哭泣——为我亲爱的王叔叔

我亲爱的王叔叔走了！那是 6 月 18 日，我在德国罗腾堡到慕尼黑的火车上，看见"家"微信群中，表妹发了求救信号："我爸爸被车撞了！"原来王叔叔骑车从嘉定新成路体育场出来，准备转到墅沟路迎园医院时，被快速转弯而来的车撞了，自行车被撞出 15 米，人倒在了血泊中。表妹王卫是接到交警打来的电话才获知这一噩耗的。我当即告诉在一旁的王黎萍,不禁失声痛哭。

  王叔叔是我的姑父,只是我一直喊他王叔叔。他是我的长辈,更是良师益友。如果说我的学习和事业有点成就,那都是他的功劳。我小学、中学、技校、大学等所有学习过程都离不开他的教诲。毕业于复旦大学物理系的他,文理科通吃,不管是数学、物理、化学、语文、英语等,只要我学习上遇到不懂的题目,他都能解答。后来发现,只要他每次翻阅一下我书上的难题,就知道解题方法,可见他的童子功多么厉害。那些年,每次我生病,总是他骑自行车,把我从嘉定城中带到嘉定西门的人民医院就医。我学骑自行车,也是他手把手地教会的。走上工作岗位后,我们还经常交流思想和对社会的看法。如今他每天都会去看"蓬蓬博客",所以他不仅是我的师长,更是益友。

  他出生于山东临清一个贫穷的农村家庭,从小丧父,母亲靠沿街乞讨为他赚来学费,作为当地高考状元,考入复旦大学物理系,毕业后进入中科院应用物理研究所(以前的原子核所)工作。作为物理学研究员,其论文曾获得中科院二等奖和三等奖,90年代初作为中国科学家去意大利都灵物理研究院交流合作两年。他的文科也非常出众,其字体曾经被我临摹。他政治觉悟高,是研究室党支部书记。退休后,他自学中医,自己开药方配中药,调理身体,参加太极拳学习,并成为当地太极拳领队。他除了耳朵有点聋外,平时身体很好。

  王叔叔大名叫王子兴,享年77岁。追悼会于今天上午10

点在嘉定殡仪馆举行。应用物理研究所领导对王叔叔高度评价。儿子王磊在答谢词中说了关键的一句话:"一定会照顾好妈妈,把儿子培养得像爸爸一样优秀。"大约有100多人参加了今天的追悼会,其中研究所同事来了30多位,有的人一早乘坐地铁从市区赶到嘉定;有一位王叔叔曾经的同事,特地从南京赶来。

我姑妈最伤心,他们感情非常好。她说:"早上出去还是活蹦乱跳的,怎么一下子……"王叔叔有一个女儿王卫和一个儿子王磊。记得当时给儿子起这个名字时,他就说,做人要光明磊落。由此可感悟王叔叔的人生哲理。

记得我小时候,每每国家宣布发射人造卫星好消息时,新闻报道中都会提到感谢科学家。那时,我妈妈就说,你王叔叔就是科学家。

之前,只要带父母出游,一定会带着王叔叔和姑妈一家。带着他们同游上海世博会,去海南旅游。

当时在德国时,我以为赶不上王叔叔追悼会了。我对王黎萍说,这样也好,可以让我记住的永远是王叔叔慈祥的面容。

亲爱的王叔叔,蓬蓬永远感谢您,永远怀念您!

(撰写于 2017 年 6 月 30 日)

十二、奶妈 96 岁了

一个月前,我去探望了在嘉定农村的奶妈。我的奶妈周秀英,我从小就叫她姆妈。她今年已经96岁了,身心很健康。

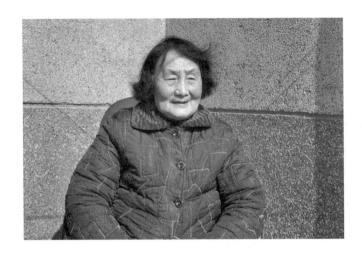

奶妈是一个农村妇女,共生了七个孩子,两男五女,家境的贫寒迫使她送走了四个女儿,其中一个被送进了育婴堂,至今不知下落。由于不断生育、不断送人,使得她可以以奶妈为生计(当然其中一项就是为我做了奶妈),这也许是那时解决她们温饱的重要途径。

在我的记忆里,那时她们家住的是茅草屋,稍能遮风挡雨。家里没有电灯,用煤油灯。为了节省煤油,全家人一般在天黑前就上床,并在床上说话。现在看来,这可能就是贫下中农的生活。由于家庭成分好(越贫困成分越好),奶妈成了生产队里的妇女队长,每次出工都是她去敲钟,召集大家开工种田。她心灵手巧,经常为村里的妇女剪发、画鞋样。她不识字,但明事理。她是中共党员,有着很高的思想觉悟,对留在家中的三个儿女教育严格,两个儿子都成了中共党员,并在事业上小有成就。

生于自然灾害时期的我,是奶妈用乳汁哺育了我。稍稍长大后,我几乎每个寒暑假都在农村度过。在那里尽管艰苦,但可以和哥哥姐姐们尽情地玩耍,看到田野风光,呼吸清新空气。我就是在那里识别了各类农作物,至今不会认错韭菜和麦苗。茅草屋的生活经历培养了我艰苦朴素、勤俭节约的生活习惯。

几十年来,我们一直保持联系,特别是随着奶妈年龄的增长,我就更关心她了。当看到她屋里摆放的是14寸小彩电,且只能看八个频道时,我就立马去买了一台21寸彩电,并装上了闭路电视,让她能够清晰地收看喜欢的电视剧。过年去农村看望老人家,是我近十年来的"保留节目"。每当看到我带去的新年礼物,她就会向村里人"炫耀"说:"这是我家蓬蓬送的。"看到我有点孝心、事业还行,就会自豪地说:"你是喝了我的奶水长大的,所以像我。"

目前政府对农村老人每月有250元的补贴,农村老人的生活比以前好多了。今年春节去看她时,她告诉我,乡里向每位党员发放了300元春节慰问费。看来国家还是很关心这些有革命经历的老人啊!

奶妈如今96岁,尽管她总是说自己太老了、快不行了,但还不忘把头发染得墨墨黑,老人家真是有情趣!如今每次去探望奶妈,都会带上父母,让他们感觉自己还年轻。因为随着年龄的增长,我越来越担心老人们的健康。现在想想,大家都要过好每一天,而且是有质量地生活着,那么活着才有意义。

(撰写于2017年12月30日)

十三、陪父母去常州过年

今年难得在上海过年,一定得和父母一起过了。但如何"创造"一个不同的年夜饭呢?我想起了在常州的堂弟黄辉,他大学毕业就来到了常州,并成家立业。我立即微信给他太太天悦逸玲(网名),她立即回复:"太好了,我们家有五间房,三个卫生间。"于是我们就在昨天小年夜的下午,驱车两小时,来到了江苏常州。

当然,昨天我们还是入住在了常州宋剑湖得园大酒店。如今,住在亲戚家太麻烦了,尽管只有几天,但是还要换洗被子和床铺。于是逸玲为我们预订了房间。今天早上,我带着父母一起去酒店周边走走。因为酒店和宋剑湖湿地公园连成一体，这又给我一个惊喜。也许是除夕，整个景区只有我们几个。爸爸喜欢摄影，妈妈不时要求拍照，还说："要印出来哦。"

下午，来到了堂弟黄辉的家，接着又去了他尚未装修的一个别墅看看，最后来到黄辉的公司。他如今经营着一家医用不锈钢企业，主要做医院手术室不锈钢柜子等设备。黄辉孩时曾在我们家住过，并在南翔的嘉定二中就读。作为优秀学生，校团委副书记、校长曾经想让他留校任教，可惜他是江苏户口，只能回江苏参加高考，而无缘留校任教。

每年，黄辉和太太逸玲会从常州带着自己烧好的菜肴赶到嘉定，探望我父母，令我非常感动。要知道，不是所有的年轻人都记得这份情，有这份孝心的。今天，逸玲烧了足足30个菜的年夜饭，把我们视为座上宾。

刚出来一天，妈妈就在问我何时回家，看来老人还是喜欢自己的窝。可见，旅游已经不是他们年龄所喜欢的了，而安静和陪伴才是小辈最应该做的。

（撰写于 2018 年 2 月 15 日）

十四、童家祖先的书画

去年底，在嘉定博物馆有一个书画展"风雅练川——嘉定明清书画展"。这是上海市嘉定区政府为迎接 2018 年建县 800 周年，深入挖掘嘉定独特的历史文化资源，充分展现"教化嘉定"的人文魅力和历史底蕴的一次文化盛会。

本次展览中,有多幅作品是我外公祖辈的作品,我弟弟专程带着妈妈前往嘉定博物馆看自己家族的作品。

记得"文革"前,我家一个超大的绿缸里,放着外公等前辈的画作不下十幅。1980年,我旅居美国的阿姨来国内探亲,拿走了几幅,但是出中国海关时被拦下,说这是中国的国宝,不能带出国。于是请正在送机的桂林大舅舅童明带回。如今看来,这些画作不管是不是童家祖先的作品,明清时代留下的,一定是国宝。

我外公童啸秋(1898—1944年),号传霖,字雨农,又号啸秋,别署练溪外史,嘉定(今属上海市)钱门塘人。外公幼承家传,即染六法,工山水,始取法于"四王"。寄居上海。工画山水,苍秀近僧弘仁。抗战期间卒。被录入《中国画会会员录》《中国美术家人名大辞典》。

最近嘉定博物馆还把收藏的我外公童啸秋的诗作复印给我妈妈。

我妈妈自幼受家庭文化艺术氛围的熏染,也有一手绝活,楷书非常漂亮,还能写魏碑、隶书等各种大楷,对于空心字等美术字体也非常擅长,也曾经写过非常押韵的诗歌,真是出自书香门第的大家闺秀。在嘉定区统计局工作时,她把扎实的文字功底用在了统计分析上,经常会出现在专刊上,看来她传承了童家文化精髓。

（撰写于2018年3月21日）

十五、画中乐的童清仁舅舅

前阵子外公的画给大家带来了惊喜。今天说说喜欢书画的舅舅,童啸秋的儿子童清仁。

我舅舅从小兴趣广泛。听妈妈说,舅舅孩时特别讨人喜欢,除了喜欢画画外,还是外冈小学腰鼓队队员、军乐队吹号手。镇上人家办喜事,他们去吹吹打打,顺便混一顿美食。二年级时,他画了一只大公鸡,得到了美术老师当众赞扬,从此一发不可收拾。夏天,连棒冰也舍不得吃,把省下来的钱买纸张笔墨,这应该是遗传了外公的基因。

后来为了解贫困之苦,外婆让他就读南翔技术中学(初中,

童清仁 顾问

擅长书法、中国画

1938年生于上海,自幼受父影响爱好书画。曾任陆俨少艺术院院长、浙江省陆俨少艺术研究会顾问等职。退休后求得同道互相切磋,并经常参与市、区基层群众书画艺术活动。2011年书法作品参加"纪念辛亥革命100周年上海市老干部书画展",并被上海市孙中山故居纪念馆收藏。

嘉定二中前身),南京林业学校(中专),这样就可以免交学杂费。因他喜欢画画写写,成了学生会的宣传部长,"文革"年代,他还在大墙上写毛主席语录、画毛主席像。

在我记忆中,当年家里大厨中间的镜子打碎了,他写了一幅鲁迅的诗句"横眉冷对千夫指,俯首甘为孺子牛"贴上替代,在那个年代,既节省了费用,也紧跟了形势。

我小时候每次去他家里,他都会和我谈论书法和画画。他说,字就是一个人的脸,见字如见人。所以每次暑假去他家住上几天时，我还会带上笔墨，练习书法，请他指教。

如今，嘉定"迎园饭店"标牌也是他三十年前书写的，所以，每次我去该饭店用餐时就会多看几眼。他的作品也时常发表在一些刊物上、参加展出和被收藏。他的书法《风景这边独好》曾经发表在《联合时报》上。"武昌圣火，华夏春风"书法作品，参加"纪念辛亥革命100周年上海市老干部书画展"，并被上海市孙中山故居纪念馆收藏。他筹建了陆俨少艺术院，被任命为第一任院长。

如今每次去他家，我都会看见画房的纸篓里被废弃的画作，可见他对艺术的精益求精。他不仅能作画书法，还喜欢篆刻。前几年，上海金沙书画院为他出版了作品集。

舅舅是一个有情趣的人，生性乐观向上，你和他交流，永远是开心一刻。退休以后，他经常参加区、街道、社区群众书画艺术活动，做到以书画为乐，自得其乐，与众同乐！

舅舅的书画造诣，使得我外公童啸秋后继有人。

（撰写于2018年4月17日）

十六、老邻居相聚

从2014年2月份的老邻居第一次聚会起，每年的元旦就成了老邻居的聚会日。

（一）分别34年的老邻居相聚了

也许是年老，也许是怀旧，如今经常想起以前的事情，尤其

是老邻居们。上周日(2月23日)下午,分别34年的老邻居终于相见。

我们当年住的房子属于当时的县委宿舍,前后共有五排,一排六间房,每间房的面积18平方米,都是地板房哦,一排房用围墙隔离,还有露天小天井,似如今的联排别墅,哈哈!我们所住的最后一排,共有四户人家,我们和凌春(照片中第二排中间)家各住东西两间,邵老师(照片中第一排右一)和王老师(照片中第一排左二)各住一间。1980年,这片房屋拆迁,我们几家被迁到了嘉定镇塔城路和梅园路等不同地方,从此不再成为邻居。我们几位后辈(照片中第二排)都是生长在那里,从小一起玩耍。凌家三姐弟(照片中第二排左二至左四)凌炎、凌春、凌枫,凌炎最大,比我高两届,凌春和我同岁,六一班的同学,凌枫比我们小一岁,我弟弟最小。

但在这里,最重要的三位长辈未能出现,也就是凌家的父母和小舅舅,他们在最近几年分别过世了,遗憾!当然还有邵老师家的王帼容阿姨和王老师家的先生因为外出旅游等未能参加。

本次聚会数我父母最年长了,特别是我父亲,讲到了很多我们未曾听到过的逸闻趣事。例如:在妇联工作的凌炎妈妈帮助我们家刚出生不久的弟弟找奶妈;凌炎的父亲曾在南翔教会学校读书,凭着聪明才智,一步步走上领导岗位。

王老师则说到当年发生地震时,凌春招呼大家赶紧走出屋子,并告诉她快把女儿抱好,快走!

凌炎代表全家感谢叔叔阿姨们对他们家的关心和照顾,她说:"当时我们四户人家共用一个水龙头,从来没有发生摩擦和争吵;哪户人家的煤饼炉子灭了,就从其他人家炉子中挑一块火烫的煤饼来引火,现在想想,真不可思议。"

邵老师是嘉定一中的政治老师,说起话来中气十足,对新闻时事敏感依旧。那个时候,每天早晨听完中央广播电台新闻节目后,就会和我父亲讨论国家大事。如今,还有单位经常请他去讲课呢。总之,分别34年的老邻居有说不完的话。

(撰写于2014年2月26日)

(二)老邻居相聚在元旦

今天,2016年的第一天,第一顿午餐,第一场聚会,和老邻居们在一起。早在2014年的一次下午茶后,就想着要来一场

老邻居的正式聚会,因为那次是临时召集,缺席了好多人。而本次凡是通知到的几乎都来了。六户人家,相聚在了嘉定。

　　满满的两桌人,好不热闹。曾经是嘉定区工商局消费者协会秘书长的凌炎主持了今天的聚会,大家争相发言。

　　我父亲已经激动了好几天。为了今天的聚会,他还提前查看现场,电话通知几位年长的邻居。由于预定了两间通的包房,发言者必须转来转去说话,不过大家都很认真听父亲讲,毕竟我们是住在中下塘街九十三弄最年长的一家,我们当年是25号。

　　大隆叔叔要求发言,他们曾经住在27号,但1976年就搬走了。我从小对他们家印象深刻,当年的大隆叔叔是嘉定县革命委员会的办公室主任,共有四个孩子,其中有一对双胞胎儿子,分别叫大大、二二。孩子们都被培养得很出色,其中,二二是同济大学的美术教授。

王老师当年是因为大隆叔叔搬走后,才来到中下塘街93弄27号的。她说刚搬来时,女儿王燕还是婴儿,邻居们都很照顾她,那时的邻里关系使得大家就像一家人。

我小阿姨当年也和我们住在一起,因为她父母在她出生20天后就去了台湾,再无音讯,她与孤儿无异。她是我妈妈的表妹,但胜似姐妹。所以,她说到感谢姐姐家的接纳时,眼含热泪。

邵老师夫人王帼蓉阿姨说,当年搬到93弄时,儿子邵亮不到两岁,在大哥哥大姐姐们的关心下,邵亮才茁壮成长。那个年代的孩子很容易满足,不像现在的孩子,没有得不到,只有想不到。

凌炎感谢长辈们对他们家的关心,她说,有时候,他们父母还没有回家,施叔叔就会来看看,问问晚饭吃了吗,提醒早点睡觉。非常遗憾,凌炎父母在几年前分别过世了。凌春曾经对我说:"父母没有了,家就没有了。"是啊,如果凌叔叔和张阿姨都能参加今天的聚会,那才叫圆满。

凌春是凌家二儿子,他从小就有两个志向——当兵和做驾驶员,如今两个愿望都实现了。他所在的部队当年驻扎在普陀山,他经常为到访的中央首长开车,其中就有当年的国家主席胡耀邦。我说:"选择你开车,应该是根正苗红外加帅吧。"

我姑父(大家叫他王叔叔)是住在93弄前面几栋的房子

里,他开始不愿意说,后来侃侃而谈。他是中科院原子核研究所的一名研究员,说着说着就说到了导弹、原子弹,哈哈!

大家都说到了凌炎家的小舅舅(已经过世),他是一个盲人。但在"文革"时,小舅舅来到这里,照看凌家三个孩子,又是我们邻居们尊敬的长辈。今天小舅妈来参加了聚会。记得当年小舅舅的眼睛看不见光,但是小舅妈可以看见一点点亮光。每次洗衣服时,小舅妈会不停地冲洗衣服,就怕肥皂水没有洗干净,我们见着就会提醒说:"小舅妈,很干净了,很干净了!"

那个时候,老邻居之间特别和谐,家里烧点好吃的,就会端来端去分享。例如:哪家包馄饨了,就会给邻居送上一碗;烧菜饭了,也会给他家送过去,这些都属于当年的高档食品。

本次活动是我和凌炎一同策划组织的,看着大家高兴,觉得很有意义,并决定以后每年元旦就是老邻居聚会日。

(撰写于 2016 年 1 月 1 日)

(三)老邻居第二年聚会

今天是 2017 年元旦,我们一年一度的老邻居聚会如期举行。

先看看我们当年的房子。因为没有留下照片,去年聚会时,大家一起回忆,我弟弟画了一张草图。70 年代中下塘街 93 弄大院,这是一个左右墙封闭的院子,共有六间房。凌家住左侧的两间,门牌为 31 号;我们家住右侧的两间,门牌号为 25

号；中间两间住了两户人家，邵老师住 29 号，为左边一间；大隆叔叔住 27 号，为右边一间，后来大隆叔叔搬走后，王老师搬入。

这类房屋现在就可称为联体别墅,哈哈!因为前面有很大一片空地,后面也有很大一片土地,可以种菜。每间房屋面积为18平方米,全部铺设地板。四户人家合用一个自来水龙头,我们之间从来没有发生过争执,是一个非常和谐的大院。

　　今年我们相聚在了嘉定迎园饭店。刚刚13个月的凌枫孙女米拉,正好从美国回沪探亲,成为我们聚会的最小嘉宾。

　　张浩不断拍摄视频,记录这美好的场景。他爸爸大隆叔叔因为青光眼和白内障目前已经双目失明,无法前来。所以,他将把这里的现场声音带给父亲。

　　我父亲是嘉定老年合唱团成员,他献唱了一首《共和国之恋》。这对83岁的他来说好有挑战性,因为这首歌曲难度很大。

　　本次共有22人参加,尤其是凌家的出勤率最高。今天很多老邻居说,元旦老邻居聚会很有意义,大家也可以资源共享。本次遇见的凌枫太太是上海新天地旅行社嘉定分社总经理,我们立即互加微信,我告诉她,以后有旅游尾单,告诉我哦。哈哈!三句不离旅游。

(撰写于2017年1月1日)

(四)老邻居第三年聚会

　　昨天元旦,又是我们老邻居相约的日子。由于每次参加者稍有不同,和前几年相比,本次新增了凌炎女儿孙灵全家,大隆叔叔家的小儿子张奇(小名"二二")。邵老师儿子邵亮夫妇和我弟弟都因为另有其事而缺席,最遗憾的是去年车祸

丧生的我王叔叔,再也无法来参加了,所以每次聚会都很珍贵。

假座嘉定奥林大酒店,20人齐集一堂,凌枫主持了本次活动,还带上了红酒、白酒,真会操办。以后我们每年会推出一位轮值主持人。

首次参加聚会的大隆叔叔的小儿子张奇,长发飘逸,他是同济大学建筑城规学院教授、艺术基础专业主任、中国建筑学会建筑美术专业委员会副主任委员、上海美术家协会水彩画工作委员会理事、中国美术家协会上海分会会员。

本次活动相比前两年又有了升华,不仅仅是酒席的提升,而且我们相互间有更多的话语,大家都依依不舍。凌枫说得好,每年元旦已经和老邻居紧密相连,不可分割,元旦等于老邻居日。

我的时光手札

　　而如今每次留下的照片，都将是一份沉甸甸的历史记录，我们将把"老邻居日"延续到更久远。

（撰写于 2018 年 1 月 2 日）

第四篇
关注社会　享受生活

蓬蓬记录了平时参加的一系列活动,包括听文学讲座、参加摄影班、看演唱会,以及和素不相识的网友互动,上广播电台做节目;还记录了发生在身边的逸闻趣事,包括手机失而复得、交通卡两次被刷、驾车耗尽最后一点油等。

我的时光手札

一、陪驾出姻缘

陪驾就是陪同刚刚考出驾照的人开车。我的陪驾能力不仅仅在于为新手壮胆,还可让她获得意外收获。故事是这样的:

2003年7月,我在新发展公司时的同事丽人刚考出驾照就买了一辆白色广州本田,由于她的年龄超过了50岁,其先生说她是胆大包天,对她很不放心,所以就请我做她的陪驾。于是我每天把自己的车开到她家,停在她家小区,再坐上她那崭新的广州本田车,做起了陪驾。在陪驾的一周内,她的儿子也顺路搭车,第一眼看到她儿子时给我留下了很好的印象。男孩英俊而不失礼貌,健康而充满阳光。我就问她妈妈:"儿子可有女朋友?"她说还没有。当了解到男孩已经27岁时,我立即想到了本部门正好有一位年龄般配,且漂亮、恬静的女孩,就为他们做起了媒。不料一拍即合,很快就进入了热恋,一年以后就成婚,现在孩子也已经两岁了。这例婚姻被公司的员工传为佳话,大家都称赞我做了一回绝配的媒人。而我总认为这是广本车造的福,没有广本车就不可能有我去陪驾,没有陪驾我就不可能近距离接触男孩,也就不可能有下文,所以这段婚姻最应该感谢的是广本车。现在车的主人已经退休,她的媳妇成了车子的新主人。

陪驾还可以为他人衍生出一段美满姻缘是我没有意料到的。说明只要善于捕捉细节,任何事情都有可能。

(撰写于2008年10月5日)

二、使用交通卡的烦恼

在如今各种卡类时兴的年代,交通卡已成为大众生活中不可缺少的一分子,持有率很高。其用途之广泛是其他卡所不能替代的,用它可乘坐各类交通工具:出租、公交、地铁和轮渡;可用于多种付费:高速公路收费、加油站加油。但是最普遍的还数坐公交车。当你坐公交车时,只听见"嘟嘟"的刷卡声,而已经很少听到"嗒嗒"的投币声。有的人还富有创意,把交通卡运用得得心应手。我就看见有一对较年长的夫妇,天冷时他们把交通卡塞在手套里,贴在手背上,上车后两人先后用手背轻轻一拍刷卡机,然后会心一笑。

但是我们在爱交通卡的同时,也时常会遇到烦恼。

一是坐一趟公交车付双倍车费。我家先生就遇到过这个烦恼。之前他经常遇到坐公交时交通卡刷不出,后来知道不是没有余款,而是卡过期了,得到售卡处重新开通。所以以后他每次坐公交就带两张卡,以备后用。但天有不测风云,一次坐公交时,他把刚刷好的交通卡塞进裤兜里,站在车的中前门处,谁知车辆一个急刹车,人惯性地往前一动,又听见"嘟嘟"的声音,哇!胸口正好撞在了刷卡机上,他想糟了,胸口的袋子里可有一张备用的交通卡呢,也就是说,他坐一趟公交付了双倍的车费。几元钱倒是小事,让他郁闷却是大事。

二是加油站"出尔反尔"。我因为经常开车,交通卡用得较少,为了充分使用交通卡,就会选择可以使用交通卡的站点加油。登陆上海公共交通卡股份有限公司的网站,查询可以使用交通卡的加油站点,中石油有55家、中石化有20家。然后我便有意识地去这些站点加油。但烦恼来了,到达这些站点时,不是加油站不存在了,就是刷卡机坏了。当我了解到中石油的加油站使用交通卡概率较高时,就关注起中石油的站点,但却常常遇到没有油可加的尴尬境地。

昨天从新闻中得知,由于中石化与交通卡公司的合约到期,故中石化将全面停止使用交通卡,中石油也在与交通卡公司谈判之中。怪不得,本人前天晚上11点路过宛平路一家中石化加油站时,这家原来可使用交通卡的加油站,告诉我停止使用了,幸亏我带足了现金。

在大众心目中,交通卡一直都是"方便"的代名词,希望交通卡公司能多为市民考虑。一是把交通卡的期限延长些,免得本来就没有多少钱的卡不断地被重新开通,避免出现开通的次数比使用的次数还多的情况。二是与石油公司处理好关系,加油的站点只应增加,不能减少。

相信不远的将来,交通卡定能成为市民所喜爱的"大众情人卡",只有爱没有怨。

(撰写于2008年10月11日)

三、地暖——想说爱你不容易

生性怕冷的我害怕冬季,但自家里装上地暖后,却盼望着冬天的到来,因为能享受地面"射"出的热温。

第四篇 关注社会 享受生活

今年开地暖时,我们按照说明书的要求,打开地暖开关,调节淋浴器(水加热地暖),再打开室内开关,一套规定动作做下来后,开始等待地面升温。约三小时后,地面有点小温度,说明操作没有问题。地暖开关设置为单间控制,也就是说,你想哪个房间升温,就打开哪个房间的地暖开关。我们主要的活动区域在客厅,所以会首先开启客厅地暖,为了节省能源,我把原来在朝北书房里的电脑搬到了客厅。但是,客厅显示的温度一直徘徊在13℃,难以攀升。再看看没有开启地暖的朝北书房,温度却显示为16℃。我不假思索地把电脑重新搬至书房。后来几天我索性打开书房的地暖开关,准备在书房工作,但书房的温度上不去了,而没有开地暖的客厅的温度却在升高。我又不明白了,难道地暖在和我捉迷藏。

请来了地暖公司的工程师,他让我们把所有地暖开关全部打开,测试下来,每间房间都升温,他说地暖没有问题。但工程师走后,还是出现了以上问题。这时我先生说,会不会施工队把客厅和书房的控制键接反了,即客厅开关控制了书房,书房开关控制了客厅。于是,他专门开启了客厅的地暖,测试了一个晚上,早晨起来去书房一看,温度果然上升,而客厅几乎没有变化,这就证实了我们的判断。只得再次请来地暖公司的工程师,他们很快就把两个开关对换,并说一切正常了。

这一下该放心了吧?事还没完。昨天我打开客厅的开关,盼望着客厅地板的加热,但是很久都没有感觉升温,我想可能昨天气温太低,加温太慢。因为来了客人,所以索性关掉地暖,打开了空调。今天,再次开启朝北书房的地暖,但书房不升温,而朝北的客卧却升温了。也就是说,原来书房开关控制客厅,现在变成书房开关控制客卧了。反正我现在已经搞不清哪个开关控制哪间房间了。刚刚给地暖公司去电,他们答应再来看一下,我说:"如果还要来修正,那只给最后一次机会了,否则4 200元工程余款肯定不付了。"要知道,我这样不停地试验,是在煤气表急转的情况下进行的,既浪费精力又浪费财力。再说了,其实最终改不改也无所谓,因为最终我们自己也可以查出房间的控制位置,大不了就是客厅开关控制书房,书房开关控制客卧,客卧开关控制客厅,这么"连轴转",只不过每次开地暖时需要"脑筋急转弯"。

就因为这么一个简单的施工失误,让我们家为了地暖朝思暮想,让原来对地暖寄予无限期盼的我,没有了心情。真所谓,地暖——想说爱你不容易!

(撰写于 2010 年 1 月 11 日)

四、手机历险记

本周一,因为出席浦东新区的一个会议,难得在下午 4 点回家。我去了一趟家附近的超市,回家后,还想利用这一时间,去附近的美发厅洗发。正当我准备带上钱和手机时,手机找不到了。我以为在车里,因为这是常有的事,去楼下车里寻找,仍然没有。于是我想,拨打手机号,或许在家里的哪个角落会发出声响。当电话拨通时,没有传来我所熟悉的铃声,而电话却通了。手机那头传来了一位先生的声音。

我急切地问:"你是谁啊?"回答:"我是快递,这部手机是我捡到的。"太意外了,我立即说:"请你还给我好吗?因为里面有太多的信息。"其实说这话时,我并不抱多少希望,但我只能这么恳求。对方说:"好啊,但我现在还在送货。"我说:"你在哪里,我立即开车来取。"回答:"我在淮海路,我现在还要送货,过一会儿送过来。"

难道真有这好事?我又说:"那你何时来呢?"回答:"5 点钟左右,我会到 ZN 路口。"

此时,尽管我还有很多疑问,但只能听天由命。我按照原定计划去了隔壁的美发厅,我的美发师看见我垂头丧气,问:"怎么啦?"当知道我丢失手机后,立即说:"再用我手机去电,提醒他一下。"我说:"说多了,人家会不高兴,说不定就不来了。"但此时电话已经拨通。电话那头说:"我不是说好 5 点吗?"我只能说:"如果你提前到了,就拨这个号码。"我真怕惹恼了他。在理发时,我心神不定,浮想联翩。

也许这位快递员是坏人,他只是随口说说,不会归还。这个想法占据了 70% 的比例;也许这位快递员是好人,否则他怎么不关掉电话,还接电话呢?

怀着忐忑的心情熬到 4 点 55 分,头发做完后,美发师陪我一起到了小区门口,这是我们约定的地方,只见一位先生脚踮在地上,人坐在助动车上,车后绑着很多纸盒。因为我曾告诉他,我穿着红衣,所以他看见我,主动拿出了手机,并说:"我是在前面超市门口捡到的。"我连忙接过手机,不停地致谢,并送上了早已准备的 100 元。他说不用,我迅速塞进了他的衣兜。于是他踩上助动车,又去送货了。

拿着这名快递员送来的手机,除了留下的少许手汗外,我更多地感受到了温暖。与其说这是归还,不如说是失物招领。如果换其他人,结果就很难预料。我后悔没能带上相机,了解是哪家快递公司,否则,一定会写封表扬信,把他的照片放在博客上。而那区区 100 元实在算不了什么,因为这行为是无法用金钱衡量的。

这件事告诉我,社会上还是好人多。特别是这些外地来沪打工者,他们也许做着较低层的活,过着不够富足的生活,但他们的职业值得尊重,他们的人格足够富足。

(撰写于 2012 年 2 月 16 日)

五、耗尽最后一滴油

今天又遇到惨事了,我在驾车途中用尽了最后一滴汽油,车被抛在了路中央。

晚上 8 点左右,我正要驾车回家时,忽然在转至伊犁南路时,发现汽车慢慢停下来了,再怎么踩油门也无济于事,只见汽车显示屏上闪着断电的红灯。我顿时明白,汽油没有了,车走不动了。

其实,我今天去上班时,汽车就亮起了缺油的黄灯,但按照平时的习惯,我认为车油还够在上班路上打一个来回,所以没有在意。尽管也想过,大热天的,空调烧油厉害,要考虑余量,并准备在回家路上去加油,但由于今晚有一个小活动,我比预计的多走了约十公里,结果就在还差五公里时,发生了这个并不意外的意外。

当车停在了伊犁南路上时,我马上想到了住在附近的小学六一班同学葛雁。她接到电话说:"我在楼上看到你的双跳灯车了。"她立即赶到现场。我说可能要去加油站买汽油吧,她又立即去吴中路加油站。过了一会儿她回来说:"加油站要出示公安证明才能加油。"当时我还纳闷。现在想来,可能是怕有犯罪分子买汽油制造火灾吧?

我再次动用微信群,同时在"蓬友好声影""普通小学六一班群"和"面向未来"三个群里呼救。

蓬友程波第一个打来问候电话:"在哪个路段,我来想想办法。"不愧为"蓬友好声影"的团长,太有男子汉气概了。

六一班群的很多同学也在为我出主意。陈秋霞说:"让人送油。"但一会儿又说:"在油箱里加点水。"我想,如果油箱加水会不会爆炸?哈哈!她一定是急糊涂了。徐欣说:"有问题找警察。"周翔明说:"别忘了开警示灯。"邹红先生陈棣来电:"千万不要随便加油,如果漏在车外,会引起火灾。"让我深刻领会到这个问题的严重性。

这时逢炜说:"问保险公司,应该有送油的业务。"我立即想起了我是中国银行的 VIP 客户,记得有这项业务。打中国银行客服热线,结果转来转去都没有结果。

同学们还在不断发言。胡玉妹说:"你一点都发动不起来了吗?如需要我开车过来。"她也真是的,能发动我早开回家了呀。

我的时光手札

邹红和徐欣都说:"打110请拖车至加油站最安全。"逄炜说:"刚问了任勇明同学,他说打56995995电话,有送油业务。"我边打电话边想,现在还真是需要什么有什么。去电问,接电话的小姐说,看看有没有空闲的车,让我等待,我问:"需要多少费用?"回答:"一百二十元起价,每公里六元。"现在想想,这问题是多余的,此时此刻,再贵也在所不惜。

在等待的过程中,葛雁打了110,电话里说:"警察马上赶到。"看来,有困难找警察还真对了。

同样"面向未来"群里,合唱团姐妹们也在为我出谋划策,金炯说:"打拖车公司电话。"蔡总说:"啊呀,这么热的天咋办!"哈哈!蔡总还想起今天是38℃高温呢。我的头脑热得早就超过气温了。梅总说:"蓬蓬,问了很多人,都说没有其他办法,必须叫拖车来拖到加油站。"梅总的话,一般都不容怀疑。

这时"蓬友好声影"群中看见了程波团长在说:"我已经买好管子来救你了,蓬蓬。"我对程波说:"不用来了,拖车马上到。"他说:"我已经在路上了,来了再说,说不定还能帮上忙。"

就为这事,我病急乱投医,"骚扰"了三个群,集中了大家的智慧。

后来警察到了,他见状说:"要我叫拖车吗?"我们说:"拖车马上到了。"警察:"那就行了呗。"说完他就走了。不到一分钟,拖车来了,我告诉马上赶到的程波:"你回吧,拖车已到。"他说:"我离开你的位置只有700米了,那好吧。"哈哈!还有点依依不舍。

在这个事件的处理过程中,葛雁始终陪伴着我。我看见拖车师傅很大老粗,有点吓丝丝的。后来发现,他非常和蔼,我问他:"你从哪里过来啊?"他说:"在 A20、北瞿路待命,专门拖运长宁区域的车辆。"他问我:"油箱在哪边?"我急得一会儿说左边,一会儿说右边,其实他就是考虑车拖到加油站后的位置。

在支付费用时,师傅说:130 元。我见正好有 5 元零钱,就给了他 135 元,他一定不肯收。他见我在看微信,说:"我也有微信,你加我吧,以后有事可以找我。"这位拖车师傅姓陈,网名:一路顺风。他还主动和我聊天:"你以后需要我帮忙说一下好了,我基本上在长宁区一带。"看来,如今任何朋友都得交,不是说"多一个朋友多一条路"吗?

其实,我知道,车子油箱不能用到过少再加,否则会影响发动机的寿命。但事情已经发生了,全然因为自己的惰性。

本次事件有两个幸亏:

一是幸亏车没有抛在高架上,否则会受交警处罚,那开销更大了。

二是幸亏是在晚间出事,如果是正中午,高温时期午间地面温度一定达到 50℃以上,那我真的要热昏了。

这件事情给我两个提醒:

一是汽车油箱一定是在没有黄灯提示前去加油,如果黄灯提示了,更得马上去加油,要把黄灯看作红灯般的重要。

二是高温季节开空调是非常烧油的,所以要提前做好防范。试想:如果车被堵在路上了,但空调一直打着,车油也会耗尽。

本次事件的收获,就是获得了拖车电话:56995995,读起来:"我啦,救救我救救我。"呵呵！真喊出声来,挺吓人的。

再次感谢被我打扰的三个群的兄弟姐妹们,特别要感谢程波团长的"亲临"现场,以及没有到场的朋友们的"心临"现场,感谢葛雁同学的全程陪伴和尽力。

（撰写于 2013 年 7 月 25 日）

六、被叶杨请上广播

两周前,上海交通广播电台的叶杨老师发微信说:"亲爱的姐姐,下下周来做档节目吧？"我立即回复"不够格吧"。因为我曾经陪同朱莉和齐老师上叶杨的节目,她们都是我心目中的优秀人物。叶杨说:"我看你笔耕不辍。"哈哈！也许她看我微信中的博客,觉得我有点小充实,并说:"我的嘉宾都是普通人,您算高大上的","我看您勇猛精进,生活态度阳光,真能来分享些

正能量"。这说到点子上了,我愿意分享正能量。于是我说:"只要不坍台,我愿意。"

今天我来到了位于虹桥路的广播大厦,以嘉宾的身份走进上海交通广播电台的《都市夜归人》节目,这是一个都市人了解自己、了解他人的窗口。

叶杨老师在节目一上来就和我聊了很多感兴趣的话题。我想,这是热身,所以比较放松,"对吧?对吧?"的口头禅不断。说到兴奋处还指手画脚,把话筒挪来挪去。殊不知,她已经全部录下了,我后悔没有好好说。但是叶杨坚持说:"这样更真实、流畅。"今天我说了好多,不仅仅是博客,还有我的业余爱好。

我的观点是:工作时,认真做一个职业经理人,退休了就做自己喜欢的事情。如果喜欢工作,那就再去找一份工作;如果喜欢旅游,那就抓紧去玩,因为年龄不饶人;如果喜欢聊天,那就找三五知己经常聚聚。总之,抓紧时间,随心所欲。

我顺便说到了最近微信上看到的一段话:"女性必须有的四样东西:扬在脸上的自信;长在心里的善良;融进血液的骨气;刻在命里的坚强。"而我正在努力地学习和践行着。

今天录制的节目,将在今晚(12月28日)午夜12点的上海交通广播电台(FM105.7)《都市夜归人》节目播出,通宵达旦工作、娱乐的朋友可以去收听。当然错过了也没关系,因为明天叶杨老师会发给我微信音频,我将在微信中和大家分享。

想睡的睡,想听的听,千万不要耽误大家休息哦。

(撰写于 2015 年 12 月 28 日)

七、从广播中听自己唠叨

昨天子夜,真有好多朋友等在了收音机旁。其中,我曾工作过的新发展公司夏总在微信中留言:"怀着像收看春晚一样的心情收听了蓬友的夜话。蓬蓬现在是老来青,全方位、多领域展示才华,我们这些退友应当努力向她学习!"夏总是我非常尊敬的领导,他能够半夜收听我的节目,让我感动。

我是在合唱团姐妹李晨的指点下,手机下载了 App"蜻蜓FM"后,通过手机收听的。当然是戴上了耳机,静心地收听。我觉得本次和朱莉、齐老师的制作有一个差别,就是我说话的时间好多,有时候还在和主持人抢着说话,有点不懂规矩。也正因为我说多了,似乎更全面地表达了我的所思所想。例如:从小在正能量家庭环境中成长;曾经从事严谨的内部审计工作;为什么退休后不去再就业;目前参加的中国 ShEO 合唱团,每年有一次大型的活动,要么是参加国际合唱比赛,要么是在举办专场音乐会;喜欢摄影,参加了上海摄影家协会的学习班;喜欢旅游,退休后参加了太多次旅游,"游求"必应;喜欢和对的人一起,和价值观一致的人玩;眼中容不得沙子,对不喜欢的人和事,用排除法(究竟是因为审计职业让我变成这样,还是我原本就是这样的人);蓬蓬博客百万庆典活动,让大家了解了博客的受众面。哈哈!反正好像说得很多,也反映了我的性格——贪玩、自信、刚正。

今天一早,好友钱翼炜给我打电话,他可是在我开机前就来过好多电话了,说昨晚听了广播,为我高兴。今天上午,叶杨似乎知道大家心切,发来了阿基米德的音频,我立即转发在朋友圈和相关的微信群,得到了出乎意料的反响。

合唱团微信群里,姐妹们纷纷留言鼓励我。梅总说:"仔细聆听了,真情实感,富有哲理。"王总说:"一个自然真诚、敏捷睿智、热爱生活的蓬蓬!"我统一回复:"谢谢大家,不用恭喜了,你们都比我优秀,都可以上电台。"

本次上电台,给我的体会是:

体会一:也许大家对广播电台这媒体特别仰慕,所以把这事看得特别重。其实,我也属于误打误撞,结果发现,真没有必要把主持人看成是高高在上的那种人。叶杨老师对我是一口一个姐姐,一口一个您,好像我是主持人,她是嘉宾似的。正是她的耐心和友好,让我可以比较自如地发挥。

体会二:仔细听采访还是有很多缺陷,甚至是错误。钱翼炜来电告诉我:博客过百万的时间是 2014 年 12 月 13 日,而我把它说成了 2015 年 12 月 13 日。希望不会有很多人留意。

体会三:最近发现博客点击数下降厉害,但是昨天的点击数终于又上千点。可见,好的产品是推动销售的真正动力。

(撰写于 2015 年 12 月 29 日)

八、旅行分享会

今天下午,我在嘉定区举办了一场"放逐心情 游走世界"蓬蓬旅行分享会。

  这是我们中学班主任谢步罡老师的提议,我也很愿意在离开嘉定 23 年后再次回到家乡,面对亲朋好友、同学老师,分享旅游体会。分享会假座嘉定区青少年活动中心,会上来了 80 多个喜欢旅游的朋友。我父亲和弟弟也来到了现场。最令我感动的是六一班同学张志华送来了花篮;老邻居凌炎也送来了花篮,还赋诗一首:"跟着博主去旅游,图文并茂看世界。春夏秋冬争奇艳,异国风情尽收眼。今朝聆听正当时,此生不留愁与憾。博主精神贵以恒,旅游达人当无愧!"

  谢老师主持了分享会。他说:"主要是自己不想出去了,但是又想知道外面的世界,所以请蓬蓬来讲讲。"

  我一共做了 150 多页 PPT,想通过展现风景和人文照片,让在座的人身临其境。分享内容主要包括:

  我心目中的十大美景:夏威夷的哈娜之路、马尔代夫湛蓝的海水、维也纳美泉宫、西班牙圣家族大教堂、意大利艺术文艺复兴走廊、英国丘吉尔庄园、瑞士田园风光、挪威峡湾、克鲁姆洛夫小镇、格陵兰岛冰川。

我最难忘的风土人情：文莱的奢华福利、斯里兰卡的微笑、俄罗斯人的热情、济州岛民宿的服务、柬埔寨的贫穷落后和坚强。

制定自助游攻略的方法和出游的准备：行李、药品、下载旅游 App 和翻译软件，配备运动手表、望远镜、指南针、远程手电筒等。

必备的技能：摄像或摄影。尤其是摄影，这会让你回味无穷。

我不停歇地讲了两个半小时，很多人感到意犹未尽。第一次感觉，原来分享也是旅游的一个衍生产品。

对于旅游或旅行，我是这么认为的：一个人的寿命是有限的，当我们踩着紧密节奏生活，就会无形中延长生命的长度。如果周游世界，那就会延长生命的宽度。当你心在远方，只需勇敢前行，梦想自会引路，有多远，走多远，把足迹连成生命线。

（撰写于 2017 年 2 月 19 日）

九、我也曾经是网约车司机

最近"滴滴出行"由于管理不善，发生了很多问题，其中主要问题是网约车司机的不道德。忽然好笑，自己也曾经是网约车司机中的一员。

我的时光手机

去年,一位朋友聊天中告诉我,她经常乘坐顺风车,就是可以拼车的那种。她告诉我,可以试着做顺风车司机,那么可以结交更多的朋友,也就是顺路带一下,还可以赚汽油费。

我这人就是经不住旁人一说,立马在手机上注册了,并把汽车号码、颜色、车型都附上了,当即开通。当时的想法是,就做一次,然后写一篇博客,不是说创作需要深入生活吗?就在那天晚上,我准备从闵行回市中心时发出了接单指令,分别收到四位乘客响应,仔细一看,有两单分别是两位女孩前往位于静安寺附近的同一家娱乐城。心想,这么晚了,这些女孩去干啥?心中不禁一颤,可怕。当然没有接单。

后来,我就不敢接单了,可是滴滴不停地发信息提醒我,做一单可以补贴十元。我都觉得厌烦了,想早点完成一次吧。有一次我回嘉定,想尝试着做一单。当发出指令时,有一位南翔的乘客接单。原来直接去嘉定的我,难道还得去南翔绕一下?看来做网约车司机得任劳任怨,我还是没有接单。

然后依旧是每周接到滴滴提醒,太烦了。三个月后,我就注销了网约车司机的账号。但是我相信,如果我做网约车司机,一定是服务第一,质量至上,可实在是我有更重要的事情要做呢,况且做出租车司机也不是我的爱好。

(撰写于 2018 年 9 月 5 日)

十、"蓬友好声影"组合

"蓬友好声影"组合成立至今已有八年了,历经三个阶段。

蓬莉姚天真：2010年4月6日，五个姐妹结伴去上海野生动物园旅游，这五个姐妹是蓬蓬、朱莉、姚伟立、周胜天和程真，简称蓬蓬、莉莉、姚姚、天天、真真。于是就提出了"蓬莉姚天真"组合。

蓬友好声音：由于大家都喜欢唱卡拉OK，组合又增加了程波、王小微、张勤、王令愉、马燕华等，于是更名为"蓬友好声音"。

蓬友好声影：2013年12月8日，在去苏州天平山拍摄红叶时，大家觉得既然都喜欢摄影，那么组合就改名为"蓬友好声影"吧。

"蓬友好声影"组合成立后，推选程波为团长，朱莉为副团长。团长们定期组织聚会，摄影采风。蓬蓬博客记录了"蓬友好声影"组合45次活动。这里摘录博客中的部分章节。

（一）蓬友苏州行

上周末,"蓬友好声音"又吹响了集结号,去探望在苏州工作的姚姚。第一站是姚姚的公司——施耐德电气苏州公司,姚姚如今担任这家公司的CEO。张勤特地从泰州赶到苏州和我们相聚。两位帅哥被我们称为微波组合,他们可是同一天生日呢。

在KTV欢唱时,程波演唱了一首我在瑞典发生不测时,他根据《故乡的云》改编的《蓬友的情》,歌词为:"天边红日时入境,故乡夜月色漂亮。蓬友们翘首期盼,期盼蓬蓬燕华到家。回来吧,回来哟,浪迹欧洲的游子;归来吧,归来哟,拥进亲人怀抱。蓬友们满怀激情,眼里是惦念的泪光。那故乡的情,那蓬友的意,温馨在我们心房。"团长太有才,同时也勾起了我在瑞典包包被窃的伤心事,幸亏有蓬友们给予的关爱。

第二天去参观了苏州博物馆。最让我感动的是,张勤悄悄地告诉我:"你在瑞典被窃后肯定非常难过,我想赞助一个相机镜头给你。"我说:"你们都太让我感动了,我已经买好了,就是现在手里的 6D,同样是 F2.8 的 24—70 的镜头。"最后团长程波建议:手拉手,相约下一次聚会。

如果非要总结本次聚会的意义,那就有很多了:

(1)按照年初计划,我们每月有一次小活动,每季度有一次大活动。尽管本次活动不大不小,但也用了两天时间,走出了上海市。

(2)走进姚姚在苏州的公司是我们一直向往的,如今终于实现了。

(3)本次活动是考虑到真真近一年来和儿子一起奋战在高考中非常辛苦,如今高考结束了,她放松了,蓬友们跟着一起放松。

(4)前几天高考揭榜,真真儿子的分数高于本科分数线,祝贺伟大的母亲和优秀的儿子。

(5)莉莉刚从西班牙和以色列旅游回来,蓬友们为她接风洗尘。

(6)为我瑞典不测后的压惊。大家说,尽管已经有很多朋友为我压惊,但蓬友们的这份情义也不能省。

再次感谢程波团长的组织,感谢姚姚在苏州为大家提供了周到的食宿安排,感谢勤姐专程从泰州赶来和大部队会合,感谢所有参加本次活动的蓬友们。

(撰写于 2013 年 7 月 2 日)

（二）蓬友助我站起来

自11月8日在迪拜崴脚至骨裂后，今天已经整整30天了。本周末，在"蓬友好声影"伙伴们鼓励下，去了苏州天平山拍红叶。我也带上了摄影器材，但坐着轮椅怎么拍摄呢？拄着拐杖又不方便，于是索性离开了轮椅，丢掉了拐杖。哇！脚站着不痛了，走路也可以了。太高兴了，于是我开始慢慢行走，慢慢拍摄。

感谢蓬友们的神奇助力，让我站立起来。当然也得感谢所有关心我的朋友们，没有你们，我真的不知道何时能够站立。特别要感谢孟燕堃主席，是你的引荐，让我在石氏骨科传人周淳医生的中医治疗下，恢复得那么快。

明天我将去岳阳医院拍片，周医生说："鉴定骨裂是否康复有三个方面,一是拍片证明伤口已经愈合;二是摁住患处不感觉疼;三是可以行走 100 米。如果有一个方面不好,就不能算痊愈。"而我感觉已经做到了二和三,相信明天的结果一定是满分啦!

(撰写于 2013 年 12 月 9 日)

(三)蓬友再聚戴勤家

谋划了很久的蓬友泰州之行,在上周末终于成行。本次出行除了"蓬友好声影"组合外,还有几个解放和朱莉的朋友。

见到这个小炮楼格外亲切。我是第四次来到这里了,它和国家发展那样,一年一个样,三年大变样。原来封闭的小河已经和长江接通,变成了活水,还放上了一条木船。河面筑起了一条踏板水路,以便在荷花盛开时零距离闻香。衬着高大洋楼,犹如身处欧洲某个乡村小镇。路边的野花自由盛开,戴勤①花园散发着高倍负氧离子。

兰花是戴勤家的主题。戴总如今是全国闻名的兰花专家,具有超强的意志力和智慧脑,他培植的国兰在最近的辰山国际兰花节上获得了银奖和铜奖。我问戴总怎么会去参加比赛的,他说是组委会一定要让他拿几盆国兰参与一下,一不小心就得奖了。其实他们家兰花多着呢,要什么品种就有什么品种,绝对是兰花综合金奖得主。

戴勤家的娱乐大厅,一定是"蓬友好声影"不可忘记的活动场所。程波团长的一首《父亲》,每次都会把朱莉唱哭;我和戴总高歌一曲《松花江上》,迎来满堂喝彩;解放的朋友岳总自编自演一段快板书,把美好心情抒发一番;我们同声欢唱《同一首歌》。

置身于世外桃源的我们,久久不愿离开。再次感谢戴勤家的款待,我们且玩且开心。

(撰写于 2014 年 4 月 22 日)

(四) 蓬友相聚在泰康之家

今天,我们"蓬友好声影"来到了位于松江佘山脚下的泰康之家——申园。这是泰康人寿保险公司的一家很有规模的养老院。令愉教授和姚姚的先生也来了,程真的妈妈也来了。看来,养老是我们这些人关注的问题。泰康之家设施齐全,配有桌球、

---

① 戴勤,指泰州的戴宇声和张勤夫妇。

第四篇 关注社会 享受生活

健身房、棋牌室、电子琴房、卡拉 OK 包房、音乐讲座室、阅览室、佛教室、礼拜堂,甚至还有银行自动取款机,真是该有的都有了。电梯里还有座位,让老人们想坐就能坐,真是该想到的都想到了。

房间配套设施齐全,除了卧室还有客厅,并配有高档卫浴,烘干式洗衣机。这里每顿都是自助餐,丰盛着呢。还有针对老年人的分科,例如"记忆照护"就是对一些失去记忆的阿尔茨海默症患者提供 24 小时 1 对 1 的看护。当然护理费是 2.4 万元/月。看来我得积累一些,否则每年要支付 30 万元开销,实在护理不起。

通过参观,大家对这里印象深刻,养老就该到这样的环境。也许大家会说费用昂贵,但据我所知,进入这里首先得是泰康人寿保险的投保人,这是门槛。待入住时另须支付养老费用,40

平方米房间两人住,7 500元/月,不包含餐费。当然餐费凭卡消费,午餐和晚餐每顿28元,早餐10元。每月伙食费1 800元,两人3 600元,那么夫妇两人每月费用为11 000元。关键是,在家里也得支付水电煤和餐费,如果把房屋出租,来这里做"候鸟",再加上退休金,足够了。

这里其实就如一家五星级酒店,享受着起居饮食服务。顺带着享受这里的琴棋书画、室内泳池等娱乐健身活动,还有班车去到大卖场、地铁口。如果你没有太多的社会活动,能够静下心来,那住在这里真心不错。

(撰写于2017年5月12日)

十一、网友互动

博客通过网络传播,使蓬蓬结识了很多素不相识的网友,并从此成为朋友。通过博客拓展了社交空间,这是原来没有想到的。

(一)去昆山见网友小许

今天是5月21日,借着亚信会议放假的机会,远离上海,去昆山千灯见网友了。

一个月前,我忽然在博客的短消息中看见这么一段留言:"您好蓬蓬姐,我是昆山永佳制衣针织公司的小许,偶尔看到您的博客感觉很好,也看到您的博客里有许多朋友是做服装这行的,像燕莎服饰的吴总,您能帮忙引荐下吗?"看到留言,我稍微

第四篇 关注社会 享受生活

迟疑了一下,这人有生意人的味道。但又觉得,这个也没有什么不对,况且对于这样的留言,我一般都会回复,于是写道:"燕莎吴总?在哪篇博客中见过,我怎么不认识啊?顺便说一下,我经常去太仓服装厂里买衣服,你们昆山厂里有对外卖衣服吗?"

如今我喜欢去工厂直销店买衣服。但是想想自己没有替人家解决问题,反而迫不及待地提出了买衣服的要求,过分了点。

过几天小许又留言:"蓬蓬姐,我们公司有工厂店,可以对外卖衣服的,您有空过来看看。另外燕莎的吴总是在您的一篇温州行博客里看到的,时间是 2010 年 8 月 6 日。如果您认识的话帮忙引荐,不熟悉的话也没事,谢谢您!"

其实吴总应该是在那次上海市女企业家协会"走进企业"活动中相遇过,但我们从此就没有来往过。所以我告诉小许:"我和她还真不熟,可以替你问问。你们公司的衣服是什么款式啊？我加你微信吧。"哈哈！我还不忘买衣服的事情。

互加微信后,我们就会有互动,走进她的空间,知道她是一位1985年出生,来自山东,两岁孩子的妈妈。大学毕业后,就来到了昆山千灯的一家制衣厂工作。

昨天我微信她:"21日我们放假,你们上班吗？我想来看看衣服,方便吗？"她回复:"来吧,我等你。"当时我想,会不会影响人家工作,因为我不知道她在厂里做什么工作。但是看她胸有成竹的口气,应该有点把握才这么说的。所以今天,我和朋友一起来到了位于昆山千灯的永佳制衣纺织有限公司。

小许告诉我,公司成立于2001年,已经走过了15个年头,目前主要承接上海东方国际集团雪佳妮工作室等很多单位的样衣订单,工厂面积7 000平方米,300多名员工。而精品服饰折扣销售点是刚刚开立的一个门市部,她就是这个门市部的负责人,我还真找对人了。他们店的衣服都是厂内生产代加工的各种品牌外贸服饰,出口法国、意大利、日本等,不乏各个大牌尾单,价格是吊牌价的一折,甚至更低,值得一淘。尽管我今天淘的不多,但淘得一件大牌开衫,很开心。

小许给我的印象非常深刻,她热情、阳光、有追求。我问小许:"你是何时开始看我博客的？"她说,几年前的一次网上搜书法内容时偶然进到"蓬蓬博客",并一直看到现在。她说:"看你的博客,会让我更有动力和信心。我觉得自己到你那个年龄,能够有这样的生活状态就满足了。"哈哈！其实她只是看见了我光鲜的一面。

看来博客还真能对人有教育、激励作用。其次网友也反过来激励我,坚持写好正能量、有见地的博客。这就是作用和反作用的哲学理论。

(撰写于 2014 年 5 月 21 日)

(二) 雅芬姐来访

一直想与署名 nidefengsi(你的粉丝)网友见面,倒不是因为她说是"蓬蓬博客"粉丝,而是因为她是我不曾见面但似曾相识的雅芬姐[①]。

今天上午我忽然想到了她,于是立即给她打电话,这可是有电话号码的第一次通话哦,为了保持和网友的神秘么。当听到她的声音时,倍感亲切,她思路敏捷,非常健谈。我说要去她家

---

① 王雅芬(1953—2015 年)是蓬蓬博客非常忠实的粉丝之一。

里探望,因为她家离我公司不远,但是她说老公要陪她出去走走。

　　上午大约10点30分,我忽然接到公司接待小姐的内线,说我的一个朋友在楼下。我迟疑了一下,想想今天可没有约见谁啊。"她名字叫王雅芬。"哇!雅芬姐来看我了,立即下楼,把她和先生请到了公司接待室。

　　看见她瘦弱的身躯,心里很难过。但她是一个外表瘦弱内心强大的女性,其乐观向上的精神是我所不能比的。对于病痛,她不忍受到最后不会去医院。我告诉她,要尊重科学,有不舒服一定要马上医治。她拍着胸脯大声地说:"你看,我比你还有劲。"不过,看了我俩的合影,还真是,你看她眼睛发亮,而我永远是一副睡不醒的样子。

　　当我用手护住她后背时,感觉皮包骨头,人可真不能瘦成这样的。他先生说:"她一直是这么瘦弱的,我今天特地不开车,开着新买的助动车带她游自贸区,这样就可以一路走一路停,还为她拍摄了一组游自贸区的照片。"雅芬姐有一个幸福的家庭,受先生疼爱,有儿子照顾,还有一个可爱的小孙子。

　　雅芬姐看"蓬蓬博客"已经好多年了,她说:"我从你博客中知道了很多合唱团的人和事。"其实我要感谢她每次精彩的留言,因为有像她这样的网友,才有我写博客的动力。

　　回家后她又发来微信:"蓬蓬好!我们已经到家了。因为我们有缘,所以在不经意间见面了。"我想:你见到了我一定会感到放心,而我见到你有点不安,因为你有点疲惫,面色欠红润,所以要保养身体的应该是你。希望你保证充足的睡眠,身体是自己的,一定要注意。

是的,我们很有缘,互相保重。

（撰写于 2014 年 9 月 2 日）

（三）来自浙江的网友章国萍

自从和昆山网友小许见面后,署名"萍踪侠影"的网友立即留言:"要不我们也见面一次?"我当然欢迎啦。但一晃过去几个月,我也就不去想了。

上周六,忽然接到"萍踪侠影"的微信:"蓬姐好,在上海吗?你什么时候有空,我来看看你。"我立即回复:"你在上海哪里办事啊?住哪里啊?"当知道她来自浙江萧山,本次来沪是参观"第十二届中国国际家具博览会"时,我说:"我到浦东龙阳路的上海新国际博览中心来接你吧,今晚聚聚。"电话中互留了手机号。但不一会儿细心的她说:"对了,你不用过来接我,你的肩膀还不太好呢,还是我过去吧。"我真心感动了,因为她从博客中知道我肩周炎发作。后来才知道,她特地在我家附近的酒店入住,就是为了方便和我见面。当我们见面时,互相都有似曾相识的感觉。她见面的第一句话就是:"你太正能量了。"看来,我们都喜欢正能量的人和事。

聊天中我了解到,他先生三年前看了"蓬蓬博客",介绍给她说:"这个人的博客很有意思,你可以看看。"从此她就看上瘾了。她说:"你博客的信息量很大,从中了解了很多人和事。"例如:她从博客中看见了徐增增董事长,于是对持有龙宇集团的股票更有信心,因为她先生说:"女同志做企业更有可信度。"她特意提道:"朱莉的摄影很有水平,威琏宝宝将来不得了,二姐夫太有趣了,马耳他比赛不容易,旅游博客很养眼。"哈哈!反正,她看博客心领神会,懂"蓬蓬博客"。

我告诉她:"看我博客的有两种人,一种是看热闹,因为我经常听朋友说,每当找不到你了,就去博客寻找你的足迹;另一种是因为喜欢博客的内容而坚持看的。但是像她这样和我本不认识,通过网友变好友,我还真没有想过,因为我不是名人。"

网友的大名叫章国萍,她给我的印象就如昆山小许那样,看似穿着随意,但聪明大方,充满理想,有事业心。如今她自己经营着一家绿化公司,工作在杭州,生活在萧山。她的公司因为其较好的信誉和质量而积累了大量的客户。

最后她说了一句:"我们今天见面后,我更感觉你的正能量。"哈哈！其实不是我正能量，而是我们都喜欢做有益的事情。

再次谢谢章国萍网友，我也从你身上学到了很多东西。

（撰写于 2014 年 9 月 16 日）

十二、邂逅"56 个民族摄影"创作者陈海汶

2012 年 12 月 1 日，我和好友朱莉一起参加了上海市摄影家协会举办的摄影函授班。课程开始前，当屏幕上出现"和谐中华——中国的 56 个民族"几个字时，我赶紧问旁边的学友，这位老师叫什么名字，他回答："陈海汶。"哇！我一下子来劲了，那不是拍摄 56 个民族的摄影家吗？因为我刚刚在一个摄影展上看见了他拍摄的一组 56 个民族的照片。

海汶老师详细讲述了这部摄影作品的初衷、规划和拍摄过程。我感觉照片背后的故事更有趣，尤其是这么一部巨作。他说，2007 年，时任上海市委宣传部部长王仲伟（现任文化部副部长）提议，上海摄影家应该创作一部为祖国 60 周年献礼的摄影作品，而且必须是一部能走向世界的摄影作品。于是海汶老师想到了全家福，因为每年拍摄一张全家福是中华民族的习惯。他想，如果我们中国摄影师拍摄一部我国 56 个民族的画册集，那该多有意义。

在得到领导首肯后，陈海汶成立了一个拍摄团队，开始了积极的准备。他首先在地图上画出了各民族分布图，并备足了"粮草"，带上了数部照相机和长短焦距镜头。据说，光 55 块背景布就得装一车，因为很多地方比较落后，没有像样的装饰板。

我的时光手札

2008年8月,陈海汶和另外14名摄影师从上海出发,这个由四辆吉普组成的车队,翻山越岭,纵横十万公里,拍摄了全国56个民族的原生态生活,记录下了1 125位非物质文化遗产民族传承人和民族代表的生活瞬间。

摄影师们行走在古老村落、乡间小道,近距离感受浓郁的民族风情。他们的拍摄场景是山坳和农田,摄影时就用他们携带的布帘做背景,然后通过剪辑合成了一幅作品。

拍摄56个民族的全家福,不亚于拍电视剧,灯光、背景、道具、化妆、服饰还有正副导演一个都不能少,每张照片拍摄前都要精心彩排,每个人手上会拿上一个有编号的牌子,以免正式拍摄时站错了位置。海汶老师说:"即使这些编号纸也是从上海出发时准备的。拍摄小组和所有被拍摄者签订了协议,避免法律纠纷。"

民族全家福考虑了四世同堂,其概念是针对每个民族,而并非一个家庭,所以全家福里的四代人,都是从每个拍摄地居民里挑选出来、重新组合的。每到一个村寨,摄影师们都要挨家挨户地找,年龄对上还不够,还要面貌相像。对人物的选择,更多的需要从政治上严格把关,他们不采用名人,只采用该民族的长老。所拍摄的人物一定反映了该民族最具代表性的人物,所穿的服饰一定代表了该民族特色,一套也不能少。

到了当地,海汶老师让团队的其他摄影者,给每个被拍摄者独立拍摄了一组照片,还拍摄了许多当地的民族风光。海汶老师说,在他们拍摄期间,王部长几乎每周来电话询问拍摄进度,对于遇到的困难,他就会立即和当地政府联系,寻求支持。

历时一年的拍摄,摄制组经历了各种考验。如遇到极端气

第四篇 关注社会 享受生活

候和恶劣环境时汽车难行,在贵州遭遇了泥石流,在内蒙古更是出现-45℃、风雪交加罕见天气,但都无法阻挡他们坚持拍摄。他们共拍摄到了57 000多张照片,陈海汶从中精选出几百张收集成册,每张照片下面都标明了拍摄的地点、经纬度、海拔高度和被拍摄者的姓名和年龄。

课程结束后,大家都买了陈老师的画册,请其签名留念。这次听课,是我最激动的一次。当我电话告知朱莉,今天她错过了一次好机会时,她后悔得不得了。

当王总听说我遇见陈海汶时的激动样后说:"陈海汶是我先生的好朋友,你们需要我可以请他来聚聚。"

两周后的今天,王总家的安石大姐夫约上了陈海汶(照片第一排中间),我们"蓬友好声影"组合都来了,威琏小摄影师也来了,大家再次聆听了海汶老师讲述关于56个民族摄影作品的

拍摄花絮。泰州的戴总正想组织一次兰花摄影比赛,也认真听取了海汶老师的建议。最后我们来了一张全家福。

感谢陈海汶老师做出了一件前无古人、惊天动地的摄影大事,为我国的民族文化留下了宝贵财富。目前,这本画册已经作为我国对外宣传民族文化的外交礼品。

(撰写于2012年12月18日)

十三、摄影班考试题——赏析摄影作品

最近在忙于做摄影课的毕业作业。要求自选一幅摄影作品进行赏析,800字以上。我把作业在此晒晒。题目是"走向加勒古堡的僧人们"。

走向加勒古堡的僧人们

这是本人2011年10月份去斯里兰卡旅游时拍摄的一幅照片。在美丽的加勒荷兰古堡城看日落时,迎面走来了一群僧人,我赶快摁下了快门,连拍了数张。照片中的三位僧人让我惊叹和感悟。

这位最年长的僧人(照片中左一),目光中透出和蔼和善良,乌黑的身躯,磨难的脸庞,给人以岁月感和沧桑感。与其他两位不同的是,他迎着晚霞,面对我的摄像镜头,岿然不动。

中间的这位,尽管也是僧人,但更多地显露出了孩子气。他忍不禁地张望一笑,展露了天真和童心。与其他两

第四篇 关注社会 享受生活

位不同的是,他怀揣着一本书,说明了僧人也和普通人那般,需要不断读书和积极进取。

最右边的这位是本照片中最令人喜欢的僧人,尽管没有华丽的衣装(当然这套缠缚于身的僧袍同样华丽),但炯炯有神的眼睛告诉人们,他不仅是一位帅哥,更是一位自信而坚毅的僧人。他由内而外的与众不同,与一旁微笑着的小弟弟形成了极大的反差。你看:弟弟微笑地看着他,他则依然坚定,可见,他已经修炼到了一定功夫。

从照片布局看,照片中少了右边僧人的肩膀,多了左边未见僧人的手臂,我想通过这种方式,说明向我们走来的是一群僧人,这三位是其中的代表。而右侧僧人隐匿了的左肩部位,更多是为突出他坚毅的目光,如果再露出左肩的僧袍,就会喧宾夺主。

加勒城堡——荷兰古堡,是斯里兰卡在荷兰殖民时期,荷兰人为了显示在斯里兰卡统治的坚不可摧,在加勒建立的一座占地36万平方米的城堡,目前该城堡已经被列入世界文化遗产。

  我第一次来斯里兰卡加勒的荷兰古堡看日落,就能幸运地遇见这群僧人。估计来这里看日出、日落是僧人每日的课程。他们每到一处停顿一下,似乎是在给摄影者拍摄时间。他们三至五人结伴而行,走在印度洋海岸,宛如一道彩带飘逸而过,与印度洋的晚霞共同形成了美丽的风景(尽管照片中没有体现)。在这个时刻,我听到游客们的惊呼声,也提醒了我端起相机对着他们猛拍。当满足地"扫射"完后,我还一动不动地停在原地,目睹着这些色彩群,渐渐地走远,渐渐地消失在我的视线。走向加勒古堡的僧人太美了,太神了!

(撰写于2012年12月20日)

十四、是什么滋养了我们的灵魂——林华讲座

第四篇 关注社会 享受生活

昨天3月8日,是我们女同胞的节日。听广播说地铁人流和春节一样多,商场打折如12月31日那般大。我没有混入拥挤的人群,也顺理没有享受丰厚的优惠。但今年的三八节恰逢周末,我们几个姐妹早有安排,那就是去上海图书馆,听林华老师的讲座——是什么滋养了我们的灵魂。

林华老师请来了方舟老师。她们一位是著名的女性问题专家、作家、演讲家,一位是著名的节目主持人、金话筒得主。她俩珠联璧合,共同完成了这一场讲座。

林华老师从自己的漫画头像说起。这是著名漫画家郑辛遥的作品,把林华老师的特点高度概括。小眼睛也可以提眉,厚嘴唇表示厚道,下巴弯弯一勾,亲和力剧增,而向日葵预示着她在黑龙江插队时,面向太阳,渴求知识。

林华老师是上海图书馆推向全国的三位名师中唯一的女性,在全国很有影响力。她讲到了日本著名作家村上春树、林少华和"小确幸"。

"小确幸"一词意思是微小而确实的幸福,出自村上春树的随笔,由翻译家林少华直译而进入现代汉语。小确幸的感觉在于小,每一枚小确幸持续的时间三秒至三分钟不等。小确幸就是这样一些东西:摸摸口袋,发现居然有钱;电话响了,拿起听筒发现是刚才想念的人;你打算买的东西恰好降价了;完美地磕开了一个鸡蛋;排队时,你所在的队动得最快。它们是生活中小小的幸运与快乐,是流淌在生活的每个瞬间且稍纵即逝的美好,是内心的宽容与满足,是对人生的感恩和珍惜。当我们逐一将这些"小确幸"拾起的时候,也就找到了最简单的快乐。

方舟老师几度上场,朗诵诗歌。其中最动人的是纪伯伦的诗歌《工作是看得见的爱》,开头几句已经够打动我们了:"你工作为的是要与大地和大地的精神一同前进。因为惰逸使你成为一个时代的生客,一个生命大队中的落伍者,这大地是庄严的,高傲而服从的,向着无穷前进。"

林华老师的话都富有哲理。她说:"要去做喜欢的事情,因为喜欢就会去学得擅长,因为擅长就会体现价值""女性的美丽没有选择,智慧也是天生的,优雅才是塑造的""道德需要学习,能力需要培养,审美是锦上添花""让学习成为习惯,才能有每一次精彩的亮相"。

林老师说:"研究表明,凡是优秀的、可爱的、能给周围人带来快乐的人,一定是长寿的。"对,为了长寿,去争取优秀。哈哈!

三八精神大餐享用了一个半小时。演讲结束,门外已经排起了长队,大家都等待着林华老师的签名售书。

在国际妇女节,聆听了一场女性讲座,滋养了我们的灵魂。

(撰写于2014年3月9日)

十五、美好并温暖着——王丽萍讲座

12月27日(周六),应合唱团姐妹冯海冈邀请,我们去聆听了一场"美好并温暖着——我在上海写电视剧"讲座,主讲者是著名编剧王丽萍。

上海贺渌汀音乐厅坐满了王丽萍的粉丝,这是东方讲坛——经典艺术系列讲座之一。

第四篇 关注社会 享受生活

王丽萍：国家一级编剧，上海电视艺术协会副主席。她在近一个小时的座谈中，讲述了写作的快乐和艰辛。她从90年代开始就写了很多电视剧本，但拍摄的电视剧并没有引起轰动。她说："《错爱一生》是我的转折点，它给我的启示是剧本一定要扎实，剧本的强大可以让人忽略明星，换句话说，你可以造星。"

2007年，《保姆》在上海播出时创下奇迹，收视率超越了当年的春晚，《新民晚报》曾在醒目位置刊登标题为《沪产〈保姆〉收视率"涨"过央视春晚》的报道。这部戏不但让王丽萍获得白玉兰最佳编剧提名，更让她清楚了自己的定位：写小人物，肯定有市场。

而《媳妇的美好时代》引起的轰动让王丽萍始料未及，她和她的剧以及这部剧的导演、演员拿奖拿到手软。中国电视艺术家协会还专门举办了"王丽萍编剧艺术研讨会"。《媳妇的美好时代》还被译成日语在日本播出，2011年又被翻译成斯瓦西里语,作为第一部输出非洲的电视剧在坦桑尼亚播出。

与此同时,她还参加了相亲节目《相约星期六》电视节目。直到现在,她仍然作为节目嘉宾每月按时参加录制。在四小时的录制过程中,她不忘采访年轻人和他们的父母,听到有趣的故事都会记录下来。《媳妇的美好时代》中,让很多观众印象深刻的"遗嘱"纠纷的原型,就来自《相约星期六》的真实案例。在她看来,剧本创作不可能一蹴而就,"这个过程很艰难,不是说遇到一个话题就能马上激发灵感,需要长期积淀"。视线打开,王丽萍的创作也随即开窍。她创作的《错爱一生》创下央视高达30次的重播率,并捧红了当时名不见经传的新人韩雪、温峥嵘。

上海文广集团副总裁任仲伦曾这样评价王丽萍:"温暖而美好是她的美学风格,她的作品像河一样流淌着,她是一个温暖的现实主义者,而且是上海最典型的现实主义者,这也是一种精神。"

(撰写于 2014 年 12 月 29 日)

十六、多想留住那一刻——罗大佑演唱会

7月9日(周六)晚,和好友沈敏去观看了一场"恋曲2010罗大佑上海演唱会"。现在想起,仿佛还处于那华丽的场景和高水准的演唱会中。

炎热的盛夏,我们来到了位于世博大道的梅赛德斯-奔驰文化中心。我们进场时已经过了7点30分开演时间。只见一袭

黑衣的罗大佑坐在钢琴边,正自弹自唱着《追梦人》。罗大佑说:"这里举办过世博会,站在这个舞台上,就好像站在未来和过去的交叉点上,今晚要用过去、现在、未来的歌曲,带大家走向未来。"这位华语流行乐坛的"教父"一开场就不改哲理本色。

罗大佑(1954 年 7 月 20 日出生),台湾省苗栗县的客家人,祖籍广东省梅县,是台湾地区的创作歌手、音乐人。罗大佑代表作:《你的样子》《童年》《海上花》《追梦人》《滚滚红尘》《明天会更好》《恋曲 1980》《恋曲 1990》《光阴的故事》《东方之珠》《穿过你的黑发的我的手》《酒干倘卖无》《恋曲 2000》。其中很多歌曲,让我们回到了那台湾音乐刚刚吹进大陆的年代。

罗大佑还特别请来歌手张震岳,以及台湾新晋摇滚乐队猴子飞行员的主唱 Tony、双胞胎组合 Soler 等登台助阵。他说:"如果你站在太空看地球,我们都是这个星球上的原住民,不管我们身处何方,我们都是一家人。"所以本次演唱会的舞台设计,也凸显地球村的概念。

整个演唱会他只喝了几口水,而没有下台休息过片刻。罗大佑感性表白:"演唱会前,有记者问我,你这把年纪还出来唱,是不是捞钱啊?今天你们看到了,这样的舞台和阵容,我还有钱捞吗?"他说:"我出来唱,是因为我觉得这么多年,我帮别人写了那么多歌,但只有我一个人能交代得清楚。歌活着是因为人活着,人活着就应该有活力!"说得真好。作为音乐人,自己的作品自己演唱,那一定能够把歌曲演绎到最高境界。

当他唱起《恋曲1990》和《穿过你的黑发的我的手》时,台下观众开始沸腾。过道、走道都集聚了观众。激动的罗大佑脱去了外套,只穿一件背心,边弹钢琴边唱《野百合也有春天》。听着这首经典之作,我不要太激动哦,因为它也是我在K歌房里最喜欢演唱的歌曲。

罗大佑笑言,大家就把演出现场当成K歌房,有一流的乐队、罗大佑伴唱,在此号召下,歌迷们抛弃了矜持,站立起来,开始了大合唱。

记得2009年,他与李宗盛、周华健、张震岳一起组成纵贯线Super Band乐团,并举行为期一年纵贯线世界巡回演唱会。现如今,57岁的他,一人能唱一台戏,我觉得这除了他具备的强健体能以外,更多的是他在用心演唱。

当他随着舞台上的升降台,缓缓降落至舞台下面时,演唱会结束了。但观众迟迟不愿离去,全场站着呼喊"罗大佑、罗大佑",掌声和喊声大约持续了五分钟。罗大佑返场了,他说:"生命是互相激励的。我什么都不会,医生很多年不干也忘了,我就给你们唱歌!"当一曲自弹自唱的《是否》旋律响起,不少人的眼里泛起了泪光。

演唱会从7点30分一直到10点15分,进行了近三小时,罗大佑没有离开舞台一步。如此顶尖的音乐人,如此和观众一起K歌,太享受了,我多想留住这一刻。

(撰写于2011年7月11日)

十七、美丽世界——韩红演唱会

1月14日晚,在上海梅赛德斯-奔驰文化中心,看了一场韩红"美丽世界"巡回演唱会。

蓝色的帷幕在当晚 7 点 30 分拉开,随着《美丽心世界》歌声的响起,韩红悬空而下。看着这四根不粗的钢索,我还真有点担心能否承担起如此重量级的歌手。韩红登台便带来劲歌热舞,瞬间炒热现场气氛。当歌曲《来吧》的前奏响起时,她首度秀出舞蹈,与身后舞伴边唱边跳。此次是韩红首次与香港团队合作,从服装到舞美都充满时尚感。

"侬好,我是韩红!"深深的 90 度鞠躬之后,韩红对上海观众表达了自己的敬意。她回忆,七年前那个台风之夜,座无虚席的上海大舞台,给了第一次在申城开唱的自己莫大的鼓励,"从我是新人开始,上海歌迷就对我特别偏爱,虽然直到现在我都不明白到底是什么原因"。话锋一转,韩红对着全场出乎意料地表白:"我要道歉,因为我吃饭了!"她解释,为了瘦身,在北京开演唱会之前,她一直不吃饭,"但到了上海我实在忍不住了,今天中午出去吃了生煎包,所以,请大家原谅,可能我比前两天胖了"。全场大笑。

现场播放了一个短片,是韩红近几年去玉树、舟曲灾区和西藏公益行的点滴记录,当韩红抱起小婴儿、在西藏体力不支吸氧的画面一出现,全场自发响起掌声。韩红讲述了自己的"百人援助三部曲"计划。重情义的韩红特地邀请了之前参与"百人援藏"的杭州医生志愿者到场观看演出,以"感谢他们在两天内为西藏的老百姓免费做了 106 例手术"。她演唱了给爱心行动志愿者的歌曲《天高地厚》。

而隐身在包厢内的姚明夫妇,也被韩红请了出来。她说:"我特别谢谢大姚,在他决定退役但还没正式宣布的时候,第一次露面就是在我的'百人援藏'公益活动上。"韩红现场透露,今年将施行"百人援助三部曲"的第二部"百人援蒙",她希望更多有爱心的个人和企业能够加入这次行动中。

此次,韩红将巡回演唱会主题定为"美丽世界"。开场前,主办方特别播放了一段以"小人物眼中的美丽世界"为主题的短片。镜头前,卖气球的老爷爷、餐厅里的服务员、街边卖小吃的阿姨等"小人物",虽然工作疲惫、生活艰辛,但从那一张张有着满足笑容的脸庞上可以感受到他们的"美丽世界"。这种幸福与温暖的氛围,贯穿着演唱会的始终。

韩红演唱了她的经典歌曲《青藏高原》《那片海》《天亮了》《家乡》等,数次引发全场大合唱。她翻唱了《野百合也有春天》《可惜不是你》《没那么简单》等多首大热的华语歌曲。韩红极具穿透力又不乏细腻的好声音,让观众听得如痴如醉。

她说:"我第一次穿上了红衣,感觉瘦身了。"我觉得,韩红就是应该穿大红大绿的才好看。到下半场,她唱完一首歌曲就要喝水、擦汗,看来消耗真的很大。

演唱会现场,外表粗犷的韩红还是忍不住落泪了,她特别感谢了一位圈内好友,"大家都知道,奶奶靠冰棍把我抚养成人,我和奶奶的关系非常非常好。奶奶生病后,这位好朋友给奶奶寄药,给我鼓励。她,就是主持人李霞"。当晚是李霞的生日,韩红现场为好友庆生,翻唱了一曲范玮琪的《一个像夏天一个像秋天》,唱着唱着竟然哽咽,"谢谢你给我的鼓励,让我走到今天,友谊万岁!"坐在台下的李霞,也为这份难得的友情落泪。

本次演唱会是由韩红 2010 年加盟的香港东亚集团策划的。该集团网罗众多超级巨星,包括刘德华、黎明、任贤齐、郑秀文、舒淇、杨千嬅、余文乐等超过五十位亚洲歌坛、影视红人。东亚集团此次为韩红个唱从音乐制作、造型设计到舞美、音响各个环节,组成了来自香港和大陆的强大制作班底,服装造型也由香港著名设计师陈国华打造。海报上韩红戴着的寓意能"看见美丽世界"的眼镜,也是从美国邀请大牌设计师量身订制的。

韩红 2009 年参军,目前担任空政文工团副团长。演唱会结束时,韩红给观众行了一个标准的军礼。韩红一直是我最喜欢的歌手,这不仅仅是因为她高亢的歌声,且能作词、作曲,更重要的是她的率真个性。特别是她用自己的影响力做公益和慈善。本次演唱会让人发现,原来公益根本不用特别设置,它已经和韩红融为一体,也正是她善心的自然流露,才让其演唱会区别于其他歌手的演唱会,在音乐之外有一种别样的精彩。

(撰写于 2012 年 1 月 17 日)

十八、看北京人艺话剧《知己》

昨晚,应朱莉邀请,我和她夫妇俩一起去上海大剧院观看了一场由北京人艺演出的话剧《知己》。我在 3 月份就知道北京人艺要来沪演出的消息,所以告诉了朱莉,她也特别喜欢。为此她调动了所有可以调动的人脉关系,弄到了三张话剧票。我也有幸在她仅余的一张票子中被钦点。我们相约 7 点 15 分

第四篇 关注社会 享受生活

在大剧院门口碰头,但我 6 点 45 分从家里出发,来到熟悉的大剧院地下停车库,门口的保安就是不肯放我进去,说里面车子已经停满。把我急得,于是只能把车往前开至"明天广场"地下车库。就这么来回浪费了很多时间,等我走到大剧院门口时,朱莉急切地说:"快,还有两分钟就要开始了(7 点 30 分开演)。"这时我已经满头大汗、气喘吁吁,但为了北京人艺,什么都值得。

当我们进入二楼西包厢坐定时,发现今天的大剧院是真正意义上的座无虚席。每位观众的脸上都充满着期待和喜悦,可见北京人艺的大牌们把上海观众弄得个个精神抖擞。

本次是北京人艺第三次大规模来沪演出。他们在 1961 年曾带来《蔡文姬》《伊索》《同志你走错了路》;在 1988 年的第二次来沪,更是轰动一时,18 场演出的门票在半天内售完,引发的文化震撼久久不息。而本次是在北京人艺成立六十年之际，带来了《知己》《原野》《窝头会馆》《我爱桃花》《关系》五部近年来的精品力作，引发了上海全城追捧。受追捧的原因，除了北京人艺这块中国话剧的金字招牌之外，还有众星云集的强大号召力。吕中、濮存昕、宋丹丹、徐帆、杨立新、胡军、何冰、冯远征、梁丹妮等，主演们个个名头响亮，都是当今中国影视和话剧舞台上的一线明星。

《知己》是北京人艺60周年庆上海展演开幕大戏，其中也饱含着北京人艺上海觅知己的深意。全剧分三场，该剧讲的是"士为知己者死"的故事。

最后的场景非常震撼，即使是背影，也可以让你感觉到人物内心的独白。我悄悄地对朱莉说："北京人艺的舞美就是不一样，带点凄凉，给观众留下想象。"

这里不得不提主演冯远征，以前在影视剧中，由于他大都扮演反角，我就觉得这个人很阴柔，特别讨厌他。但本次看了他的话剧，特别是有一段喝醉酒的神态演得太逼真了，而他的台词又是那么抑扬顿挫，举手投足之间又是那么挥洒自如，我服了。

北京人艺的谢幕也令人叫绝。冯远征一个招手，大家鞠躬。他让演员向左右两侧观众鞠躬，让主演们再鞠躬，他还请上了编剧郭启宏和导演任鸣。最后，演员们高呼"感谢上海！"现场观众感动难言、泪流满面，久久不愿离去。

事实上，20多年间，针对北京人艺的疑问从来不绝于耳：北京人艺的现实主义风格能延续吗？老一辈艺术家的表演范式在新人身上还能延续吗？面对质疑，北京人艺副院长濮存昕回应说："我们传承了老艺术家的演剧精神。"据透露，明星们在人艺，吃住行全都统一，不能带助理，一级演员主演一场话剧，演出费也就 1 500 元。相比他们在外动辄六位数一集的电视演出费，实在是零食一包。北京人艺还规定，凡是在编演员，每年至少要演出 40 场人艺的戏，演员为话剧推掉电影，在人艺是再平常不过的事情。

悠悠一个甲子岁月、上下五代人的努力，数百名艺术家在一个剧院里虔诚奉行着"戏比天大"的宗旨，把北京人艺打造成了具有国际影响力的艺术殿堂。

（撰写于 2012 年 7 月 21 日）

十九、从《风筝》追到柳云龙

因为对电视剧《风筝》的喜欢，又连续看了柳云龙导演和主演的《暗算》和《血色迷雾》两部电视连续剧，越看越感觉柳云龙是当今不可多得的、娱乐圈少有的正能量的导演和演员。

柳云龙生于 1968 年，1989 年以专业和形象双满分考入北京电影学院。1993 年从北京电影学院毕业，不甘于在中央实验话剧院演小角色，1994 年南下广州惠州，经营广告公司，生意兴隆。期间，他以玩票的心情，出了一张歌曲专辑，其中《总想留住爱过的人》拿到了当年的十大金曲奖。1996 年回到北京，开始从事电影和电视剧。

网上搜了很多对柳云龙的访谈节目，其中有杨澜的《杨澜

访谈录》、李静的《非常近距离》、鲁豫的《鲁豫有约》、叶蓉的《财富人生》和浙江卫视的《程程有约》。访谈中可以看出柳云龙是一个不求娱乐,更求正气的人。他说,自己是娱乐圈的人,但不喜欢娱乐圈,圈内朋友很少,圈外朋友更多。他从小顽皮,经常打架,但从小崇拜英雄。自己不是一个计划性很强的人,感觉到了就去做。所以到一定年龄后,就想去做思想和行为一致的人。在拍摄谍战片时,从查阅的历史资料中知道隐蔽战线的艰难困苦,会让他感动落泪。例如:有一个我党的通讯员被俘后,为了澄清自己没有叛变,在带领敌人去银行保险柜取情报的路上,选择了一个上海最热闹的地方跳车自杀，撼动全城。后来这个情节被柳云龙用在了电影《东风雨》中。

所有的访谈，柳云龙都没有涉及个人家庭，他不想用其来博取"吃瓜人"的眼球。当杨澜问他："你觉得当年地下党这样做值吗？"他回答："我觉得不是值不值的问题，而是应该不应该的问题。如今社会，大家都会用值不值来选择，但我觉得那个年代更纯粹，对的事情就应该不计后果。如果我在那个年代，我也会像《暗算》中钱之江那样，为了在最后时刻送出情报，把情报刻在佛珠上，吞入肚里后自尽。"当我听到柳云龙说这段话时，也有同感，必须对他致以崇高敬礼！而杨澜这样提问，看似她替网友问，其实也是她自己的观点，纯属败笔。

杨澜问："大家觉得你不太会演感情戏。"他回答："没有啊，我也会拍如今时髦的娱乐戏，只是我不愿意拍。"我觉得杨澜又问错了。也许大家看到柳云龙的谍战片中，几乎没有男女之间激情的镜头。《风筝》中，李小冉扮演的林桃和柳云龙扮演的郑耀先成家，一下子就出现了林桃挺起了肚子，不用激情戏铺垫。这种干净利落的镜头，更说明了电视剧要说明的主题。而我今天看了柳云龙主演的第一部电影《非常爱情》，著名导演吴天明的作品。其中，他和袁立演绎的完美爱情，让人动容，也有激情镜头，这是剧情的需要，不是他不会演。柳云龙说，自己不喜欢参加派对，尤其是明星慈善派对，因为这是在做戏。我觉得他也够狠的，不过也给我浇了凉水，清醒一下曾经被蒙蔽的感觉。

这几天，我看了柳云龙所有的访谈录，看了他 1998 年主演的第一部电影《非常爱情》，看了他 2009 年第一次执导的电影《东风雨》，看了他 1995 年演唱的那首 MV《总想留住爱过的人》，里面的女主角是她大学同班同学俞飞鸿。也花了几天几夜，追剧了他导演和主演的 34 集电视剧《暗算》和 42 集电视剧《血色迷雾》，似乎花了我很多时间，但我觉得非常值得。

我对娱乐圈不太追粉，现如今对柳云龙，我更多是对他精神世界的认可、人品的认可，直至对他作品的认可。

（撰写于 2018 年 2 月 28 日）

二十、我最擅长的体育项目

看过本人博客的网友都知道我喜欢体育，但到底擅长什么呢？它就是国球——乒乓球。

想当初刚进入初中，体育老师就让每个学生打乒乓球，可能发现我还能抽两板，就把我吸收到校乒乓球队。后来每天放学，我们几名女队员就练习打乒乓。可惜的是，我们教练（体育老师）的水平太业余，比我们队员好不了多少，所以他总是让我们队员之间练球，我们只能自己边练习边琢磨，互相学习。而我们总算还懂得练习发转球（那时不懂上旋、下旋球），就拼命地挥动手中的球拍，把球往地上发，看球转不转。就这样我学会了发下旋球，并一直沿用至今。

当然我还代表学校去参加中学生乒乓球比赛，大家知道每场比赛结束时,队员都要走到教练身边听指导,而我们教练几乎没有战术指导,只是一个劲地说:"要一分一分地拼,不到21分不要放松(那时是21分制)。"现在想想这都是废话,我也知道一分一分打,但问题是自己失误在哪里,对手的短处在哪里,都没有人给我提示。记得有一次,遇到了一位削球手,我一接球就下网,吃了她不少发球。教练回来后就给我发他那所谓的转球,让我学搓球,第二天再去和这名选手比赛时,我就少吃了几个发球。哦,这样看来,老师还是有点水平的。由于那时乒乓球水平都不高,我们还经常能获得胜利。几乎自学成才的我,在乒乓球比赛中的最高荣誉是嘉定镇初中组的女子亚军。

后来我进入社会,在单位里开始和男同事切磋乒乓球技,倒是让我进步不小。我再也不怕削球手了,对旋转球还能提拉。但是后面又暴露出我心理不稳定的问题了。记得那时我所在的嘉定县税务局参加上海市税务系统乒乓球比赛,全市共有10个区、10个县的20支队伍。采用3男2女的5人对抗制,我还算是女一号。但是我的发挥很不稳定,常常会在领先时放松,在落后时着急。难得发挥勇猛,可以打对手一个21比5。但我经不起关键场次的考验,如有一场比赛,我们队已经1比2落后了,这时轮到我上场,如果我这局赢了,第五人还能出场拼一下,如果我输了,就没有任何机会了。但这时候的我压力太大,心理素质极不稳定,最后一局在20比15领先的情况下输给了对手,葬送了全队的前程,让我内疚了好长时间。队员们在安慰我的同时戏说:"看你比赛要发心脏病的,如果你是20比10领先还不一定能赢,但如果你是15比20落后,那肯定要输。"现在你们知道了吧,我就是这样一个心理状态极不稳定、毫无斗志的运动员。其实我在平时也不是一个好斗之士。

前几年我也代表公司参加本区域的乒乓球比赛,但输多赢少,这是因为心理素质本来就差,随着年龄的增长,脚步不灵活了,反应也慢了,球技更是退步了,从此我就不太愿意参加乒乓球比赛了。今年我们功能区举办了"我的奥运我参与"体育节,公司要我参加乒乓球比赛,为了奥运,我报名做了一名替补队员,但没有参加比赛。

再看看自己的体型,右手臂明显比左手臂粗很多,而且右肩有严重的肩周炎,这可都是在学生时代练乒乓球练出来的。你们看看,球技没有多少,体型弄得像专业运动员似的,真可笑。所以我非常崇拜奥运冠军,他们要具备的技艺和心理素质,绝对是常人很难做到的。

(撰写于 2008 年 11 月 13 日)

二十一、我最喜欢的体育项目

如果学生时代打乒乓球是为了竞技比赛的话,那游泳则是我体育锻炼中最喜欢的项目。

我昨天说乒乓球是自学成才,那游泳更是自我锻炼的了。记得在小学时,整个暑假和同学们在炎热的中午去游泳(因为中午阳光高照,游泳的人较少)。有时连着游几场,一个夏天下来,人被晒得墨墨黑,泳衣留在身上的痕迹很久才褪去。我们从憋气、呼吸、划水开始,由单纯的玩耍到学习泳姿,最后我学会了蛙泳。但我一直认为自由泳漂亮,所以前几年才慢慢琢磨出了自由泳的诀窍,学会了自由泳。

记得几年前也是在我们功能区运动会上,公司要组队参加游泳比赛,刚巧那天参加 4×100 米接力赛中有一名队员生病,有人说我会游泳,让我去顶替。可我从来没有经过专业训练,也不会跳水式出发,怎么能去比赛呢?为了集体我硬着头皮上。他们安排我游第三棒,在我下水游的时候,只听到上面喊声一片"加油!加油!",那时我只会蛙泳,而这又是所有泳姿中最慢的。我用尽了全力,拼命地划呀划,但就是很难往前,看不到尽头。当游完 50 米游程时我几乎要瘫倒了。最后我们接力队为公司争得了一块铜牌。当时我说,要是换其他人游,我们可能得冠军,而队友们客气地说,没有我,他们根本就无法比赛。这次的友情参赛是我第一次也是最后一次参加游泳比赛,因为我太业余了。要知道我们队中一名女队员曾是杨浦区少体校的队员,一名男队员曾是静安区少体校的队员。当出发令一响,他们就像鲤鱼跳龙门式地跃入泳池,一下子和不是跳水式出发的对手拉开了很大的距离,看了真让人赏心悦目。

以后我再也不愿意参加自己不熟悉的比赛了。这里绝对不是心理问题,而是技术问题。如果能够比心理的话,那我的技术和对手比较接近,而如果技术上差距尚大,那心理问题就无从谈起。

本人就是这样一个不适合比赛的运动员,要么没有心理素质——乒乓球,要么没有技术水平——游泳。可见我只是一个锻炼型的人,而锻炼身体恰恰是我们现代生活不可或缺的。现在我主要的体育锻炼就是游泳,一周两次,水平不高,但很有耐力。跳下泳池,游20个来回没有一点停顿。为了避免枯燥,我还变着花样,游过去是蛙泳,游过来是自由泳。另外,我还喜欢早晨游泳,哪天你如果看到我红光满面、精神焕发,就应该猜出是早晨游泳的结果。

竞技体育是少数人的事情,而体育锻炼是我们大家的事情。为了拥有健康的体魄,建议大家积极参加自己喜欢的体育锻炼,并持之以恒。

(撰写于2008年11月14日)

二十二、我是姚明的粉丝

昨天,电台早新闻报道,姚明将退出中国国家男子篮球队,下午姚之队和中国篮协辟谣,晚上姚明亲自进行了驳斥。一天时间里小报记者们忙得不亦乐乎。

作为姚明的粉丝,我当时的第一感觉是,姚明不可能退出国家队。因为谣言似乎有点影射他爱国的问题,而这在姚明身上恰恰是不用怀疑的。从2002年加入MBA起,姚明在各种场合都旗帜鲜明地维护国家荣誉和利益。当今年初在MBA比赛受伤时,他首先想到的是能否为国效力,参加北京奥运会。当汶川大地震发生后,他马上启动姚基金,并准备为灾区建造大量的学校。这些不正是他乐于慈善和报效祖国的最好

第四篇 关注社会 享受生活

实例吗？

我成为姚明的粉丝，并不仅仅因为他是国际篮球巨星。在 90 年代末，当我知道这位小巨人的母亲是方凤娣时，就开始关心他了。凡是喜欢篮球的人都知道，方凤娣在 70 年代就是大名鼎鼎的中国国家女篮队队长。2000 年她的儿子姚明已经成长起来，并成为上海东方大鲨鱼队主力。当时东方队已经和八一队的水平相当接近，比赛各有胜负。所以大家对东方男篮夺冠寄予厚望。而 2000 年至 2001 年的 CBA 冠亚军决赛就是在东方队和八一队之间进行的。我的好友沈敏也是一个球迷，我们都想看这场比赛，但当时比赛门票相当紧俏，凭着沈敏和上海男排主教练沈富麟的交情，由沈富麟再去向男篮主教练李秋平求得了两张入场券。记得当时公司同事听说我要去看 CBA 决赛，都挺羡慕我。决赛这天我和沈敏去卢湾体育馆观看了这场比赛，尽管上海队最终没有获得总冠军，但我看到姚明的父母都在现场观看。比赛结束后，姚明跑到观众席上与母亲亲切拥抱，这个画面很感人，这也是我仅有的一次看到了真实的姚明。这场比赛云集了国家队大部分队员，如八一队的刘玉栋、王治郅、张劲松，上海队的姚明、刘炜等，使我们欣赏到了一场当年最高水平的 CBA 决赛。当然后来东方男篮在姚明的带领下，获得了下一赛季的 CBA 总冠军，使姚明不留遗憾地走向 MBA。

2002 年姚明以状元秀身份去 MBA 火箭队后，我就开始关心起在火箭队的姚明，并在笔记本电脑中收藏了姚明官方网站的网址。只要有火箭队的比赛直播，我基本不会错过。我的心情和火箭队的胜负连在一起,如果火箭队赢了,就心情愉悦;否则就有点郁闷。当然后来看到姚明在 MBA 不断成长,成为 MBA 国际巨星,我由衷地为他高兴。特别是他在西方花花世界里,始终保持高度的爱国热情和零绯闻,其承载中华民族谦逊、勤奋的品行,倍加让我喜欢。

据报道,在昨天对姚明退出国家队的民意测试中,75%的人投票赞成他退出。说明球迷在不明真相的情况下对姚明的绝对信任,知道如此爱国的姚明不到万不得已是不会作出这样决定的,就像刘翔退出北京奥运会那样。粉丝对自己追逐的明星,可以包容其所有,包括好与不好。但我还真没有发现姚明有什么不好的地方。

姚明总有一天会退出国家队,但那将是他结束篮球生涯的时刻。他是中国的骄傲,上海的骄傲,让我们好好地珍惜吧!

(撰写于 2008 年 10 月 23 日)

二十三、刘翔的一场游戏一场梦

今天想说说刘翔,因为刘翔回国了,带回的是一枚本应为金牌的银牌,留下的是他那让世人感动的大度。

但刘翔毕竟不是神而是人,媒体前的一番大度表白:"这就是比赛,这就是游戏。"但是夜深人静时,他留下了泪水。男儿有泪不轻弹。北京奥运会天大的挫败,刘翔没有流泪;面对波涛般的责难和人生低谷,刘翔没有流泪;遭受到伤病三年的困扰和一轮轮外界的嘲讽,刘翔没有流泪;在世界冠军金牌几乎到手,但却发生碰撞后,刘翔在赛场上也没有流泪。目睹如此情况,观众都为他流泪,难道还不允许他自己偷偷地流泪?

我总觉得他太冤了,尽管他和教练孙海平都原谅了罗伯斯,但眼看着到手的世锦赛冠军没有了,我们全体中国人可不干了。因为我们看着刘翔这三年走过的不易,除了要克服外界的种种议论,还要克服自己的伤痛,而本次比赛就是证明自己的最好时机,因为除了奥运会,世界锦标赛的金牌是很具含金量的,现被罗伯斯给黄了。如果刘翔大度地认为这是一场游戏,那我们则认为这是刘翔的一场噩梦,真是一场游戏一场梦!

尽管有人说,刘翔不是冠军胜似冠军,刘翔受到了世界体育迷的敬佩。但冠军的拱手相让,除了世界田径锦标赛丰厚的奖金外,载入史册的刘翔永远是第二名,过了若干年以后,人们就会淡忘本次比赛的纠葛。如果做世界田联史记,刘翔也就是第二名,而不可能为他做太多的注解。如果世界田联评选优秀运动员,也不会因为有这段故事,而把刘翔视作金牌运动员来评选。如果评选2011年中国劳伦斯运动员,也最多给刘翔新设一个"冤屈奖"。况且很多势利的广告商,就是冲着刘翔的金牌来的,所以对于刘翔来说,金牌以外的损失无法用金钱估算。

我佩服刘翔被罗伯斯欺负后的涵养。从中可以看出,要成为世界著名运动员,不仅仅要获得冠军,更要在遇到困难时有定力,这种定力,在刘翔和姚明身上都得到了充分体现。

> 我的时光手札

很自豪他们都是我们上海人,为上海人争光了,为上海男人争气了。如果再有哪位非上海籍人对上海男人说三道四,除非他们的地域培养出了比刘翔、姚明更棒的世界级运动员,否则请先培养后再说话。

(撰写于 2011 年 8 月 31 日)

第五篇
我们都是追梦人

在蓬蓬博客中,记录了"凡人繁事"的几个人物,包括眼科教授朱莉、战地记者仝潇华等,还记录了蓬蓬的校友、民间工匠王震华的不凡,记录了合唱团闺蜜吴静雯、合唱团共同的二姐夫邵浪音、好朋友马燕华和阳光少年王威琏的生动形象。

我的时光手札

一、奋斗在都江堰的朋友

今天在北京举行的全国抗震救灾总结表彰大会,让我们又想起了5·12汶川大地震的那些日日夜夜。重温一下触目惊心的数据:震级里氏8级,最大烈度达11度,造成69 227名同胞遇难、17 923名同胞失踪,转移安置受灾群众1 510万人,直接经济损失8 451亿多元。

面对这些数字,心情又一次沉重起来。在那些日子里我们没有心情做任何事情,只有通过电视了解抢险救灾的最新进展,无奈地看着伤亡数字的不断攀升。但在数字背后,我们又看到了一个强大的中华民族。在党中央的领导下,人民空前的团结,齐心协力抗击灾害。试想:如果没有军队的帮助和人民的自救,就不可能从废墟中抢救出8.4万人,死亡人数会翻倍。如果没有全国各省市的安置援助,受灾的1 510万群众就只能露宿街头。所以取得这次抗震救灾的胜利,用"伟大"二字来形容一点也不为过。

我朋友钱星炜是上海建筑科学院的工程师,灾后不久,在上海市为四川绵阳建活动板房时就被派去做工程监理。当上海市被确定为援建都江堰的城市后,他所在的市建科院和建工集团、城建集团等上海几家大型国有企业首当其冲,他被派往都江堰,担任上海建科院管理的所有援建都江堰工程造价管理的负责人。他说,共60万人口的都江堰目前仍有20万人住活动板房,生活条件简陋,建设任务非常紧迫。但由于当地的建设工艺特殊,他们专门在灾区建造了先进的实验室。目前主要在建的有几十所学校、医院和大量残疾人急需的康复院,以及公用设施,如自来水厂和污水处理厂等永久性建筑。这些项目的质量要求高、时间紧。所建学校要求在明年9月交付使用。

星炜兄在上海建科院不仅以其专业出名,更以品行服人,深得院领导和同事们的称赞和钦佩。地震后不久,他就积极报名参加灾后重建。到了灾区,被院部派往重灾区——绵阳和都江堰。有几次我和他通话,他都说出差在外,但没有告诉我地点,一直把我蒙在鼓里。当我知道实情后,就赶快去电慰问,才了解到,他是第一批赶赴灾区的,当时的条件非常艰苦,也曾遇到过6级余震。我问他苦不苦,他朴实地告诉我说:"对于年轻人来说,不是谁都能遇上的,这是一种经历,更是一种历练,等到老了回忆起这段时光将会为自己感到骄傲。"不愧是我的朋友。

上海市政府计划投资100亿元,在三年内初步建成一个新的都江堰城,但难度很大,所以援助将是长久的。目前钱星炜仍奋斗在都江堰。让我们向所有支援灾区的人们致敬！

（撰写于 2008 年 10 月 8 日）

二、安妮水晶马燕华

自从女企业家协会南通行后，我结识了上海安妮水晶设计有限公司总经理马燕华（照片中间那位）。日前我和梅总去了安妮（Annie）水晶在虹桥古北路的会所。这是一个老式洋房别墅区，马燕华所在的别墅门口还有喷泉、假山和椰子树，让我们仿佛置身于热带雨林。

马燕华的父亲是中国光学精密机械研究所的专家，目前还握有几项产品的发明权和专利。在父亲的熏陶下，她掌握了鉴别珍珠、玛瑙、玉石的本领。

早在 90 年代初，父女俩潜心研制联合开发出了高折射率的人工水晶等光学原材料，直至今日在国际上仍处于行业领先地位。安妮水晶在世界钻石权威戴比尔斯，即现在的 DTC 钻石贸易公司的支持下，用微晶子材料制作出了色彩斑斓的世界百粒名钻，其闪耀度达到了世界一流，赢得了钻石行业内人士的啧啧称赞。现上海钻石交易所内及上海钻石陈列馆内的全套百粒世界名钻，均是安妮水晶的杰作，整套产品也被卢浮宫永久收藏。

安妮水晶独家创制的人工水晶材料不同于普通仿真水晶，其硬度和折光度均大大超出普通材料。安妮水晶的品质绝对超过大家熟知的施瓦洛世奇。安妮的产品也被中国政府作为民族品牌指定礼品，赠送给美国总统等外国政要。

喜欢收藏工艺品的本人，被眼前这美轮美奂、精巧之至的水晶造型迷住了。我和梅总看看这个也喜欢，瞧瞧那个也想买。经过一个多小时的挑选，我们都买了很多件满意的饰品，马燕华不仅为我们打折到了极限，还为我们每人送上一份心意，并请我们用了丰盛的午餐。哈哈，没见过商家在卖商品时，连卖带送，还请吃饭的。

最早知道马燕华，是在今年初的协会爱心拍卖会上，她不断地举手竞拍，让我记住了这位年轻漂亮的女企业家。最后她以三万元拍得了徐萍捐赠的一款瑞士丹玛钻石腕表，体现了她的一片爱心。

马燕华的安妮水晶告诉我们，会制造美丽的人，一定是心灵美丽的人；会欣赏美丽的人，也一定是具有艺术天赋的人。

（撰写于 2010 年 12 月 26 日）

三、我的好友静雯

吴静雯是我在合唱团很要好的女友(我们合唱团没有男士)。我和静雯的友谊来自 2008 年的意大利合唱比赛,我们是室友。在这之前,她曾是中声部团员,虽然默默耕耘,但不管演唱还是表演都惹人眼球。我记得在一次排练时,她的右胳膊突然脱臼,于是姐妹们让她赶紧去医院。当时我想,这不是小孩子的事情吗?成人怎么也会脱臼呢?从此记住了这个美丽的团员。后来她来到了我当时所在的高二声部,我们就经常肩并肩地排练,但交流还是不多。因为每次她都只顾练唱,不像我那样会左顾右盼。

2008 年我们合唱团要去意大利参加合唱比赛,大部分团员都觅到了自己的室友,只有我和她还没有(我一直觉得室友不需要特别选择),于是剩余的我俩自然成了室友。不"室"不知道,一"室"便成友。在意大利时,她总是会被我讲的话笑得前仰后合。其实并不是我幽默,而是她的笑点太低。我发现,静雯好可爱,对于任何事情都是那么的天真,好像活在童话世界里。后来才知道原来这是她先生老豪的功劳,因为老豪是上海滩一位重量级人物,外面事业做得大,在家对太太宠爱有加。他们俩淋漓尽致秀恩爱是在 2009 年 10 月去意大利参加合唱团比赛时。摘录几条当年老豪在蓬蓬博客中的留言:

2009.10.8 蓬蓬女士:我是你团团友吴静雯的先生,她也喜欢写博客,这次出访没有带电脑,所以访意的情况就不能实时播放了。但是她临走时特别关照,如果想知道她在意大利的情况,只要看您的博客就行。今天我打开看了您的博客,果不其然,您的博客写得很好。谢谢您代她告诉了我她和你们的观光情景和将要进行的歌唱比赛。祝玩得开心,取得好成绩。

2009.10.9 我天天打开您的博客,可惜一直停在那不勒斯那一篇,估计你们现在非常忙。蓬蓬女士,我看博客有双重目的。请麻烦您告诉您的室友,明天中午我将出征了,这里一切都好,让她放心。谢谢啦!

2009.10.10 今天的消息太丰富了,为你们的精神状态高兴,不管比赛结果怎样,你们的愉快和精神状态已经证明你们去意大利值了。谢谢您的即时博客,给国内关心你们的人带来即时信息。现在看您的博客,正有点像卫星发回地球在月球上的消息一样,很是迫切,因为我与我太太的信息也全仰仗您的妙笔生花了。再次谢谢!

自意大利回来后,我和静雯就成了无话不谈的好姐妹。她的真诚、善良常常打动我。书法家老豪还为我书写了一幅字。而每次合唱团年会,静雯的舞姿也成为合唱团的保留节目。后来我们结伴去看世博会,结伴去旅游,结伴去娱乐。尽管后来我被换到低声部,但仍然能够和她坐在一起练唱,成为两个声部的"分水岭"。而在一起练唱,更多的是她听我说,我看她笑。

渐渐地,她来合唱团少了,后来才知道,她去了舞蹈班,每周上三个班,在舞蹈班里,她是绝对的主角。而且周三我们排练的日子,和她舞蹈的日子重叠,但我觉得,还是因为她更喜欢舞蹈。难得来合唱团时,我会对她说:"合唱团朋友这么多,你舍得离开吗?"她回答:"在舞蹈班也有很要好的朋友。"让我瞬间觉得她"喜新厌旧"。

渐渐地,我们之间的活动也少了,因为每周末是她最忙碌的时刻,老豪会带着夫人出入一些重要的场合,静雯把我们"甩"了。

本次美国比赛,静雯因为去了英国,所以没能同行。回沪后,她特意为我在大剧院的马克西姆西餐厅接风。看来错怪静雯了,她再怎么喜新厌旧,也不会厌烦我啊。

(撰写于 2012 年 8 月 1 日)

四、夸夸二姐夫

凡看我博客的都知道二姐夫,今天我就介绍一下他——邵浪音。几周前,我和他约定去他公司看看。当我来到他公司楼下时,一抹绿色眼前一晃。二姐夫!我不敢喊出声,因为旁边有很多人。一直以为他旅游时才会穿着亮丽,殊不知上班时也是这么有色彩。可见他是一个有情趣、感性的上海男人。

认识二姐夫是因为进入上海女企业家合唱团后认识了梅总,但我几乎是同时熟知他们夫妇,他们是合唱团公认的模范夫妻。

二姐夫"文革"时曾去黑龙江插队,接受贫下中农再教育。后在顶替回沪时,主动要求把名额让给同样在外插队的妹妹,这种自毁前途和命运的举动,足见他对家庭的责任,对同胞姐妹的厚爱。知青大返城时,他终于回到了上海。后来他顺利地工作,曾担任上海当年很有名的中央商场副总经理兼维修中心经理、联华快客上海公司办公室主任等职务。几个月前,我还在上海电视台纪实频道看见他参加关于老上海情结的专题节目。

至于合唱团姐妹们称他俩是模范夫妻,那还是表面的。如果大家了解他们的恋爱史,那就更觉得二姐夫的伟大。据说,梅总年轻时患有严重的心脏病,医生告诉她,婚后不要生育,否则将危及生命。所以在恋爱中,她总会把这一条作为底线,也因此吓跑了很多优秀的男士,直到遇上二姐夫。当时在第一次见面后,他谎称自己要出差几天,其实就是觉得自己配不上梅总想逃避,后来他发现梅总是一个既能干又有情趣的人,发现这才是自己喜欢的女孩。于是他不顾一切,主动出击。要知道,他可是家里的独生子,需要传宗接代。由于对爱情的执着,二姐夫终于抱得美人归。而善良的梅总,知道孩子对邵家的重要性,冒着风险,为邵家生了一个可爱的孙子。

其实,梅总也曾有过艰难,年轻时就失去双亲,她的婚事是由其哥哥姐姐们定夺的,所以二姐夫面临着他们的考验。而婚后,她把邵家长辈作为自己的父母,共同生活至今。用她94岁的公公的话说:"能有小梅这样的儿媳妇是我们邵家的福气。"

从他们夫妇的生活轨迹可以看出,一对夫妇在恋爱时铸就的爱情最重要,尤其是二姐夫那不求子孙、只求爱情的高尚恋爱观,感动了梅总,感动了我们。《婚姻法》说"感情是婚姻的基础",我要说:感情是牢固婚姻的根本。

其实,像我们这样的年龄,有很多夫妇为了孩子、为了家庭,得过且过。所以相比较二姐夫的家庭是幸福的。

二姐夫具有一颗年轻的心,他的喜好健康而不俗。他喜欢打扮,就如女人爱美那样,衣架上永远缺少一件衣服。他今天买的衣服,明天一定穿给大家看,好看的衣服,一定显摆给大家。这种积极的心态和生活状态,需要情趣和一颗永远不老的心。只有会展示自己,才能做到与大家同乐。当一个上海男人能让人赏心悦目时,那他就是一个经典的上海男人。

二姐夫也把这颗年轻的心带给了我们合唱团姐妹,他是大家的姐夫,他拥有众多的小姨子。我们合唱团的每次活动,一定少不了他的身影,作为志愿者,他和其他姐夫们一起,为合唱团拍摄了大量的演出照片和视频,为合唱团留下了宝贵的资料。

(撰写于 2012 年 11 月 28 日)

五、成笛油画室

自从在中国 ShEO 合唱团认识了丁杰,就知道她家里有一位著名的上海电视节目主持人成笛,当知道这位主持人转行去画画了,就更让我好奇。前几天,我携同学逄炜一起来到了成笛画室。

走进画室,扑面而来的油画让我惊叹。我对美术是外行,但能感觉到这些画的与众不同,它们透露出画家视野中的率性。2008 年 7 月,成笛在新天地一号会所举行了个人画展;2012 年 1 月,在上海大剧院画廊举办了"都市表情"成笛个人画展。

　　画家成笛是上海电视台主持人,在上海可谓家喻户晓。6年《新闻透视》主持人,13年《新闻报道》主播,成笛沉稳又不失阳光的风格赢得了很好的观众缘。我们眼中的成笛,是一名儒雅、大气的上海电视台著名新闻节目主持人,不苟言笑,严谨有余。

　　成笛是2005年底才开始画画的。当时成笛的一个朋友办画展,邀请他去观看。看着看着,他突然就冒出一个想法:"我一定能画画,也一定能画好。"他和一个画家朋友谈了这个想法,没想到,第二天画家朋友还真抱来画笔、画板、画布、油彩往他面前一摊:"你想画什么就画什么吧!"成笛还真就画下去了。因为儿子喜欢万花筒,成笛的绘画就从画万花筒里的小格子开始。没有人教,他根本不懂得要先打底,直接就把油彩铺开来,绕了不少有趣的弯子。几天后,他的第一幅格子作品被不少内行朋友赞为"有特色",让他颇受鼓舞。如今他离开主持人岗位,干上了从小喜欢的画画,并且已经成为上海滩有名的油画家。

成笛说:"70年代,才19岁时就来到上海,开始是在上海人民广播电台做播音员,后来调入上海电视台做电视新闻主持人。"我问:"做新闻节目主持人压力很大吧?"他说:"是啊,那个时候,说错一个字就扣50元。"

从她夫人处我得知,作为北京人,他已经融入上海这个城市,也喜欢上了上海。我想这除了被海派文化熏陶外,应该与他的上海籍妻子分不开。

(撰写于2013年7月21日)

六、身边的工匠王震华

我的时光手札

"工匠精神"这个词最近特别火,先是入选了2016年十大流行语,然后在刚刚结束的中央经济工作会议上再次闪亮登场。而我身边的工匠王震华(嘉定技校校友),如今正被各大媒体报道着。

曾经在春节前就要去拜访,但因为我出游马尔代夫和斯里兰卡了。在斯里兰卡时,我就微信王震华,将在2月中旬去"仰视"他的作品"微缩古建筑模型——北京天坛祈年殿",今天终于如愿以偿了。

王震华是嘉定技校7502班学生(我76届),学习刨工。曾经听他的班主任吴嘉禄老师说,学生王震华的微缩古建筑模型"北京天坛祈年殿"让世人惊叹,被国内专家认可。我当时就从心里崇拜了。我还代表嘉定技校校友制作了一面锦旗:"精湛技艺,流芳百世",请吴老师和李华转赠。

今天我们约好下午2点去他所在的华漕文艺活动中心工作室,王震华已经在楼下等了,让我不好意思,要知道,人家可是大师哦。来到二楼工作室,我就急不可耐地寻找祈年殿模型。这是一座用7 108个零件组成,而且都可以开启的微雕建筑,材料是昂贵的紫光檀,工艺制作采用大比例缩小,全榫卯结合全装全拆的式样。缩小81倍的祈年殿模型,每扇门都可以打开。我想实在是没有指头大小的真人,否则真的可以进去参观一圈。

他给我分解了一扇门,有八个零件。我说:"这可是绣花的细活哦。"他的手指能够如此灵巧,运用自如,那已经不是技巧了,是神韵。作品没有使用一滴胶水,可以向所有的微雕作品挑战。

2016年，祈年殿作品获得了非物质文化遗产保护成果金奖，工艺品证书是对该作品的最高评价。他学习梁思成的《清式营造则例》《中国建筑史》并学习书法。如今，各大媒体纷纷来采访，《解放日报》《文汇报》《新民晚报》等报刊都登载了他的故事。东方电视台在上周日9点还播出了35分钟的短片。中央电视台一套也来采访了，并将在近期播出他作为民间木匠的专题故事，新华社更是捷足先登前来采访了。

当很多人去他所在的青浦农村简陋的工作室参观时，都被他在这么艰苦的环境中默默无闻工作五年而感动。他所制作的设备和工艺都是自己设计制作的，他独创的设备本身就是一件工艺作品。

当代木雕大师陆光正看了他这个作品，感慨说："这是技术和艺术的结合。"有记者问王震华这件作品的价格如何，他回答："这不能用价值和价格来衡量它，它具有国家级博物馆永久性收藏资格，无法估计现有的价值。"一席话，道出了这件作品的真正价值。

江苏省工艺大师钟锦德看了这个作品，不相信这是上海人的作品。当他确信是一个上海人所做后非常感慨："上海总算出了位高水平的人，此作品现在无人能模仿，这是国宝级艺术品。"他说王震华胆子真大，一上手就出了个国字号作品。

江苏省工艺大师吴连男观后直说无价，立刻认王震华为他的师弟。这位从事微缩模型制造40年，今年已是70多岁的老人，对他从事的行业里有人重现失传百年的技艺而感到喜悦和认可。

目前王震华还在准备他的第二件作品——赵州桥,因为它是石作榫卯结构,目前还无人用真正的微缩营造技艺来完全展示其优美壮观的气魄。

今天在现场还见到了王震华的夫人,她一直默默陪伴并支持着他。因为这个历时五年的作品,不仅倾注了王震华全部的心血,更倾注了他们家全部的财力。

今天我和王震华交谈中了解到:他从小就喜欢木工,结婚的家具都是自己做的;做祈年殿就是想做前人没有做过的。对于是否准备出售祈年殿作品,他说有好价格就出售,因为生活需要有经济来源,更需要继续用资金去做新产品,但一定是卖给理解作品的人。

其实,今天我更是看到了身边的工匠精神。华为创始人任正非说,工匠精神就是专注,用一生的时间钻研,成功就是一生做好一件事。我告诉王震华,在作品去博物馆前,我将会带更多的朋友来欣赏,或许还会请他做一个讲座,他一口答应。

谢谢王震华校友,鲁班精神在你身上得到了充分体现,你是我们嘉定技校的光荣,也是上海人的光荣,更是中国人的光荣!

(撰写于 2017 年 2 月 15 日)

七、威琏的生日礼物

大家曾经的威琏宝宝如今长大了,昨天是他 11 岁生日。每年的生日,他阿娘王总都会给他做一本相册,以作纪念。而今年不仅有相册,还有评语。

威琏长大了!

威琏又长大了,11岁了!这一年你高票当选班级的中队长,还成为学校大队委员候选人。你自己选择了中队劳动委员,说这实在有事干。好,威武而又务实!

这一年你钢琴考出了八级,虽然有过委屈,畏惧,担心,也流过泪,但还是咬牙坚持拿到了八级证书,好样的!

这一年你越来越喜欢篮球,还代表学校参加比赛,拿了张小奖状回来。好,喜欢就要坚持!对了,搞运动的孩子体魄好有竞争性,将来有出息!

这一年你面临小学升初中的新阶段,你越发努力学习,上课更用心,业余学习更自觉。打好基础养成良好的学习习惯,这会让你受益一生!

　　这一年奶奶两次摔跤骨折,耽误了你寒暑假去日本、去沙巴旅游的机会,你没有丝毫的抱怨,利用假期陪伴我,去北欧五国旅游途中你是我的保护神。

　　令我特别感动的是,你2月26日上学后,每天放学都到我家来看望我,小小心灵大大爱心,心生慈悲,功德无量啊!

　　期待你新的一年健康健壮不是胖!

　　希望你阅读自觉、练字刻苦、弹琴享受、唱歌快乐!

　　盼望你阳光少年直至永远!

　　据说,当王总朗读上面这段文字时,威琏泪流满面,久久不能控制。其实这一年,我们也是看着他不断挑战自己,不断成长。曾经的中队长选举、钢琴考级,他都是在攀登自己的高峰。而日本和沙巴的旅游都已经办理了签证和购买了机票,结果就因为王总的骨折而未能前往,小小心灵蛮有失落。但是在我们同去的北欧和冰岛之旅中,我见证了他一路搀扶着阿娘,这种体贴在小男孩身上很是少见。

　　威琏两岁半就开始和我们一起旅游,蓬蓬博客记录了他的成长。我见证了王总对威琏的培养和教育,她从小培养孩子懂礼貌、有追求,绝不偏袒他的缺点。威琏对阿娘既敬畏又充满着爱。威琏是一个名副其实的阳光少年,如今身高已经和我一般高了,我们大家都喜欢他。

(撰写于2018年5月24日)

八、"做更好的自己"——朱莉

"凡人繁事"是上海东方女性领导力发展中心举办的一项系列活动,旨在用身边人的故事教育身边人。昨天,第二场"凡人繁事"的分享者是我的好友朱莉。

活动开始前,我们进行了一个小型快闪。随着合唱团钢伴家佳领唱 The rose 第一句,我们合唱团员立即从自己的座位上起立开唱。然后渐渐地走上舞台,又献演了一首《茉莉花》。大家的全情投入,获得了在场的著名歌唱家陈海燕的好评,她说:"你们感情丰富,唱得真好。"

李余康老师专门制作了视频——光明使者朱莉。视频介绍了朱莉从一个军人家庭的后代,成为当兵的人,成为长征医院的眼科主任医师,到后来下海开办上海和平眼科医院等经历,让本以为熟悉她的人,第一次完整地了解了朱莉的成长和成功。

今天的主持人是金炯,她说:"我是今天主题分享的主人翁朱莉姐的忠实粉丝;我也是今天'凡人繁事'这档节目主办机构——上海东方女性领导力发展中心理事会的工作人员;同时也是本次活动的合作伙伴——中国最大创业者社群 Workface 资深社员。因为这三重关系,我就担任今天节目的主持人。"

朱莉威武、典雅地走上舞台。她说:

我出生在军人家庭,16岁就当兵了,从小在部队大院长大,部队让我有组织纪律性,服从命令听指挥。例如,今天王团长让我来讲这个,我非常不想讲,但是也要服从命令。

在部队医院工作,我们会有多种形式的医疗活动。我曾经参加过新疆、西藏、云南、大别山区、农村边远地区及海南岛等地的医疗队工作。给我印象最深的是赴唐山抗震救灾,那场地震是毁灭性的地震,当灾区人民看到我们到来,拉住我们的手说:"解放军,我们的亲人,终于盼到你们来了。"就号啕大哭,他们的这种释放,让我觉得我们解放军是多么了不起。

在大别山医疗队的时候,我一天的手术量可以达到十几台,我一个人一天的门诊量五六十个。我们对所有病人几乎是免费手术,我们是总后勤部的医疗队,要求每个病人无论做大小手术都只收五元钱。后来有一个病人听说要收五元钱就消失了,一直到下午病人又来了,他手里就捧着一把一分钱、一角钱的钱币,凑齐了五元钱,当时我控制不住自己的眼泪,我说你把这个钱收回去吧,心想他一定是把所有积蓄和家里面所有亲戚朋友借来的钱带来做这个手术。

我在长征医院工作了 32 年以后,2001 年选择了辞职创业。这也是我做得最任性的一件事,没有跟家里任何人商量,自己递了辞职报告。

2001 年我们开始筹建上海和平眼科医院,自己画图纸,自己设计,我们医院成为上海第一家一人一诊室、全部网络化的运营和地板上有盲道的眼科专科医院。充满干劲的我很骄傲的是一年没拿工资,一分钱都没有,就是拼命干活。

朱莉又说了一个小保姆的故事:

2003 年在医院开张没多久的时候,我的诊室来了一个中年妇女,带着一个 16 岁的小女孩。我检查时,发现她黑眼珠是白的,医学上称"角膜白斑",而且瞳孔跟角膜粘在一起,视力只有 0.1;而另一只眼睛已经萎缩,完全没有视力。中年妇女问我这个病能治吗?我说可以,但要做非常大的手术,要做一个角膜移植。病人离开我诊室后,这位女士就留下了,问我这个手术大概要花多少钱,我说要花几万元。原来这小姑娘是她家保姆,这位女士说要帮她出钱治眼病,当时就非常打动我,我毫不犹豫地说我们两个人一起做这个事情。院里也很支持,我们就直接报到了上海电视台,电视台邀请我们去做了《有话大家说》节目。在录播现场,当时有人问我:"朱医生,手术万一失败了怎么办?"这个问题太尖锐了,因为她只有一只眼睛,真的失败了就真的双目失明了。当时我没有丝毫犹豫就讲了一串非常漂亮的话,现在不记得了,只记得在座的嘉宾全给我鼓掌。这一录播节目是每周日播出。在礼拜五的晚上我们得到了角膜材料,就连夜给小保姆做了手术,第二天早上我赶到病房给她换药时,把纱布揭开的一瞬间,小保姆当场视力就0.5,非常兴奋。我立即给电视台去电说,你们一定要在节目上打一个字幕,手术已经成功,术后第一天视力达到0.5。这件事情带来很大的反响,我们和平眼科医院因此病人多起来了。

小保姆的东家李女士也在现场,她说:"我家小保姆非常可怜,她一岁多母亲就死了,11岁时父亲也生病死了,是一个孤儿。我正好要找保姆,朋友从山沟沟里把她找来的,当时我一接触她觉得不能做事情,就11岁多一点点,她村庄人觉得到上海来有饭吃就行了。她一进我家门,我看到她这个模样,立即给对方打电话,要求换人。她就跪在地上,她说你们家养狗的,狗吃剩下的东西让我吃,我也不睡你家的床,你不要赶我走,赶我走我就得死了,出去没人管了。我自己也有女儿,在蜜糖里面泡大的,我就觉得要帮她看好,让她过正常人的生活。当时朱教授在电视荧屏上说,有万分之一的可能我们也争取一下,但是这万分之一,就让我家保姆'中奖'了。第一次检查0.5,后来0.6、0.8,这个手术做得非常好。后来朱医生觉得她还是个小姑娘,皮肤白白的,说再给她做个整形手术吧。她那个萎缩的眼睛是睁不开的。朱教授给她做了整形手术,做了活动假眼,完全可以以假乱真。她后来找了个老公,在江西结婚了,现在生活得非常好,女儿已经四岁了。婆婆和她一起生活,婆婆都不知道她一只眼睛是假的,更不知道另一只有视力的眼睛是做过角膜移植手术的。"

上海东方女性领导力发展中心理事长王佳芬做总结发言:"朱莉和我们在合唱团已经有七年了,我们合唱团姐妹都特别地喜欢她、敬佩她。我觉得敬佩是因为她做人特别正直,做事特别认真,心地特别善良。我们一直说朱莉是我们合唱团笑点最低、哭点最低的人,因为她心里特别坦荡,特别无私,爱笑的时候就笑,感情上受到影响的时候就会流泪。我们从朱莉的身上看到,她在各种各样的现场救死扶伤,但她做了 32 年的时候又任性了一把,下海了。做所有的事都不犹豫,做所有的事都那么坚定,做自己想做的事,不在乎别人怎么说,这就是朱莉,这也是她做更好的自己的一个基础。"

(撰写于 2015 年 5 月 22 日)

九、"知行合一 止于至善"——仝潇华

今天下午,上海东方女性领导力发展中心"凡人繁事"系列之五:"知行合一 止于至善"——仝潇华从歌手、军人到战地记者的活动,在环球金融中心 29 层的云间美术馆举行。

中国 ShEO 合唱团姐妹们来了,去年曾经和仝潇华一起在

盐城龙卷风灾区、丽水泥石流、湖北特大洪灾现场并肩战斗的武警交通部队代表特地从北京赶来。仝潇华说,如果她在朋友圈发布今天的活动,那会场就容纳不下粉丝了。她一条微博就有两万多人点赞。免费提供会场的云间美术馆徐总说:"今天的活动可以让大家见识一个身边的战地记者,作为云间美术馆,非常荣幸。"

现场播放了由李余康老师制作的视频。这是李老师利用两天时间,在网上下载了10多个视频和100多张照片,凭借着网上的一些资料,在不认识仝潇华的情况下,制作了非常感染人的视频——《战地玫瑰分外红——记凤凰卫视记者仝潇华》。

仝潇华的主题演讲一口气讲了两小时。她首先把自己从小的穷苦家境告诉大家。她来自河南焦作农村,母亲是一个地道的农妇,父亲是一名军人,还有两个弟弟。家里为了供她考解放军艺术学院,除了种正常的农作物外,还种西瓜和蔬菜。她三考军艺,终于进入了解放军艺术殿堂。在讲到去叙利亚前线时,仝潇华即兴演唱了自己在叙利亚前线演唱的一首意大利歌曲。因为她觉得唱中国歌曲,会被外界说成中国人支持叙利亚,唱俄罗斯歌曲,会被外界说成中国人和俄罗斯人站边。在讲到2016年6月来凤凰卫视上海新闻中心工作后,同武警交通部队一起前往盐城龙卷风灾区、丽水泥石流、湖北特大洪灾等救灾现场,同武警交通部队一起并肩战斗,不畏艰险做深度现场报道时,武警交通部队的代表涂敦法上台讲了仝潇华在救灾现场的敬业精神和勇敢抢险的故事,并现场转交了武警部队授予仝潇华的"抗洪抢险"银质奖章。

王总做了总结发言。她对中心从第一次到本次第五次"凡人繁事"进行了总结。每一场都有特色,每一场都能感染现场,感动大家。仝潇华是一个了不起的80后,了不起的战地记者,她的每一步都靠自己去创造和探索,她成功了,她选择记者放弃音乐之路,是需要勇气的。

活动最后,仝潇华领唱《英雄战歌》,我们合唱团员们上台合唱。今天的活动,通过两个直播频道进行了网上直播。亚文进行了网易直播,共有16 843人收看。凤凰卫视上海新闻中心通过凤凰网的《凤直播》进行了军事频道的直播,共有13 778名网友收看了直播。也就是说,有超过30 000名网友收看了活动直播。

参加今天活动的媒体人邹秀英创造性地并生动有趣地记录了仝潇华的报告。全文如下:

一位80后河南土妞的凤凰梦

(1) 土妞的当兵梦。她,前世一定是穆桂英吧?也许父亲是退伍军人的缘故?这位叫仝潇华的80后女孩,一直有个军旅梦,也许是上苍眷顾吧?土生土长的土妞有一副亮丽无比的好嗓子。她高中会要求连着三年跟新生一起军训,就是因为特别享受当兵的感觉。家里穷得5 000元/年的大学学费都交不起,只有军校是免费的,她只能凭着好嗓子去考解放军艺术学院(简称军艺),连考两次未果,只能先上洛阳师范学院,学费7 860元。她只能带着借来的1 000元生活费入学,其余的6 860元根本没着落。当地教育局真好,答应她:只要你考军艺,就一定给你想办法参加高考。第三次考军艺,她跟师大请假说得阑尾炎了,带着宿舍同学凑的1 000元和室友最漂亮的衣服进京赶考。这次她考上了。退出洛师上军艺,土妞的人生自此"开挂"。

(2) 军旅歌手的艺术家梦。土妞军艺毕业回洛阳当地服役,她总是不满足现状,她想去当时世界排名第一的俄罗斯柴可夫斯基音乐学院深造美声,她一句俄语也不会,给柴院打电话是用英文请求报名,人家说你寄样碟来让我们听听,听完告诉她,你来考吧。她来不及办正规出国手续,就直接通过旅行团去俄罗斯考试,她演唱了三首歌曲,其中一首中国歌曲,两首意大利语歌曲,教授们让她回家等通知。三个月后柴院录取通知来了,遇到各种签证麻烦,她努力说服签证官,"我爱唱,我要到世界最好的音乐学府去学习",如愿成行。在俄罗斯柴院,她没有亲人、没有中国同学,一句母语也没法说,寂寞啊!灵机一动,给我国驻俄大使馆打电话,毛遂自荐要参加大使馆主办的留学生春晚,大使馆工作人员说,两个月前就准备好了,下次趁早。她显示出无比的自信,说:"我是军艺毕业的,我是专业的,我还在军队专业艺术团体服役过。"恨不得立即给接线员来一曲。这位大使馆接线员耐心听完她的自我表扬,并答应帮忙问问,于是,她又接到了OK通知。留学生春晚,她全力以赴啥活都干,金嗓子一亮之后,大使馆各类活动演出、各类学生代表活动都找她。在大使馆举办的国庆招待会上,土妞认识了凤凰卫视驻俄罗斯记者站站长卢宇光,卢站长邀请她假期去记者站实习。实习无非端茶倒水搜资料,可就算打杂,她也干得井井有条,津津有味。

（3）美声研究生的记者梦。凤凰卫视实习期间,忽然全站人员要前往俄罗斯远东的北方四岛采访,莫斯科站的活儿就交给土妞和另一位实习摄像了,仅仅培训了一天就接手,她以为就是接电话发传真,没啥大事。结果,同事们刚上飞机,家里的留守"猴子"就摊上大事了!先是俄罗斯近欧洲地区17个州森林大火,再是俄罗斯西伯利亚突发坠机事件。土妞土法上马,网搜当地新闻和资料,编、播、录、传,搞了八小时先把坠机新闻发回香港总部,趴在桌上打盹十几分钟的功夫,总部就回电了:"很好,你去采访俄罗斯大火吧!"两个仅被培训了一天的实习生冲到火场一线。军旅经历使得土妞特别容易和消防军警打交道,近距离采访了大半天,鞋子烧坏了,光脚回到本站开编。哎哟,火场那里实习生摄像一分钟也没给录上,她拉上摄像重返火场,再来一遍! 前方同事们在北方四岛重大采访持续15天,后方俩实习生在家报道火灾和灾情系列15天,她还得跟音乐学院请假,说明原因。凤凰总部很满意,对她说,留在这里当凤凰卫视驻俄记者吧。

(4)凤凰卫视记者仝潇华前方报道。这位土妞经历了最真实残酷火线考验后,毅然放弃美声梦,决心改行当记者,誓把最新鲜的新闻送达全球华人,从此开启了凤凰生涯。她混在祝寿人群中来到了戈尔巴乔夫寓所,越俎代庖口吐莲花,把送礼人说不出名堂的中式礼物说得头头是道,和老戈唠磕哗啦哗啦刹不住车,顺便想采访老戈,老戈一愣,不行! 只想好好过80岁生日,拒绝采访。那就谈风雅吧,老戈想唱歌,凤凰张口就是俄罗斯国歌,老戈一听两眼放光,要求共唱《喀秋莎》,So easy! 祖孙俩就Happy卡拉OK了,不但采访OK,老戈还给凤凰卫视留了视频祝福。这趟采访,没个皮厚心坚艺高技强,那是万万玩儿不成的。有此一趟,就有了她想访谁就访得到谁的本事了。开了挂的凤凰女生开始专访俄罗斯各种敏感人敏感事,居然搞定军方,让凤凰卫视成为第一个进入俄罗斯核武器生产工厂的媒体,要知道这里连俄本土媒体都从没进来过。在俄罗斯八年,凤凰一路高歌猛进,近年还多次进入叙利亚战火纷飞之地。凤凰出生入死,身边的俄方陪同新闻官被炸身亡,她和凤凰团队仍一路向前。凤凰卫视为前线记者买了昂贵的保险,其中包括一旦死亡尸体回国的顶级身后保障。

第五篇　我们都是追梦人

（5）凤凰于飞，沪上重启歌唱梦。这凤凰怎么会来到东方女性领导力"三八"分享会"凡人繁事"之五现场呢？这又是一段佳话。凤凰来沪去租房，她和房东先生素昧平生初次见面，阅人无数的房东先生立即断定这是只非同凡响的凤凰，坚持要把她推荐给上海百强合唱团之一的女CEO合唱团，团里就有东方女性领导力组织的大领导——前光明集团老总王佳芬女士。记者那么忙，能坚持排练吗？王领导犹豫再三，请凤凰先参加合唱团内部春晚，排个小品看看吧。然后呢，合唱团高音二声部就离不开凤凰，就爱上她了，她太全能太敬业太擅长尽善尽美一做到底了。她们还爱上她闪亮的双眸，那眼神，是夜空中的星星，人海中一旦遇见绝不会忘。她们聚餐听她讲自己如何从农村走出，十几岁的弟弟如何和妈妈种西瓜卖西瓜给她攒学费，她们听得泪水涟涟，她却笑得灿烂甘甜，大弟也当兵啦，二弟成为凤凰站的网络编辑啦。

王佳芬女士一直思忖着要凤凰分享她的"开挂"经历，不停地追问凤凰："到底是什么样的内驱力，让你一路披靡走到当下？"最终，以北大才子的神来之语萃得精华——知行合一，止于至善。这才有了3月5日云间美术馆新闻中心的分享。现场总结时，王佳芬女士还数度哽咽，不停地提醒姐妹们看凤凰那一双闪亮的大眼睛。

其实，我觉得"知行合一，止于至善"太文绉绉啦，个人觉得勇气和勇敢就涵盖了凤凰的一切！土妞（毫无贬义）变凤凰（凤凰卫视记者），她一路"开挂"，只关乎勇气，她的目标简单又直接,爆发着一种来自扎根大地的生命张力,考上不收费的军校!考不上,再考,还考不上,继续考!这得多大勇气,这要多么勇敢!说服我国大使馆接线员给个帮忙问问的机会,脸皮厚哦,这得多大勇气!门明明关着,她硬是撬开一条缝。才一天培训就敢当记者就敢奔火场,这勇气,这不怕死不怕丢人的勇敢,真是士兵作派,军人风格!冲,只有往前冲!口吐莲花载歌载舞搞定戈尔巴乔夫,这脸皮厚实,为了职业使命,永不放弃,但绝不是死缠烂打,而是一计不成再生一计,这是勇敢者的智慧。她,是凤凰,是不放弃任何机会的智慧女神,勇敢女神。机会有时候不一定给有准备的人,它可能更青睐勇敢的人!青睐永不向现实和命运妥协的人!祝福她乘着歌声的翅膀,与合唱团的姐妹们合力前行,共同引领更多的姐妹们翱翔在更广阔的天空。

(撰写于 2017 年 3 月 6 日)

第六篇
紧跟时代不落伍

由著名女企业家王佳芬创办的"走进企业"活动,在她任上海市女企业家协会会长和上海东方女性领导力发展中心理事长期间,她带领我们走进数十家知名企业,包括浙江万丰奥特集团、中国平安、浙江青山集团,走进依视路、浦发银行、张江园区、盒马鲜生、光明驾校和"快乐家园"养老院等。

我的时光手札

一、与中国平安创始人马明哲面对面

"中国平安"这个名字不一般,如雷贯耳,但人们对它的看法有点复杂。其601318股票在最高点145元跌至32元,让一些股民心痛之极;其保险推销员不厌其烦地跟踪推销,让许多人拥有了几份平安保险产品。由于自己没有买过中国平安的股票,也不曾获得保险理赔,因此对它既没有恨也没有爱。因为对中国平安没有感觉,所以本人一直没有过多地关注它。然而,今天我跟随上海市女企业家协会举办的"走进企业"活动,和中国平安来了个零距离接触。

本次活动吸引了协会200多位会员。我们首先对中国平安进行了参观,这是一家企业,更像一座校园。在和马明哲董事长的面对面交流中,上海市女企业家协会会长王佳芬首先感谢马明哲董事长在百忙中的接待,马明哲董事长则首先简要地介绍了中国平安走过的历史,然后回答了大家的提问。

下面是部分对话实录:

佳芬会长:"你在21年的经营过程中,一定会遇到很多困难,你是怎么坚定信念,要把平安打造成为世界上最好的综合服务公司和银行集团的?"

马董:"有理想很重要。当我们有抱负、有理想、有信念之后,就可以寻找志同道合的团队。每个人都会遇到很多困难,关键是我们如何想办法去解决它,勇敢地去面对它;而且遇到困难时的心态很重要,如果我们把克服困难作为取得的一个成果和进步,从中去享受那种过程中的快乐,那我们就会更增强信心,更加坚定。"

徐副会长:"走进平安,就如走进校园,参观了平安的后援保障系统,我感觉走进了一个系统的流水作业工厂。我的问题是,平安的均衡股权结构的意义何在?"

马董:"每个公司、不同行业,有不同的模式,平安集团的股权是多元的,但是在子公司的股权是一股独大。我们持有的子公司股权没有99.9%,至少也有90%以上。在集团层面股权多元化,可以给管理层一个决策空间,如果股权是均衡的话,会带来灾难,股东容易扯皮。"

梅理事:"我是中国平安的忠实客户,而且以每股135元买入中国平安股票,现在拦腰一刀,请问马总何时能带领我们走出困境?"

马董:"感谢你对平安的厚爱,相信在我们的努力下,平安的股票一定会到达一个合理的价位。"

有人提出了人才问题,马董说:"人才的背后关键是文化,企业没有资本不行,没有技术不行,没有人才更不行。员工需要有成就感,有满意的收入。平安的人力资源管理分为人事管理、人力资源管理、人力资源经营管理三个阶段。"

马董还就大家提出的关于在比利时富通投资损失、个人年薪6 600万元的问题作出了解答。在说到6 600万元年薪时,他说:"知道大家对6 600万年薪的事情很感兴趣,那我就说说吧。"他说,其实2008年年报公布自己2007年的年薪6 600万元,其中的85%是三年的期权在这一年里的兑现;而在2008年七八月份,媒体骂得最厉害的时候,他在2008年没有拿一分薪酬。当时财务总监建议他在媒体上说明一下,但是他认为没有必要。到2009年2月公布2008年年报时,大家才知道他在2008年度是零年薪。为了回报社会,他和太太成立了"明园基金"。该基金为贫困山区建了希望小学。

有人说:"传说中的马总,今天终于见面了,非常想知道你的太太是怎么领导你的。"马董说:"我很愿意回答你这个问题。我的太太受过很好的教育,金融专业毕业,是银行的高级会计师,我在她的领导下感到很愉快。"

马董的报告和对话赢得了到会者的掌声和笑声。

通过本次走进平安,让我对平安有了新的认识,并且开始关注平安。刚才在回家的路上,看见静安寺那里有一块很大的"中国平安"霓虹灯,原来"平安"就在身边。我想起一年前曾办理过一张平安信用卡,因为当时是被保险员忽悠,很不情愿接受了这张信用卡,所以一直没有开卡启用。回家后,就开始寻找这张卡,但是不知去向。昨天偶然在办公室抽屉里发现了,便当即打电话开通,而且立即消费了一次。这种发自内心的行为,完全是出于对平安的敬重。

(撰写于 2009 年 9 月 23 日)

二、中国馆的管家顾凤惠

今天跟随上海市女企业家协会"走进企业"活动,我再次走进世博园,来到了久仰的中国馆。上海市女企业家协会副会长、合唱团副团长顾凤惠所在的明华物业公司,是中国馆的物业管理团队。她早就想在世博会结束的后续展期,邀请我们去中国馆参观。她说:"对于不能让大家及时走进中国馆一直心有内疚,我知道大家最想看的就是中国馆,但是实在没有办法,因为我必须带头做规矩。"她的"得罪一个人也是得罪,得罪很多人也是得罪"的话很有哲理。

明华人讲述了明华的发展历程。明华物业成立于1992年，当时只有六个人，十万元启动资金，没有一个物业管理项目。1996年，一举拿下了两个1995年度的市优大厦（光明大厦与新黄浦大厦）。因为上报两个楼盘全部获奖，所以产生了一定的社会效应。1999年，明华通过网上公开招标，获得了上海城市规划展示馆的经营管理权，用"以馆养馆"的全新经营运作方式开创了公众物业管理的先河。2001年，明华承接了上海科技馆，向公众展示了一流的硬件设施。在随后的几年中，公众物业板块辐射效应显现。明华先后承接了磁悬浮列车龙阳路站、上海国际赛车场、旗忠森林体育城、上海大剧院、上海音乐厅、上海自然博物馆、昆山科技博览中心、武汉城市规划展示厅、上海交大新体育馆……直至今日的世博会中国馆。在市场细分基础上，明华更着力提供各类更贴近物业需求的服务。比如针对轨道交通物业，提供驾驶服务、乘务服务、安检服务；针对体育场馆物业提供赛事保障服务、检票服务、颁奖服务、标识服务；针对展览场馆物业提供布展服务、招展服务、讲解服务。通过亚行年会、F1大奖赛、网球大师杯等国际大型会务、赛事的锻炼，公司积累了大量的管理经验，并培育了一批公共服务的管理人才。18年来，公司先后获得各类荣誉达九十余项，连续两年在"中国物业管理嘉年华金榜"评比中荣获"年度综合实力百强企业"称号，还获得了"上海市文明单位""上海市物业管理行业诚信承诺A级企业""2010中国特色物业服务领先企业"等荣誉和称号。

面对世博会中国馆的全新服务，明华进行了新的尝试，组建了业内第一支专业礼仪服务队,负责 VIP 接待服务、剪彩服务、会务服务等。明华为世博会中国馆的成功服务,获得了很多奖项,其中包括被全国总工会授予"全国工人先锋号"称号、被共青团中央委员会授予"青年文明号"称号。

相信管理世博会中国馆的经历,将成为明华的世博记忆。

(撰写于 2010 年 12 月 13 日)

三、走进世界顶级眼镜制造商依视路

今天,跟随上海东方女性领导力发展中心团队,来到了位于上海松江的依视路光学有限公司。

依视路是由法国两家光学公司依视(Essel)和视路(Sillor)1972 年合并而成的光学集团。而依视与视路的历史则可以追溯到 160 年前。依视路(中国)投资有限公司总裁何毅(男)是王总20年前的工作伙伴。

创始于1849年的法国依视路集团（Essilor International），是目前全球最大的视光企业之一。以生产和销售高品质的眼用光学树脂镜片为主。在全球建有15座镜片生产工厂，中国就1家（就是我们今天来到的位于上海市松江工业园区这家），超过310个车房。公司有4家研发中心和550名研发人员，拥有35 000多名员工。看着和我们生活贴近的眼镜片，大家似乎都很兴奋。

何总说，这些镜片80%以上是全世界的订单，由于每一副眼镜片对应每一位客户，所以他们的产品惠及全地球人。大家都问是不是会搞错啊？哈哈！大家真会担心，人家可是通过条形码等方式来控制风险的。

1996年，上海依视路成立之初，便给自己定下了一个"让客户认识依视路，了解依视路"的大目标，并誓言要将这一国际知名光学品牌全面推向中国镜片市场。五年之后，依视路实现了这一目标。从1996年到今天，上海依视路在北京、广州均成立了分公司和加工车房，年生产树脂镜片达1 000万片，产品遍及全国20多个省市。近几年中国的近视发病率每年都有较大幅度的增长，中国已成为近视的高发病国家。即使已经佩戴眼镜的人也尚未得到专业化的服务，而且大都缺乏视力健康方面的知识。

总之，一个下午的镜片普及，让我们对小小的镜片有了较深刻的了解。我对何总说，镜片制造其实就是劳动密集型和高科技产业的结合，他同意我的说法。从小戴眼镜的我，对眼镜的使用太熟悉了,但对于制造眼镜,尤其是镜片,还是孤陋寡闻。巧合的是,如今我戴着的眼镜镜片就是依视路镜片,看来我和依视路有缘。

感谢佳芬姐的带领,让我们有机会走进世界顶级的眼镜制造企业。她说以后中心将会每两个月搞一次走进企业的活动,去感受各类企业不同的经营风格和理念。我们期盼着!

（撰写于 2013 年 7 月 3 日）

四、来到广告大王邵隆图的家

今天跟随王总走进上海九木传盛广告有限公司,也就是沪上广告大王邵隆图①（照片中第一排右二）的家。"走进企业"是上海东方女性领导力发展中心的一项重要活动,是王总利用

---

① 邵隆图（1945—2018 年）,2010 上海世博会吉祥物"海宝"之父,中国广告业泰斗级人物。

我的时光手札

自己广泛的人脉资源,为大家提供精神食粮。

邵老师首先介绍家里的每件摆设。他对"得意忘形"和"见形生义"的解释:看见不是发现,发现是又见,又见是"观",是通过不断的观察和思考产生零碎的观点,再从点状的观点组合成系统的观念。很多时候,我们面对对象时仅仅是"看见",没有"发现","看见"是被动性的形象思维,而"发现"则是主动性的印象思维,看见的是照片,发现的则是底片。

邵老师有好多课件,我们随意抽了一个,请他讲讲《瑞士行纪》。他说:"欧洲把人分为六等,次序为:老人、孩子、残障、女人、宠物、男人。"哈哈!在中国,可是男人有地位哦。他又说:"在中国,很多人知识很广,但知道的很少。"太有辩证法了。

他说:"很多人喜欢比较哪个孩子漂亮?但没有人说会笑的孩子多美丽。"

他说:"如今应该追求的是四大自由:工作自由、时间自由、财富自由、精神自由。"那不是我正在默默地追求的生活吗?

他说:"高敏感人才十大能力:知识力、沟通力、业务能力、反应力、外表力、体能力、鉴赏力、取悦力、表演力、整合力。"

他说:"价值就在于没有价值。"对啊,不是说无价之宝吗?

邵老师的讲课一气呵成,把我们听得一愣一愣的。邵老师还为我们准备了很多零食,让大家度过了一个开心的下午茶时间。

邵老师1945年出生于浙江宁波,毕业于上海轻工业专科学校,曾先后在上海市轻工业局、上海日用化学工业公司机关工作,曾任上海家用化学品厂厂长助理、金马广告公司创意总策划,现为隆图广告公司总经理。他还是创意发声第一季创意讲堂《我的创意观》特邀演讲嘉宾。

不久前邵老师刚刚胃癌痊愈,如今胃已经全部切除,但是,还能站着讲两个多小时。我曾经在很多场合聆听他的讲座,所以特别敬仰。今天近距离见到邵老师,他依旧神采奕奕,思路敏锐,情趣不减,可见这位七十老人心不老。我在和他交流过程中,表达了对他深深的敬佩,他表示感谢。他特地送给我们他自己撰写的三本书:《爱》《看见发现》《葛氏家书》,大家满载而归。

邵隆图是上海滩的知名人士,他主持策划了许多成功的广告并获奖。如凤凰化妆品、南方牌黑芝麻糊、丹碧丝卫生棉条、施乐复印机、光明乳业、和酒、上海老酒等。在长期的广告活动中积累了丰富的市场营销经验和产业理论知识,先后出版了《企业形象和识别系统》《知与行》等有影响力的著作。

他热心于设计交流和教育推广工作,担任国际广告协会(IAA)个人会员、中国广告协会学术委员会委员、上海市广告协会常务理事、上海市平面设计专业委员会顾问、全球华文广告杂志顾问等。同时担任复旦大学、同济大学等多所高校客座教授及兼职教授、讲师。他为传播上海企业品牌作出了积极的贡献,是上海人的骄傲!

(撰写于 2015 年 12 月 3 日)

五、走进顾莉芳的光明驾校

尽管因为出游我没能赶上这一期的"走进企业"活动,但是

从合唱团微信群里姐妹们沐浴春风、沉浸现场的活动照片，让我可以身临其境地发一篇博客。其实，这一期"走进企业"我也是参与者。记得我去新西兰旅游出发的当天下午（3月16日）还被王总叫去开此次活动策划会。会议从下午3点一直开到5点多，回到家已经是6点30分，把我急得可以，因为我必须在晚上8点从家里出发去机场。哈哈！跟着工作狂，我也必须狂。

梅总主持会议说：

2016年初在现行经济下行的情况下，我们走进光明驾校的活动，让大家来体验企业家的价值，让我们来领悟实业的力量。顾莉芳是我们合唱好作品奖励金第一位捐款的企业家，她是一位低调而优雅的女士，同时又是光明驾校董事长兼总经理。

第六篇 紧跟时代不落伍

顾莉芳做了"客户为王,创新发展"的主题演讲。她说:

驾培行业是一个非常小的行业,在所有的经济大潮中它可以说是一粒很小的沙子,引不起浪花。而当所有人都想去考一本驾驶证时,我们的驾培行业才慢慢地被社会认识,被政府重视。我们是一个准入型的企业,什么叫准入型企业?就是企业必须取得上海市交通管理部门的一个准入许可证(运营证)。运营证的颁发不是有车有资金就可以颁发,它还要有一定准入门槛,包括我们用于培训的驾驶车也要有运营证,对我们培训的所有教练员也要有教练员证,所以我们这个企业必须有三证才能准入的。

2006年收购光明培训部的时候,只有101辆车,发展到今天我们一共有740辆车,其中440辆车属于光明驾校。在我们2500亩的绿化林带里面建造了上海市唯一一家生态绿化考试场地,至今我们有可以容纳700多辆车考试的考试场,这是我们企业发展的结果。

对驾校来说客源就是学员,但是这个学员是个流动体,这就要求我们开始重新审议过去所走的管理之路与驾校管理之路有什么差别。我当时经过三个月时间,和我们教练员也就是现在的中层干部一起设计考试线路、培训道路。在这个过程中,我就学习怎么样做好培训、怎么了解所有培训的业务,包括我们的车辆和学员的额度。后来我总结下来,客户确实是王,而且客户为王最最关键的是分为两个客户群体,第一个就是外部客户,第二个是内部客户。

在建立忠实客户群体时我们做了几项工作。首先确定企业文化,营造家的氛围。作为女性老板的一个优势,考虑问题比较细,比较容易把家的概念融入。其次是建立起精悍的管理队伍,管理队伍我分为三个层次,第一是管理班子,第二是管理人员,第三是管理队伍。每一个岗位都可以延伸下去,假如今天副总不做了,我下面就可以马上提上来一个人去做,让员工都知道自己有机会被提拔,让干部知道自己有可能被炒掉。再次是我们建立一支精悍的教练员队伍。我们当时所有的教练员对外都可以招生和宣传,每一个教练员就是一个招生点,这些招生点融合在一起就是光明驾校的招生点。针对教练员修养不高的问题,我和中层干部每个人对应成立一个车队,在车队里专门抓教练员的一些日常不规范行为举止。

参会的上海机动车驾驶行业协会副秘书长徐有龙先生说:

顾会长的经营之道和成长过程已经反映了她的大气,她办事情非常果断。她比较善良,中华妇女优良的品德在她身上体现出来。她把员工当作自己的家庭成员,没有一颗善良的心是做不到的。她非常睿智,领会上级部门的政策意图非常快,能够迅速做出良好的反应,这是很重要的成功秘诀。

上海东方女性领导力发展中心理事长王佳芬说:

第一,时代在发展,我们必须以创新的思维把"走进企业"活动办好。我们觉得在内容方面,以前是一位企业家和我们谈她是怎么创业,今天我们希望内容更加地深刻。

第二,今天我们走进顾莉芳,我们每个人对顾莉芳增加了一份尊重,我们觉得作为一个女性,她非常有战略眼光。其实投资人就是一名战略家,因为她要去投资未来还没有发生的事情,当顾莉芳投了五个项目的时候,她可以站得更高更远去看未来,找到未来的投资机会,同时逼着自己去不断学习。

第三,我们还看到了顾莉芳的自信和大度。我一直看着她发言,我觉得最根本的就是她总是不把自己放在第一位。当你把自己放在前面的时候你不会承认自己的错误,当你心里还有自我的时候你常常会不大气。

我想我们"走进企业"的活动,就是来发现像顾莉芳这么优秀的企业家。每个企业家都是一本书,我们想通过走进更多的企业让更多的企业家来说说自己的故事,让我们每个人来吸取新的力量,在这个过程中完善自己,也让我们自己的人生过得更幸福。

上海市妇联副主席黎荣说:

顾总是我们优秀企业家的代表,从你的身上看到了女企业家的精神,好学、认真、自信、坚韧、阳光还有大爱的情怀,折射出这个时代上海女企业家的精神。妇联就是要联系一个个团体,上海女性领导力发展中心就是优秀的团体,所以我一边在听一边在反思:能为中心做些什么?今天仅来了60多个人，我觉得太少了，这么好的分享，可以让更多的人来听。我想妇联要把你们的能量辐射出去，让更多的人通过你们的影响成长起来，让女性发展和社会发展同步。

（撰写于2016年4月1日）

六、走进张江高科技园区

今天下午，在王总的带领下，我们东方女性领导力发展中心又举办了一场"走进企业"的活动。本次是走进浦东四大开发区之一的张江高科技园区。

首先我们参观国家化合物样品库，王明伟主任接待了我们。国家化合物样品库是由国家新药筛选中心、中国科学院上海药物研究所和上海张江生物医药基地开发有限公司共同承建的大型基础科研设施,位于"药谷"张江。国家化合物样品库的储量在 2015 年底接近 200 万个,具有结构多样化、存储专业化、管理集中化、信息系统化和质控标准化等特点。作为我国创新药物研究的重要物质和信息资源,它将为国内外客户提供高质量的专业服务,促进我国医药产业的可持续性发展。

接着大家来到商飞研发中心。中国商飞(Commercial Aircraft Corporation of China Ltd,简称 COMAC)于 2008 年 5 月 11 日在中国上海成立,是我国实施国家大型飞机重大专项中大型客机项目的主体,也是统筹干线飞机和支线飞机发展、实现我国民用飞机产业化的主要载体。2015 年 11 月 2 日,我国自主研制的 C919 大型客机首架机,在中国商飞公司新建成的总装制造中心浦东基地厂房内正式下线。

最后,大家聆听了杨晔的主旨报告《聚焦突破,创新服务,建设一流科学城》。杨晔是我们合唱团中声部的团员,现任上海自贸区管委会张江管理局副局长、张江高科技园区管委会主任。报告内容大体如下:

(1) 2015 年 4 月 27 日,张江纳入自贸区扩区范围。今年 2 月 1 日,国家发改委和国家科技部共同批复,建设张江综合性国家科学中心,张江成为全国第一个综合性国家科学中心。

(2) 产业聚焦。两大主导产业,一个是集成电路产业。张江是中国大陆集成电路产业链最完整的区域,集聚了从上、下游共计 200 多家集成电路企业,产值曾占据全国的半壁江山。一个是生物医药产业。张江的生物医药地位,可以用"三个三"来体现,即目前国家食药监总局,每批准三个一类新药,有一个就来自张江;张江企业临床申请的获批率,是全国平均获批率的三倍;获得国家生物医药重大专项的项目,有三分之一是出自张江的企业;全球排名前十的制药企业,有七家在张江园区设立了研发机构。

(3) 创新聚焦。引进了第三代同步辐射光源——上海光源,为高科技的研发提供了大科学装备;引进了国家蛋白质中心等机构,为生物医药提供了公共研发平台;实现了"药品上市许可持有人"制度的突破,即药品代工,这样新药研发企业可以专心做研发,不再需要自己投资建制药企业;引进了国际化的孵化器,如名列硅谷前三位的美国Plug&Play、微软云、强生等著名国际孵化器,吸引更多高质量的孵化器企业;建立了张江跨境科创监管服务中心,为园区企业提供通关便利;打造人才高地,张江36万名从业人员,其中拥有博士学历的有5 000多人,硕士学历的近40 000人,有20位两院院士长期在张江工作。张江向经过认定的园区重点人才发放人才卡,从创业扶持、政策兑现,到提供人才公寓、安排子女入学、落实就医绿色通道等,为他们提供一条龙服务。同时为外籍人员提供就业证、居留证等"五证连办"。

上海东方女性领导力发展中心理事长王佳芬作总结发言:

这二十几年张江的发展我们历历在目,这么多年一步一步踏实地变成了一个科学城,每一个企业、每一个园区、每一个人都在和时代同步成长。今天杨晔的分享,对我们"走进企业"系列活动非常重要,非企业家创新机制与体制更加不易,是我们企业家最应该学习的精神,一个成功的领导者就应该像杨晔一样,不管是在企业还是政府的舞台,她的成功就一定要有付出,一定要有创新精神,一定要有担当,一定要有体制和制度的创新、定位的创新。希望杨晔能领导张江继续前进,希望我们以后能看到更好的张江。

(撰写于2016年6月24日)

七、新上海人安晓霞的拼搏之路

今天跟随上海东方女性领导力发展中心,走进了位于浦东张江高科技园区的上海迪赛诺生物医药有限公司。我们合唱团

中声部团员安晓霞是这家公司的董事长兼总经理。

安晓霞,创诺医药集团副总裁,分管集团制剂业务单元,同时兼任上海创诺制药有限公司总经理和上海迪赛诺生物医药有限公司总经理。曾任东北制药(以下简称"东药")研究院院长、副总经理。2009年她来到上海加入创诺集团,从传统国有大型企业跨入民营企业。以自己扎实的专业水平和多年丰富的管理经验,从零开始,脚踏实地、一步一个脚印地开始了新的职业生涯。她从负责集团研发中心到分管制剂业务单元,期间克服了很多困难,但也伴随成功的喜悦。创诺医药集团研发中心也被认定为国家企业技术中心,创诺制药被认定为上海市抗肿瘤药工程技术中心、上海市高新技术企业。鉴于其如此出色的成绩,安总于2014年荣获"上海市五一劳动奖章"。

上海创诺医药集团(原上海迪赛诺医药集团)创立于1996年,目前集团员工6 000多人,2015年营业收入35亿元,名列中国制药工业百强排名第62位。集团本部位于上海张江高科技园区,在中国上海、大丰、溧阳、启东、赤峰和印度等地建有多处生产基地,业务涵盖原料药、单体维生素营养品和药物制剂,集团下属子公司中有五家省级高新技术企业,九家通过中国GMP认证,三家通过美国FDA认证。

安总解答了大家的提问。有人问:"是什么精神,让你舍弃东北制药高管的职位来上海闯荡?"

她说:"我觉得如果一直在东北制药,也会很不错地退休,但我不甘现状,不破不立。来到上海后,才发现上海是一个海纳百川的城市，更具包容、开放、客观。上海的法制环境好，政府部门政策水平高，对做实事的企业家很有帮助，我也常常让东北制药的老同事们来上海学习提高。"

有人问："你在工作中遇到的最大困难是什么？"

她说："很多很多，幸亏公司老板赏识我的才干，才让我有发挥才能之地。曾经在一个药品马上诞生前，临床失败，差点挺不过来。但最后，来自从上到下方方面面的信任，还是带领团队继续走下去了。"

王总总结发言，她说，作为一位已经很有成就的企业家，到新岗位归零是很艰难的，晓霞走出来了。作为一名新上海人，能很快融入上海大都市也是不容易的。民营企业和国有企业价值观不同，但做企业的本质是一样的，民营企业认同价值，对员工的激励比国有企业更到位，这也使晓霞能够凭技术能力站立在企业最高层。

未来社会又会是什么样子？目前上海现代服务业占比超过80%，未来专业化分工，越来越多的人将从事自由职业，专家的需求量大，每个人都要有独特的价值，总之"人要有用"！像安总这样教授级的专家，个人职业角色精彩转换，凸显技术的重要、原创的重要！企业都是要赚钱的，企业都是需要创新的。而作为企业家、职业经理人永远需要面对和经营的是企业。希望我们可以发现内部或团员的朋友圈里更有价值的凡人或企业，与大家一起分享、受益和成长。因为榜样的力量是无穷的！我们都需要心灵的成长！

（撰写于 2016 年 10 月 26 日）

八、阿里巴巴旗下的盒马鲜生

今天好有收获,参加了王总的领教工坊1516组活动——参观"盒马鲜生"店。由于名额有限,我们东方女性领导发展中心报名接龙,根据先到先得原则,我有幸成为前15名。早上9点30分我们首先来到位于浦东张杨路的盒马集市——上海湾广场B1层,这是一个占地6 000平方米的新一代生鲜O2O体验馆。整个门店以体验为主导,分为肉类、水产、南北货杂粮、米面油粮、水果蔬菜、冷藏冷冻、烘焙、熟食、烧烤以及日式料理的刺身各区。据说这里的海鲜价廉物美,有一万多种商品,有来自世界各地的鲜活海鲜,如俄罗斯红毛蟹、波士顿龙虾等。

"盒马鲜生"采用全自动物流模式,从前端体验店到后库的装箱,都是由物流带来传送,线上下单到装箱只要十分钟就可以完成。最快半个小时就可以把商品送到消费者手里,覆盖周围三公里。线上从早上 7 点到晚上 9 点,线下门店是早上 9 点到晚上 10 点,基本满足线上线下不同的消费者的生活习惯。

接着我们来到了久事大厦 30 层,参加了王总的领教工坊 1516 组会议。如今王总是两个班级的领教,可见她的受欢迎程度。

王总说:"侯毅先生是我原来光明牛奶公司的物流总监,后来任京东商城的物流总监六年,去年开始自己创业,组建了'盒马鲜生'。这是一个互联网时代的新生业,是阿里旗下的一家生鲜电商 O2O 平台。"

侯总说:"王总是我的偶像,想当初在光明牛奶公司,每当听了王总的讲话,就像打了鸡血一样地激动和鼓舞。"哈哈!这点我们都有体会了。

侯总与大家分享了"盒马鲜生"从创立、成长到 O2O 生鲜新模式的核心优势,以及对新零售未来的思考。"盒马鲜生"以提升消费者体验、满足其不断升级的消费需求为核心,在面世的短短一年中,成功通过支付宝结算、线上线下产品服务一致性、丰富的线下体验以及高效的配送取得了独特的闭环价值,成为新一代零售业的领跑者。在未来,"盒马鲜生"将继续按"舍命狂奔、野蛮生长"的互联网发展逻辑,加速线下扩张,将三公里半小时送达圈深入下去。

领教工坊的兄台们都是企业大咖,对"盒马鲜生"的经营理念和做法非常佩服。

王总总结:"首先,侯总的战略和梦想,大胆尝试,在一年时

我的时光手机

间就践行出集高科技、互联网、消费个性化为一体的新一代生鲜O2O体验馆,这就是移动互联网时代O2O践行者的效率;其次,企业关注消费者及消费升级,满足了相当部分的消费者,战略定位很高,做得很扎实;再次,引用了最新技术的200名IT团队,得以保证物流系统的高科技。期待这次活动可以给参与者带来思考和启发,并祝福'盒马鲜生'继续创新,高速健康地发展。"

为了验证"盒马鲜生"是否如侯总说的这么快速和新鲜,回家后,我立即下载了"盒马鲜生"App,手机上马上出现了我家位置。

16:45下单,买车厘子39.90元(500克),选择17:30—17:45送达。17:12我接到来电,进一步确认地址。17:30送到。其实价格不便宜,但好快、好吃,这才是我所需要的。因为我下载App送了5元优惠券明天就要过期,于是立即在16:59又下单,买了美国进口的牛奶巧克力冲饮粉737克,28.80元减去5元优惠为23.80元。确定17:45—18:00送到,果然17:56送到。

怪不得侯总说,很多年轻人早上7点还没有起床就用手机预订早餐,等漱洗后早餐送到。当然每天下午4点的线上订单最多,因为很多客户依赖它解决晚餐。

再次感谢王总提供了这个机会,感谢领教工坊的兄台们,让我们参与了这场非常棒的活动。

(撰写于2017年1月6日)

第七篇
合唱团里的故事

蓬蓬从 2008 年 5 月加入合唱团，先后跟随上海女企业家合唱团和中国 ShEO 合唱团，参加了六次世界合唱比赛，多次获得国际比赛的金奖、银奖。这里记录了合唱团在各个重要场合的比赛和活动。

我的时光手札

一、一如既往去釜山

2009年7月,上海女企业家合唱团原来准备参加在韩国釜山举行的亚洲合唱比赛,但因为H1N1流感而被临时取消。面对突如其来的情况,团部领导决定,一如既往去釜山,合唱比赛变团体旅游。我们在旅途中偶遇了合唱国际评委,并现场献演了比赛歌曲,感动了评委们,最后被授予了一个特别奖。以下摘录了博客中记录的精彩片段。

(一)比赛取消了

今天7月10日,合唱团排练时佳芬团长心情沉重地说:"告诉大家一个不幸的消息,今天下午4点30分我们接到中国驻韩国文化参赞打来的电话,说由于在韩国釜山演出地,印度合唱团的11名团员染上了H1N1流感,上海少儿广播合唱团和他们是同一个赛区,已经被隔离了。"她说:"我们合唱团面临着去还是不去的选择。"大家被这突如其来的消息震惊了,目瞪口呆,不知如何是好。又过了半个小时,佳芬团长说:"最新消息,组委会已经决定取消本次亚洲合唱比赛!"也就是说,现在不是你是否想参加比赛的问题,而是你想冒着风险参加比赛的机会也没有了。

我们原定是后天(周日)一早就要出发,航空公司已经出票,因为是团体机票,不能退。所以取消比赛,不仅意味着不能参加演出,而且还将使每名团员面临着机票和住宿等损失。

再则,许多女企业家们为了本次比赛,安排好了自己紧张的工作,不料却出了这个意外,大家心有不甘。因此大部分团员都说,既然机票不能退,我们就去韩国旅游一次,不参加比赛,也可以尽情地玩一把。最后,团部领导经过 36 小时的努力,让我们一如既往去韩国釜山,我们把合唱比赛变成了一次难得的合唱旅游。

(撰写于 2009 年 7 月 10 日)

(二)巧遇国际评委

今天在庆州佛国寺游玩时,我们得到了从天而降的馅饼——遇见世界合唱比赛国际评委。

当我们在庆州佛国寺游玩至观音殿大门外时,我拿着相机寻找最佳拍摄角度,拍摄一张风景照。忽然最高处门口有一男一女闯入我的镜头,我正埋怨自己动作太慢时,却发现是两个老外,和他们一起的还有好多人,感觉有点新鲜。于是我和中声部的李萍与他们攀谈起来,李医生用不很流利的英语和他们交谈,当我听到"2010年绍兴"几个字时,马上联想他们是否也是合唱团的,因为2010年在绍兴将举办世界合唱比赛,而釜山庆尚南道正是本次亚洲合唱的比赛地。当时我就有一种想法,我们能否和他们一起唱歌。我们团的"外交官"蔡总正好走来,她便用一口流利的英语和这批老外沟通,发现他们是一群来自几个国家的人。我们想那他们到底是哪个合唱团的呢?原来他们是本次比赛的评委。我们几个人立即想到,应该让评委听听我们的歌声,也算圆了我们的比赛梦。于是,我们便自我介绍说,我们是上海女企业家合唱团,因故没能参加这次亚洲合唱比赛。蔡总说:"我们希望得到你们的指点,你们能否听听我们的歌声?"他们欣然答应,并说15分钟门口见(因为寺庙里面不能唱歌)。这时,我和梅总、李医生、蔡总、程总等几个人只有一个心愿,就是赶快把这个好消息告诉齐老师。

当齐老师听说这个消息时,精气神一下子上来了。但是团员们都在分散游览,先得找人啊。时间一分一秒过去,我们的心急啊,20分钟过去了人还不齐,我想,老外是很讲信用的,一定过时不候。当我们全部队员在正门会合时,果然已经见不到一个老外,太遗憾了。蔡总马上和国际评委电话联系,而我们已经很自觉地在齐老师指挥下列队练唱。当听到蔡总在电话里说

"Nice to see you!",我们就知道,失败了。蔡总说:"评委们因为时间关系,不能和我们见面了。"这时已经过了40分钟,看来我们只能认命了。但是几个团员还是不甘心地对蔡总说:"你再去电话试试吧,可能我们的执着会感动他们。"这时的蔡总已经无所适从,任我们"指挥"了,只见她再次拨通了对方电话,看到蔡总脸上露出了笑容,我们知道成功了。确实,功夫不负有心人,评委终于同意了,但是他们已经离开佛国寺,我们说马上追随评委的行踪,他们在哪里我们就去哪里。大家一骨碌地奔上大巴,请司机用最快的速度赶往评委所在的雁鸭池公园。五分钟的车程,我们就赶到了评委们所在的雁鸭池公园,他们已经等在公园门口。

我们演唱了三首无伴奏的比赛歌曲。比赛规定必须有三首无伴奏歌曲,现在看来在这关键时刻派上了用场,让我们可以随时随地即兴表演。国际评委冒着酷暑认真地看我们表演后,对我们的表演进行了充分肯定,他们说:"我们看到的中国合唱通常是比较中规中矩的,没有太多的动作,但是你们不同,你们有协调的肢体动作,我们喜欢这样的表演形式。"也门评委说:"看得出,指挥和团员之间的配合相当默契。"同时他们也指出了三个声部不够平衡的问题。齐老师哽咽地说:"她们都很不容易,她们都是业余的,但是她们非常喜欢唱歌。"这时我们看到一位评委的眼睛也湿润了。

最后我们情不自禁地唱起了世博歌曲 *Better city, better life*。当听到评委说"明年绍兴见"时,我们都惊呼起来。要知道对于没有参加过洲际以上比赛并获奖的团队,是没有资格直接参加世界合唱比赛的,但愿今天评委们的话语有决定意义。

在回去的路上,齐老师动情地说:"自从那天知道取消比赛后,我心中的坎一直过不去,原来也不准备来韩国旅游。今天看到了评委,并得到了他们的指点,我终于可以释怀了。"

我们最大的体会是天道酬勤。试想:如果我们不到韩国来,就不可能和国际评委见面;如果我们不到庆州佛国寺,也见不到国际评委;如果我们早于或者晚于他们到佛国寺,我们也无缘见到国际评委。老天就是这么眷顾我们,让我们在2009年7月13日11点25分在韩国庆州的佛国寺,和国际评委零距离接触,并得到了他们的权威点评。大家都说:"我们在国际评委面前亮相了,就算比赛过了,没有遗憾了,也算没有白来一趟釜山。"

(撰写于2009年7月20日)

(三) 意外获奖

7月16日,随着在景福宫游玩的结束,我们完成了在韩国的所有行程。在外欢乐了几天也该回国了。我们全体乘坐东航MU5034航班,于傍晚5点安全抵达了浦东国际机场。繁忙中的佳芬团长等来接机时看到我们个个笑逐颜开,已经想象出我们在韩国玩得多么开心。当我们把遇到评委的故事讲给她们听时,她们也惊呆了。

随着五天韩国釜山、首尔旅游的结束,关于国际比赛的事情似乎也应该告一段落了,可故事还没有结束,高潮还在后面。7月29日(周三)晚上是我们合唱团回国后的第一次排练，彼此碰面后又热闹了一番。正当大家沉浸在快乐之中时，蔡总说："请大家安静一下，我要为大家在韩国的即兴演出举行一个颁奖仪式。"所有的团员都以为她在开玩笑。她很认真地说："真的，主办 2009 首届国际合唱锦标赛/第二届亚洲合唱比赛的国际文化交流基金会的艺术总监，在得知我们的感人故事后，当即决定给我们合唱团颁发一个特别奖。"随即，她打开证书念道："2009 世界合唱锦标赛授予中国上海市女企业家合唱团指挥齐珊云特别奖，肯定贵合唱团在本合唱节期间的杰出表演。"证书中还写道："国际文化交流基金会对因 H1N1 甲流而取消了本次合唱比赛后，还能有幸聆听到贵团的合唱，表示诚挚的感谢！签发人：国际文化交流基金会主席冈特·铁驰（德国人），艺术总监艾森拜斯教授（德国人）、卡卜赫里（匈牙利人）。"

一个美丽的花环再次抛给了我们，在场所有去韩国的和没有去韩国的团员都非常激动，大家为能为中国争光、为上海争光、为女企业家争光感到自豪。当佳芬团长把组委会转交的证书交到齐老师手上时，大家报以热烈的掌声，这是对指挥艺术的最高褒奖，也是给予我们团员对音乐执着追求的褒奖。蔡总还为所有去韩国的团员复制了一份证书。

其实我们在韩国釜山庆州遇上国际评委已经很满足了，而这份锦上添花的证书，为我们这次世界合唱比赛事件画上了一个圆满的句号，其意义已经超出了合唱比赛本身。

这真是，世界人民共同欢唱！参与精神至高无上！

（撰写于 2009 年 8 月 2 日）

二、参加意大利国际合唱比赛

2009年10月2日至13日,跟随上海女企业家合唱团前往意大利,参加2009年"第八届意大利日瓦国际合唱比赛"。我们把比赛和旅游结合起来,一路高歌地来到比赛地意大利嘎达小镇。以下摘录了博客中记录的比赛部分。

(一)比赛获得最热烈的掌声

国内的朋友们、合唱团的亲友们、齐老师的学生们都在关注我们意大利比赛的消息,让我们感到了来自祖国的温暖和期待。

2009年10月9日,我们终于登上了"第八届意大利日瓦国际合唱比赛"的舞台,来自中国的歌声打动了现场的观众,我们

第七篇　合唱团里的故事

共演唱了《快乐的聚会》《在那遥远的地方》《猜调》和《香格里拉》四首歌曲，从走上舞台、演唱到走下舞台的整个过程，得到了观众的热烈掌声。我们随行家属团的评价是："这是你们发挥得最好的一次。"我们也一致认为我们已经尽了100%的努力，发挥了最高水平。

本次比赛我们参加的是民谣组，这个组又分混声、男声、女声和童声或青年四个组别，我们参加的当然是女声合唱组别，共有五支合唱团参加该组别比赛。但这和竞技体育比赛不同，不是取前几名，而是按照分数来确定金、银、铜奖，也就是说金奖有一个分数线，只要在这分数线以上，就可以获得金奖，没有名额限制，金奖中排名第一的才是第一名。评奖标准分音准、音质、对乐谱的忠诚度、整体艺术表现四大类。

比赛回来后，我们看了录像，感觉不错。昨天比赛结束，直至今天晚上，我们一直在欣赏其他组别的演唱，越看越感到我们能在强手如林的世界合唱比赛中，和强手同台竞技够胆大。越看越感到合唱世界其乐无穷，也提升了我们对合唱艺术的理解和境界。

意大利时间今天下午4点就要揭晓奖项了。刚比赛完时，我认为我们唱得很好，可以得金奖；昨天程真在吃早餐时说，早晨起来她脑子里有一种预感，我们可能得银奖；从昨天上午、下午和晚上听了其他团队的演唱后，我们认为，得不得奖、得什么奖已经无所谓了，因为不是我们唱得不好，而是别人唱得太好。上海市女企业家合唱团能走上国际合唱舞台足矣！

比赛结束后，我们遇到了两位国际评委，想请他们谈谈对我们演唱的评价,他们说,不能作任何评价,这是职业需要。

(撰写于 2009 年 10 月 11 日)

(二) 我们获得了金奖

2009 年 10 月 11 日,闭幕式和颁奖晚会在嘎达市约瑟夫教堂举行。当评委会主席宣读"民谣合唱组金奖授予中国上海女企业家合唱团"时,我们全体合唱团员站起来,挥舞五星红旗,气势非常壮观。齐老师从本次合唱比赛艺术总监手里,捧回了团体金奖证书。我们获得了平均总分 21 分,超过了金奖 20.5 分的标准。

这里还有一段情节:当天下午 4 点 30 分组委会和各合唱团指挥有一场交流活动,一般来说,这时可以从评委评论中获取一些信息。当领队蔡总和齐老师与评委交流完以后告诉我们,三位评委对我们演唱的四首歌曲进行了逐个点评,他们认为我们是用心在演唱、指挥很有激情、香格里拉的动作整齐划一,中声部很棒,我们《猜调》中的领唱(宋菊芳领唱"小乖乖"三个字)很有特色。当然他们也指出了不足,如我们在某些地方的声音不够稳定等。但他们说:"你们的指挥是最棒的。"然后又说:"今天晚上,指挥需要上舞台,但你们不需要参加颁奖演出。"这时大家就想,团体不一定得奖,但是指挥齐老师应该有奖。晚上,大家抱着为齐老师捧场的心情参加闭幕式,都认为团体最多得一个铜奖。所以当听到我们得金奖时,都不敢相信。佳芬团长既紧张又兴奋,她对我说:"你上舞台去和齐老师确认一下。"我壮着胆子,低着身子走到齐老师和蔡总处问,她们说:"是金奖。"然后我下来告诉大家,我们确实获得了金奖。但又有人说,是不是齐老师获得了指挥金奖,让我去把获奖证书拿过来看看,我又迅速走上舞台,把蔡总手中的证书拿给大家看。后来在证书中看见写着金奖的英文字母,大家才松了口气,顿时,我们的方阵成了一片红海。后来我们才知道,比赛不设指挥奖,只有团体奖。

整个颁奖过程跌宕起伏、扣人心弦。这个比赛结果大大超过了我们的期望值,我们为自己的表现感到骄傲。

(撰写于 2009 年 10 月 13 日)

三、参加绍兴第六届世界合唱比赛

2010 年 7 月 17 日至 27 日,我跟随上海女企业家合唱团参加了在中国绍兴举办的"第六届世界合唱比赛"。我们参加了民谣组和室内组比赛,分别获得了银奖和铜奖。以下摘录了博客中记录的比赛和颁奖部分。

(一)隆重的开幕式

第六届世界合唱比赛昨晚在绍兴大剧院开幕。

开幕仪式首先奏响了中华人民共和国国歌和世界比赛序曲,并升起了中华人民共和国国旗和世界合唱比赛会旗。有80多个国家和地区的团队参加本次比赛,其中中国参赛的合唱团有275个。国家副主席习近平发来了贺信,第六届世界合唱比赛主席、国际文化交流基金会主席冈特·铁驰致辞,中共中央政治局委员、国务委员刘延东宣布比赛开幕。昨晚的开幕式演出也是绍兴建城2 500年庆典晚会。

世界合唱比赛被誉为合唱界的奥林匹克,在全球范围内独具权威影响力和号召力。它从2000年开始,每两年举办一届,我国厦门是第四届举办城市。本届比赛在参赛团队、参赛人数、演唱时间等方面都达到了历届之最。央视四套对开幕式进行了全程直播。

（撰写于2010年7月17日）

（二）比赛进行时（室内组）

7月18日是我们的比赛日,上午参加室内组比赛,下午参加民谣组比赛。因为我们室内组比赛被排在第一个出场,这天我们5点就起床并开始练声,8点钟来到比赛地——绍兴文理学院音乐厅走台。

按照比赛规则,室内组参加人数为25人,因为有一首歌曲是八个声部,所以每个声部只有三人,每个人都不能滥竽充数。

我的时光手札

室内组比赛在18日10点20分开始。国际合唱比赛规定,各个比赛团队必须演唱四首歌曲,其中,三首无伴奏,一首可以有伴奏。无伴奏是考验合唱的真实水平。其实钢琴伴奏家佳只要在我们演唱无伴奏歌曲前弹出一个琴音(定音),就可以"休息"了。

我们比赛的第一首曲目是《古诗》,这是一首英文歌曲。因为比赛规定,室内组必须演唱一首他国的歌曲。第二首曲目是《花儿与少年》,这首歌曲最后被评委打了四首歌曲中的最高分。第三首是《二泉映月》,大家唱到最后,完全进入角色,个个泪流满面。第四首是《送你一支玫瑰花》,用八个声部演唱,个别地方还有十六个声部呢。这首歌曲,是上海音乐学院作曲家陆培老师特意为我们创作的,难度系数极高。

值得一提的是,这天上海市市北中学的孩子们早早地来到了我们的比赛场地,在没有座位的情况下,坐在了前排的地上,为我们加油。所以当我们走上舞台看见孩子们时,更充满了激情。在我们演唱完最后一首曲目时,观众席上的孩子和家属们给了我们最热烈的掌声。他们说,本次演出是我们发挥最好的一次,因为他们知道我们在彩排时有很多缺陷,昨晚还在打补丁。

这是我们合唱团第一次参加世界合唱锦标赛室内组比赛。在合唱团全体队员的共同支持以及室内组团员辛勤努力下,本次比赛顺利完成。室内组成员几乎放弃了所有的业余时间,特别是最后一个月,没有一个休息日(周六、周日全天排练)。

(撰写于2010年7月22日)

（三）比赛进行时（民谣组）

　　7月18日,在上午完成室内组比赛后,下午将开始民谣组的比赛。比赛地设在绍兴艺术中心剧场。下午1点开始走台,各个团队都会充分利用十分钟走台时间,但我们仅用了八分钟。因为大家刚用完午餐,似乎都处于午睡的梦游中,排练时声音上不去,动作松松垮垮。事后,齐老师说,看到大家如此无精打采,真想放弃比赛,她甚至想到,大家在比赛中间会不会突然卡壳了。坐在台下的张老师事后也说:"我看到你们走台的状态,心都凉了半截。"然后她让坐在一旁的李中宁副团长带话给齐老师,提醒一些注意事项。

　　2点20分我们上台比赛了,当舞台灯光打开时,观众眼前一亮,我们个个精神焕发。用张老师的话说,完全变了一个队。比赛的第一首曲目是山东民歌《包楞调》;第二首曲目是新疆民歌《在那遥远的地方》，这首歌经过一年的打磨，其演唱水平比去年意大利嘎达比赛时提高了很多；第三首《农家四月天》，也是陆培先生的作品，同样是一首难度非常大的歌曲，我们练了足足四个月。齐老师事后回忆起指挥这首歌曲的过程时说，这首歌曲特别长，我指挥一段后就会吸一口气，想想总算一段完了；然后再指挥一段，再吸一口气，直至唱完最后一个音符。可以想象，在"合唱奥林匹克"舞台上，指挥的压力有多大。齐老师也曾说过，如果获得成功，这成果必定是指挥和合唱队员共同努力的结果，如果团员不发声，指挥再怎么挥舞手臂也无用。比赛的最后一首歌曲是西藏民歌《香格里拉》，这是我们合唱团的保留曲目，不管是动作还是演唱水准，永远是最完美、最和谐的。随着《香格里拉》最后动作的亮相，我们参赛的四首歌曲终于全部演唱完毕。我似乎看见齐老师轻轻地松了一口气，起码我们没有在演唱时出现意外，我们还是挺争气的，为指挥也为自己。

比赛结束后，我们看见坐在台下的后援团，特别是坐在第一排的张老师和李中宁高兴得几乎从座椅上跳起来。这里还有一个小插曲：朱莉女儿凌霜告诉我们，当报幕员说下面演唱的是"上海女企业家合唱团"时，观众席上有人说："哦，这是一帮大款，来玩票的。"但是当我们演唱完《香格里拉》时，这些人给予了热烈鼓掌。是的，我们用歌声打破了他们的惯性思维。

（撰写于 2010 年 7 月 23 日）

（四）收获了银奖和铜奖

本次合唱比赛第一阶段颁奖典礼于 7 月 19 日在绍兴的中

第七篇 合唱团里的故事

国轻纺城国际会展中心举行。颁奖仪式从上午9点30分至下午2点结束,共颁发了第一阶段20个组别的奖项。当宣布中国绍兴文理学院合唱团获得了女声合唱组冠军时,现场奏响了中华人民共和国国歌,升起了五星红旗,此时我看见国际评委、我国著名指挥家郑小瑛在一旁偷偷地抹眼泪。确实,在这个国际舞台上,能唱响我们的国歌是多么的自豪。

我们上海女企业家合唱团室内组获得了铜奖,民谣组获得了银奖。大家一定非常失望,但我们的银奖和铜奖其实比去年的金奖更珍贵。我也刚刚弄明白,这次绍兴世界合唱比赛和意大利嘎达合唱比赛不是一个级别的。意大利嘎达合唱比赛就如刘翔参加的世界田径黄金大奖赛分站赛,而本次绍兴世界合唱比赛就如奥运会比赛。我们等于是分站赛的金牌得主,奥运会的银牌得主,所以含金量完全不同。

我的时光手札

当然我们的气势完全是金奖冠军的场面。当听到上海女企业家合唱团几个字时,大家几乎在第一时间手举五星红旗冲到了舞台。上海女企业家在世界"合唱奥林匹克"比赛中捧回了银奖和铜奖两个奖杯,可喜可贺!

(撰写于 2010 年 7 月 27 日)

四、参加美国辛辛那提第七届世界合唱比赛

2012 年 7 月 3 日至 8 日,我跟随上海女企业家合唱团前往美国辛辛那提,参加了第七届世界合唱比赛。我们参加了民谣组比赛,获得了铜奖。以下摘录了博客中记录的开幕式、比赛和颁奖部分。

(一)见到"合唱奥林匹克"主席

今天是合唱比赛的开幕式。各个团队穿着本民族服装,边歌边走,前往开幕式会场。李淑怡高举国旗、朱莉高举上海女企业家协会会旗、王岚举牌走在最前面。紧跟着的是各声部部长,大家唱着《天路》走在街头,沿途的人们都为我们鼓掌。本次比赛,我们合唱团来了很多志愿者和啦啦队,威珑宝宝成为外国团员争抢拍照的小明星。

进入开幕式会场后,我和二姐夫大胆地来到了会场中央,很荣幸见到了世界合唱比赛主席、国际文化交流基金会主席冈特·铁驰,他是国际合唱界最高领导,合唱界的奥林匹克主席。他非常随和,我和二姐夫求合影,他积极配合,没有一点迟疑。

第七篇 合唱团里的故事

开幕式上,冈特·铁驰宣布第七届世界合唱比赛开幕。开幕式上,辛辛那提交响乐团举行了一台交响音乐会。

(撰写于2012年7月5日)

(二)参加友好音乐会

7月5日,今天上午刚参加完在喷泉广场举行的友好音乐会,下午3点又开始排练。佳芬团长要求大家一定要养精蓄锐,全力以赴准备明天的比赛。

友好音乐会是每次国际比赛的必备项目,旨在推动比赛地人们享受合唱的快乐。今天当我们一到喷泉广场,就引起了人们的围观,现场还吸引了很多媒体,世界合唱最高领导冈特·铁驰先生也在场看我们的排练。我们第一个登台,表演了比赛的四首曲目。我们每唱完一首歌曲,观众都报以热烈的掌声,"你好,你好"地叫个不停。

今天的广场音乐会,应该是各个参赛队的预演。

(撰写于2012年7月6日)

(三) 比赛赢得观众热烈的掌声

今晚我们参加的世界合唱比赛的演出终于结束了,演出赢得了观众长时间起立鼓掌。

上午10点我们来到演出地走台,然后回到酒店地下一层的走廊排练。佳芬团长作最后动员,她说:"比赛即将来临,我们已经走到了美国辛辛那提,我们能站在舞台上就是最棒的。"

下午1点至2点我们在组委会安排的地方进行室内排练,下午4点30分又开始排练。

晚上7点20分,我们开始走向比赛场地。在最后临上场前,我们都有一种紧张气氛。我们把比赛的四首歌曲唱了一遍,自我感觉良好。接着齐老师煽情地说:"来到这舞台,大家什么都不用想,因为我们不仅是唱给评委听,唱给观众听,更是唱给自己听。"接着她让我们轻轻地唱起了《同一首歌》,看着齐老师湿润的眼眶,大家都流泪了。尤其是不太流泪的我,完全抑制不住泪水。

当我们走上舞台时,观众席响起了一片掌声。第一首《春天来了》,是我们唱得最好的一次;第二首 The rose,唱得很多观众抹眼泪;第三首《哈里路亚》,唱得真不够好,我们自己都感觉掉音了;第四首《我在飞翔》,唱得观众们都在笑,这首中国歌曲外国观众听不懂,但因为演唱时伴随着一些动作,所以看得懂。所以当我们唱完这四首歌曲时,全场观众起立,为我们鼓掌。

回酒店的路上,大家有点闷闷不乐。当经过喷泉广场的美丽夜景时,我真正感悟:参与就是最高境界。这不,音乐每天可以奏响,喷泉照样会光芒四射。

回到酒店,"志愿者团团长"顾凤惠总经理已经为我们安排了庆功宴。首先大家为金炯送上生日蛋糕,佳芬团长让每个人说一句话。有的说,留点遗憾,没有什么大不了的事情;有的说,我们应该为自己的付出感谢自己。我躲进自己的 1011 房间,因为我不知道该说什么。后来,我们又聚在了一起,用我的小电脑看了一遍二姐夫拍摄的演出录像。我们感觉舞台效果很好,齐老师说这些场景平时只有她一人欣赏到。

比赛终于结束了,明天晚上就要颁奖了。我们究竟能够获得什么奖项还很难预测。我个人估计最差也能银奖,也就是说,金奖还是有可能的。当然如果真是铜奖,我们也高兴。

请大家祝福我们吧!现在是辛辛那提时间7月7日凌晨2点20分。我又得受佳芬团长批评了,但如果今晚不写,我睡不着啊。

(撰写于2012年7月7日)

(四)郁闷和清醒

先来一张我在辛辛那提希尔顿酒店大堂发送博客的工作照。

当早晨7点30分的一个电话吵醒深睡着的我时,我还想尽快进入梦里,但渐渐地大脑里不断浮现出昨晚比赛的场景。想到《哈里路亚》表演的失败,想到近一年来的艰苦排练,我真想哭。睡在床上,我又进行了认真的自我评分:第一首歌曲《春天来了》可以打75分;第二首 *The rose* 可以打75分;第三首《哈里路亚》只能打30分;第四首《我在飞翔》可以打80分。如果这样计算的话,加合平均为65分,可以获得银奖(61—80分)。如果每项再多打10分,也就是75分,还是银奖;如果每项减少10分,就是55分,只能得铜奖了。所以本人得出结论:铜奖无悬念,银奖可以有,金奖真没有。在美国辛辛那提时间7月8日今晚7点,我们将盛装出席颁奖典礼,也将验证我梦中算分的准确性。

早餐还是由室友华爱健带回,同时她也带回了一些信息:高一声部部长叶子因为自己声部的失败演唱,非常想不通,直至凌晨5点才休息;早晨在大堂,很多人都给齐老师送上了拥抱。午餐时我又听说齐老师的母亲病危住院,所以她将赶紧回国了。反正一切都是那么考验齐老师。首先是因为市北中学的比赛,使她延迟并独自来美国,后来比赛又是那么的不顺利,接着家里出事,原来准备和我们一起旅游的她,将取消行程。

但当我们想明白后,心情就放松了许多。特别是我看见了很多网友的留言,朱莉家的令愉教授的"是非成败转头空。青山依旧在,几度夕阳红",让我非常感动。在此,我代表合唱团(如果可以的话)感谢各位家属的陪伴,不管到场还是没有到场的;感谢各位网友对合唱团的支持和肯定。没有你们的陪伴,我们不可能为了歌唱远渡重洋,不可能达到这样一个高度。也建议各位参加比赛的姐妹不要太自责,因为合唱是全体团员的艺术。

(撰写于2012年7月8日)

（五）获得锦标赛铜奖

刚从颁奖典礼回来，我们上海女企业家合唱团参加的"女子合唱组"获得了第七届世界合唱比赛的铜奖。

今晚仅颁发 20 个组别中的 5 个组别，观众就是比赛的团员。大屏幕显示，将颁发"女子合唱组别"奖项。当我听到 Shanghai Women 时，就知道我们获奖了。齐老师从合唱比赛官员手中接过"女子合唱组"铜奖证书。蔡总和司旗手淑怡、朱莉陪同颁奖。该奖项验证了我之前的预测。

（撰写于 2012 年 7 月 8 日）

五、参加马耳他国际合唱比赛

2013 年 10 月 26 日至 11 月 4 日，我跟随中国 ShEO 合唱团参加了马耳他国际合唱比赛，获得了民谣组银奖。以下摘录了博客中记录的开幕式、比赛和颁奖部分。

（一）开幕式

今天我们从原来的酒店进驻了国际合唱比赛组委会安排的酒店，看见和我们住同一家酒店的很多国家的合唱团，紧迫感油然而生。在晚上的国际合唱比赛的踩街和开幕式上，我们中国 ShEO 合唱团姐妹们身穿旗袍盛装出席，夺人眼球。

朱莉高举五星红旗，金炯手持合唱团团旗，我们一路高唱《歌唱祖国》走在了马耳他首都瓦莱塔市中心。按照四个声部排成四路纵队，各个声部的部长手持红色横幅走在前面。

开幕式在庄严华丽的圣约翰联合大教堂举行，开幕式又是一场祈祷和平的演唱会,由参加本次合唱比赛的部分合唱团演唱。

(撰写于 2013 年 11 月 1 日)

(二) 比赛集锦

今天上午比赛结束后,大家都有一种释放的感觉。刚才看了二姐夫拍摄的视频,我们的表演比我想象的还要完美。

早上,大家早早地穿上中国民族风演出服,带着重彩的舞台妆,前往比赛地——马耳他天主教学院。本次比赛,我们参加的是民谣组比赛。共演唱了四首歌曲,依次为《花儿与少年》《可可西里》《茉莉花》《香格里拉》。比赛中,每唱完一首歌曲,齐老师都给大家一个鼓励的微笑或者大拇指手势。今天大家在比赛中全然没有了紧张感,好似平常的一次排练,表情丰富,感情投入。佳芬团长说:"我们如今能够把感情融入歌声是最大的进步。"当我们唱完最后一首《香格里拉》时,观众起立长时间鼓掌。一名来自芬兰合唱团的团员说,她听得热泪盈眶。走下舞台时,大家压抑不住内心的喜悦和冲动,互相询问:"没有出错吧？没有掉音吧？"齐老师笑着对大家说："你们唱得太棒了。"姐妹们才露出了欣慰的笑容，很多人流下了激动的眼泪。

（撰写于 2013 年 11 月 3 日）

（三）荣获银奖

今晚，马耳他国际合唱比赛举行了颁奖典礼。我们穿着演出服，在齐老师带领下早早地抢占了前排右侧第一方阵，成了一道亮丽的风景。按照惯例，首先请上了各个团队的指挥，家佳陪同齐老师走上了舞台。

本次合唱比赛主席 Piroska 主持了颁奖典礼，她首先用各个参赛国家的语言说"谢谢"，以感谢各个参赛队，顿时掀起了各国团员的欢呼声。瑞典队获得了两个组别的金奖中的最高奖——冠军，并赢得了本次大赛奖，获得了 3 000 欧元奖金。

我们参加的民谣组最后揭晓,当听到 China 时,大家立马激动起来。最终,我们中国 ShEO 合唱团获得了本次国际合唱比赛民谣组银奖,银奖分为十个级别,我们是第十级,离金奖仅差 0.95 分。

姐妹们对与金奖失之交臂有些遗憾,但想想我们是一支仅成立半年的队伍时,又觉得非常不易。这是一次世界合唱聚会,我们中国 ShEO 合唱团作为唯一一支来自中国的合唱团,为国争光了!

(撰写于 2013 年 11 月 4 日)

六、参加希腊国际合唱比赛

2015 年 10 月 15 日至 18 日,我跟随中国 ShEO 合唱团参加了在希腊卡拉马塔举行的国际合唱比赛,获得了民谣组银奖。以下摘录了博客中记录的开幕式、比赛和颁奖部分。

(一)被邀请参加开幕式演出

今天 10 月 14 日,我们终于来到了本次主要目的地——希腊卡拉马塔。下午 4 点开始踩街并前往开幕式会场。我们中国队排在所有队伍的第一个,受到当地人的夹道欢迎。朱莉仍然是高举五星红旗的旗手,金炯手持团旗,佳芬团长和齐老师走在了中间,紧接着的是声部部长和团员们。

我们合唱团受邀参加开幕式演出,参加演出的共有六支队伍,我们荣幸地成为其中一分子。开幕演出也给我们增加了一次锻炼的机会,我们演唱了具有中国民族风格的歌曲《咚咚奎》。

最后,本次比赛的艺术总监荣格仁指挥全场演唱。本次比赛共有 13 个国家的 39 支合唱团,中国团队有 3 支。

明天晚上我们就将参加比赛了,小有激动和忐忑。

（撰写于 2015 年 10 月 14 日）

（二）走上比赛舞台

今天 10 月 15 日是我们的比赛日。我们参加的是民谣组的比赛,民谣组共有 13 支队伍参赛,我们第 12 个出场。

国际评委坐在观众席的中间,演出时我会不由自主地观察评委的一举一动。也许是我们的队伍整齐划一,最左边的男评委在我们演出第一首歌《美丽的姑娘》时拿起手机拍了一张我们的照片,可见我们闪亮登场给他留下了好印象。我们今天从上场开始就很有气场,团队刚踏进艺术厅,就传来了雷鸣般的掌

声。而我们在台上表演时,每当一首歌唱完,齐老师都会翘起大拇指,小声说:"唱得太好了。"

比赛结束后,安石大姐夫和浪音二姐夫在场下看演出后说我们属于中上水平,可以排13支队伍的前五名。比赛结果将在后天10月17日晚上的闭幕式上揭晓。参与是至高无上的,但是我们更想念金奖!

(撰写于2015年10月16日)

(三)喜获银奖

颁奖晚会刚刚结束,我们中国ShEO合唱团再次获得世界合唱比赛民谣组的银奖。齐老师和家佳上台领取了获奖证书。很多姐妹觉得遗憾,因为我们是一群有梦想和不断进取的人,上次马耳他得银奖,这次就想得金奖。但我们不得不承认,世界合唱水平越来越高了。

(撰写于2015年10月18日)

第七篇 合唱团里的故事

七、参加南非第十届世界合唱比赛

2018年7月4日至7日,我跟随中国ShEO合唱团参加了在南非茨瓦内举行的第十届世界合唱比赛。本次比赛也是我们合唱团参加的最具规模的世界合唱奥林匹克比赛,我们参加了情景民谣组比赛,并获得银奖。以下摘录了博客中记录的开幕式、比赛和颁奖等部分。

(一)开幕式

今天7月4日,第十届世界合唱比赛将在南非茨瓦内开幕。我们中国ShEO合唱团进入了奥林匹克合唱村,并参加了隆重的开幕式。开幕式在Sun Arena体育馆举行,本次因为天气寒冷，我们没有要求穿着旗袍，所以，小红旗和白帽子就是我们的特征。

晚上7点30分，开幕式正式开始。本次共有近60个国家的300多支合唱团，16 000多人前来参加比赛，而南非有148支合唱团参加比赛，几乎占了合唱团总数的一半。

首先升起了南非国旗，全场唱响南非国歌。每个国家都由引导员手持标牌和国旗。当广播里说到China时，全场呼喊，我更是激动地边拍摄边挥舞小红旗。

接着升起了世界国际合唱比赛的旗子，比赛艺术总监指挥全场演唱 One voice。国际文化交流基金会主席冈特·铁驰致辞。南非对本次比赛非常重视，开幕式体现了南非的民族风格，一对南非老人送上了圣火。

（撰写于2018年7月5日）

（二）比赛和颁奖

前天7月8日，我们已经来到纳米比亚，由于这里的信号极差，所以，只能延迟发布相关信息。

首先报告大家，我们获得了情景民谣组银奖。必须说明的是，这枚银奖的分量是我们中国ShEO合唱团所有比赛中最重的一枚。它不同于我们在马耳他和希腊的区域性比赛，而是全球性的最具规模的奥林匹克合唱大赛。一个是40多支合唱团的比赛，一个是300多支合唱团的比赛。比赛分为公开赛和冠军赛，公开赛是第一次参加世界合唱比赛的团队参赛，而我们是带着2015年上海无伴奏合唱比赛金奖站在冠军赛的舞台上。

第七篇　合唱团里的故事

7月8日下午，我们参加了C27情景民谣组的比赛。共有八支队伍参加比赛。我们第七个出场，表演了《花大姐》《梨花颂》《农家四月艳阳天》和《阿爸的草原》。

在《梨花颂》中家佳扮演的贵妃一出场便引起了轰动，我看见一位评委在摄像。我们演唱完走下舞台时，大家就惊奇，怎么能发挥得这么好呢？大家感觉尽力了，什么分数已经不重要了。

当天晚上我们举着小红旗，再次来到茨瓦内太阳宫体育馆参加颁奖仪式。要说颁奖仪式的参加，也是"哈里路亚"了。原定颁奖仪式的时间是7月8日上午9点，而我们8日早上6点就已经离开了。大家都觉得和颁奖仪式擦肩而过是非常遗憾的事情。但老天开眼，就在我们比赛结束当天，被通知颁奖仪式提前了，也许是蔡总和组委会的沟通所致，也许是……

我们集体登上颁奖舞台,和国际文化交流基金会主席冈特·铁驰合影。本次南非国际合唱比赛,检验了我们的队伍,再一次锻炼了我们的意志。

(撰写于 2018 年 7 月 10 日)

八、荣获上海市无伴奏比赛金奖

最近几乎每天在排练,为了今天的比赛。是的,我们中国 ShEO 合唱团在 11 月 19 日参加第五届上海无伴奏合唱比赛成年组复赛后,以第九名进入了决赛(成年组共有十支队伍进入决赛)。

今天决赛的评委云集了沪上合唱界顶级作曲家和指挥家。他们是上海市文联副主席、著名作曲家陆在易,国家一级作曲指

第七篇 合唱团里的故事

挥家萧白、中国合唱协会常务理事、国家一级演员余震,中国合唱协会副理事长、上海音乐家协会合唱专业委员会主任王燕,中国一级作曲家朱良镇、中国合唱协会理事、上海音乐家协会合唱专业常务理事、上海音乐学院指挥系教授曹通一,国家一级指挥家林振地。上海合唱协会副会长何剑平、秘书长王铁龙任监审。

本次决赛,每个合唱团都上交了歌谱,评委看着歌谱听着声音,来评判是否按照原著演唱,具有国际比赛的评分标准。

成年组比赛异常激烈。东华大学合唱团、金山石化社区合唱团等依次出场(顺序按抽签排列),我们中国 ShEO 合唱团第三个登场。本次共有 48 名团员参加了比赛,每名团员都需要经过声部部长考试通过才能上台。因为这是比赛,来不得半点懈怠。

紧接着是 Echo 合唱团、黄浦区教师合唱团、长风新上海人合唱团、华东理工大学合唱团、华东政法大学合唱团、松江区教师合唱团。

全部比赛结束后,当场公布得分。我用手机记下了成年组的分数,我们获得了 24.60 分,排第六名,最终我们中国 ShEO 合唱团获得了金奖。要知道,我们上届可是银奖哦。

获得金奖后,我们几乎嗨翻了现场,大家久久不愿离去。合唱协会秘书长王铁龙老师夸我们中低声部有进步,朱良镇老师(本次评委)说:"你们进步好大!"上海音乐学院指挥系副主任王燕(本次评委)说:"你们和学生们一个组别吃亏了。"王总说:"你们以后应该设一个学生组别。"哈哈!反应真快。近距离接触了评委,我更觉得本次获得金奖的不容易。要知道,这些评委都是中国著名的作曲家和指挥家,他们的评分具有国际水准,我们被他们认可,说明了我们合唱水平已经达到了一定高度。以后我们可以自豪地说:"我们是金奖团队。"

今夜无眠,合唱团微信群里一片欢腾。

第五届无伴奏合唱比赛颁奖典礼将于2017年1月2日在上海贺绿汀音乐厅举行,不知道我们会不会受邀参加演出,但我们一定会去拿我们合唱团的第一个金奖。

刚刚写完上面的话,又看见了齐老师发布的消息:"亲们,刚得到最新消息:决定邀请我们参加1月2日新年音乐会。四支老年团、六支成人团!2017年一大事记!"

(撰写于2016年12月10日)

九、"音乐美丽生活"合唱音乐会

2016年9月30日和10月2日,我们中国ShEO合唱团分别在上海贺绿汀音乐厅和上海交响乐团音乐厅献演两场"音乐美丽生活——收获与分享"音乐会。通过《春》《夏》《秋》《冬》组曲和其他歌曲,诠释ShEO所代表的"公益、快乐、优雅、开放"。

准备工作从5月份开始,团部成立了指导委员会,组成了"对外合作组""文宣组""资源保障组"等。我被团领导看中,担任"文宣组"负责人,完成从制定线上线下的宣传计划,到拍摄剧照、背景板、节目单和邀请函的设计制作等一系列工作,得努力工作了!

第七篇 合唱团里的故事

(一) 拍摄剧照

合唱团团员每年有流动，正是一批批新团员的加入，使合唱团蒸蒸日上。为此,9月4日(周日)我们在市北中学拍摄了一组音乐会剧照。

(二)制作背景板、节目单

本次音乐会背景板、节目单和请柬等全套宣传设计任务交给了新民晚报美术编辑董春洁,她用心设计了紫色系列,整体设计脱俗高雅。并在具有印制出版社书籍资质的印刷厂印制,精美的节目单和请柬,让观众拿在手上有厚重感。而背景板的设计,是根据音乐会入口处的大幅尺寸定制的,吸引了入场观众,大家纷纷在背景板前留影。

(三)演出进行时

本场演出请来了上海电视台著名制作人和记者金涛担任导演。他发现我们这个团队和其他合唱团不同,因为我们这里都是企业高层,有故事可分享。于是他安排了四名分享者贯穿于音乐会的"春夏秋冬"四个章节,整场演出一气呵成。以下按顺序介绍。

本场音乐会不设主持人,但凡出场讲话的人串联起一个个节目。王佳芬团长第一个出场,当她健步走上舞台时,观众席已经掌声响起。因为我们在大屏幕打字幕,所以即使不认识她的人,看见如雷贯耳的名字也会鼓掌,熟悉的人更不用说了。

王总首先感谢大家在国庆佳节来看我们的音乐会,还谈到了她在合唱音乐中的领悟。她说:

我参加合唱团有九年了,曾经六次参加在世界各地

第七篇 合唱团里的故事

举办的国际合唱比赛,也在上海音乐厅参加过四次专场音乐会。在一年的365天当中,我每周都会参加排练,风雨无阻。我们合唱团团员都是来自上海的女企业家和商学院毕业的企业高管,她们平时奔忙在企业的战略、管理和业绩的发展中,她们有的管理着万人的企业,有的是掌管百亿资金的投资人和千亿资金的金融专家,有的还正在艰苦的创业中,但是每周她们都会和我一样汇集在排练厅一起唱歌。我发现,连接业绩数字和五线音符之间的是音乐,每周的排练我们在歌声中飞扬,在音乐中释放,在这两组数字的流动流畅中,我们回到自然,感受和谐、柔美和快乐,分享爱、温暖和感动!记得2013年我们参加在马耳他举办的国际合唱比赛,很荣幸被邀请参加瓦格纳交响歌剧的演出,我身边坐着以色列的"老头""老太"们,他们满头银发却精神矍铄。他们告诉我,他们都是参加几十年合唱的老团员了,从风华正茂的青年、中年到今天的迟暮之年,都一直活跃在合唱的舞台上,如今继续作为观摩团参与国际合唱盛会。看着他们举手投足间都是无穷的快乐,听着他们歌声笑声中都是满满的幸福,那一刻我被震撼了。歌声让人如此年轻活力,音乐让生活如此绚丽多彩,我想此生要与音乐作伴,要让歌声美丽生活,要让音乐激活生命!今天,是我们伟大祖国的生日,中国ShEO合唱团的姐妹们用歌声表达对亲人们的爱,对朋友们的感谢,对观众们的敬意,并共同祝愿我们伟大祖国繁荣昌盛!

紧接着,孙家佳弹奏的《茉莉花》音乐响起,我们出场了,观众掌声响起!

第一歌章《春》。女声大合唱;钢琴伴奏:孙家佳;演唱曲目:《茉莉花》《农家四月艳阳天》《咚咚喹》。

第二歌章《夏》。女声小合唱;钢琴伴奏:陆意宁;演唱曲目:《乘着歌声的翅膀》《致音乐》。

指挥齐珊云老师分享。她说:

每个人都会说我们很喜欢你,每次不辞辛苦地赶来,就是为了要看到你,喜欢你的指挥,喜欢你的表情,享受排练的过程。为什么她们都这样喜欢我?首先我非常尊重每一个人,每一次排练,我都会仔细想一想,今天晚上我会穿什么?每次都不一样,让她们看到我的优雅和魅力,其实有的时候我非常疲惫,但从来都不流露出来,只为尊重每一名学员宝贵的时间。团员都说,齐老师你为什么每次都那么充满自信?我给团员的目光都是鼓励的目光和微笑的表情,团员都能读懂。其实,是所有团员的目光注视着我双手上下舞动的那些专注,还有跟随我表情调度的起承转合,轻重缓急。是她们坚定信任的目光给予了我所有的自信和坚定。你只要喜欢音乐,你只要喜欢这个团队,每个人都可以走进来。我的能力和自信就是能够让你一直喜欢并坚持下去。合唱的魅力是无穷的,也有人说齐老师您指挥的团队很有魅力,那合唱的魅力到底是什么?请大家看一下,在这舞台上下所有的我们的团员,仔细端详一下每一个团员的脸,一路走来,她们都在坚持和完善自己。音乐、舞台、合唱,感染着她们,她们也享受其中,她们的优雅、美丽、自信,就是合唱的魅力所在!

在家属亲情合唱《康定情歌》节目前,齐老师把一对对亲友组合介绍给大家,全场气氛达到高潮。很多朋友通过本博客知道了王总和安石大姐夫、梅总和浪音二姐夫。也有人对我说:"齐老师的儿子真帅。"爱华姐的女婿是一个理工男,能够和丈母娘一起来演出绝对是重塑自己。当观众了解了这些都是亲友的友情参与,再看到这么一段开场舞蹈,听见嘹亮的康定民歌,激活全场那是一定的。

接着由低声部团员顾莉芳分享。她说:

我曾经是一个只知认真做事,不苟言笑的人。为了给自己找一个业余消遣的地方,偶然加入中国 ShEO 合唱团。我秉持一贯作风,认真唱歌,认真背歌词、歌谱,不懂得低声"和",更难说如何大声"唱",所以老是冒泡,冒泡就要吃批评了,对我这个样样都追求完美的人来说,打击挺大的。再说笑着唱,从专业上是改变声音位置,从非专业上就是表情好看,可是对我简直难于上青天,因为我平时就是不苟言笑的人,只敢回家对着卫生间的镜子练,还怕被家里人笑话。看着镜子里的自己,我异常痛苦,想想还是算了吧,不要再继续丢人现眼了哦!就在这个时候,合唱团组织了一场为自闭症儿童举办的音乐会,音乐会上为曹鹏的乐队助唱,当所有助唱人员一起唱响专为自闭症儿童谱写的《星星之歌》，看到泪流满面的自闭症儿童的父母，看到眼里泛着泪光而面色懵懂的自闭症儿童的时候，我一下子感悟到，音乐带来的不仅仅是快乐，而且是心与心的交流，更是融化冰山玉石的利器。我在合唱团最大的收获是快乐，在快乐中认真做事，在认真中收获快乐。

接着是女声小合唱 I got rhythm。齐老师的学生，现在是上海歌剧院的演员季韵翚演唱《我亲爱的爸爸》。

中声部团员梅丽君分享，她说：

大家别看我今天容光焕发，英姿勃勃，还是一个跨国公司在华企业的总裁顾问。但是，我自小体弱多病，被人称为"病西施""药罐子"。多次患肺炎住院治疗，还有先天性心脏病，术后在身上留有1.1尺长的刀疤。因为检验有毒有害液体原料的缘故，我连续三年支气管扩张，大口吐血。更有一次细菌侵入支气管，喉咙里就像塞了一个鸭蛋，要吐吐不出，要吞吞不下，气管的痉挛让我生不如死。上海呼吸科泰斗级权威认定我不适宜参加合唱的活动，检查诊断为呼吸中度衰竭，肺部有纤维化趋势，但我坚信音乐将净化我的灵魂，合唱会安抚我的器官，我爱合唱！于是不顾医生的反对，我加入合唱团，而且还成为中国ShEO团的第一任首席执行团长，还实施"买一送一"的优惠政策，吸引我先生也鞍前马后地为中国ShEO合唱团效劳。让我们一起"合，唱起来吧！"

你的幸福将会像这秋的果实,散发出香味,一样芬芳。

第三歌章《秋》。女声大合唱;钢琴伴奏:孙家佳。《四季》女声合唱套曲,《春》:金承志作词,苏叶作曲;《夏》:金承志作词,夏晋作曲;《秋》:金承志作词,樊博雅作曲;《冬》:金承志作词,吴经纬作曲,张耿合唱改编。

这个节目是我们中国 ShEO 合唱团发起设立的合唱好作品基金资助创作的第一部原创作品,是邀请青年作曲家金承志老师和她的团队为我们量身打造的。执行团长金炯现场采访了金承志。金承志自幼跟随指挥家邹跃飞、作曲家郑小冰学习钢琴与音乐理论。2007 年考入中央音乐学院指挥系,先后师从王燕副教授与吴灵芬教授,同年开始尝试作曲。2016 年创作了两首风靡全国的神曲《张士超你到底把我家钥匙放在哪里了》《感觉身体被掏空》。他带领的上海彩虹室内合唱团演出如今一票难求。金炯问他听了我们演唱他新作品的感想,他说,自己是套曲的作词,作曲分别是他的四个学生。大家唱得很投入,观众觉得好听就好听,于是观众席传来了掌声。

接着是阿卡贝拉组合的《情非得已》,五名演唱者都是齐老师曾经的学生,如今仍然喜爱音乐,有的也从事着音乐教育。

女声大合唱,钢琴伴奏:孙家佳,演唱曲目:《在水一方》《想你的 365 天》。

中声部团员杨晔分享。她说:

我当过大学老师,在国企工作十年,现在是上海市张江高科技园区管委会党组书记、管委会主任。以前我只注重工作,对生活投入精力不多;无论在工作还是生活中,女性的一面展示得不多。但团里姐妹们事业和家庭的成功教会了我,一个女性要会生活,善打扮,不仅要能干,还要美丽和优雅。她们中许多人,年过半百还在跳舞、唱歌、练瑜伽,身材苗条,会打扮、会穿衣、会摆 pose,很有气质。ShEO 合唱团的团员,不仅是一群爱好合唱的姐妹们,更是一群创业成功、具有开创和敬业精神的企业家们,团里有谁过生日,都会收到大家的祝福;团里有谁遇到困难,群里马上就有很多人热情相助;团里无论举办什么活动,总有许多的团员自愿参与,奉献自己的资源和力量。

这真是一个充满了温暖、团结、和谐的集体。正如那不畏数九严寒只为枝头芬芳绽放的梅花,她把美好带给人间,默默融入大地,冬韵漫拂,她们又把爱心凝结成晶莹的雪花,积蕴出再一年春天的芬芳。

2013 年的春天(4 月),我有幸加入了中国 ShEO 合唱团,还记得我们第一次参加活动时,每位老团员都手拿一支红玫瑰,列队迎接我们,并向新团员送上玫瑰花,温馨、亲切。今天,我也和大家一起分享我的收获,和 ShEO 一起成长,成就一个更好的你!

第四歌章《冬》。混声大合唱,钢琴伴奏:张晓希,演唱曲目:《望月》。混声合唱 *You raise me up*。

我六一班同学、移居美国的许昕留言道:"蓬蓬,最喜欢你们唱的那首赞美和颂扬上帝的歌 You raise me up。"看来我们的音乐会确实也需要几首英语歌曲,来满足不同观众群。

最后谢幕演唱《明天会更好》,寓意着祖国明天会更好,我们合唱团明天会更好。演出最后,齐老师指挥全场观众一起演唱,把音乐会推向了高潮。

当齐老师儿子沈佳齐把一束束玫瑰花送到每个团员手上时,场面温馨而动人。

最后引用观众的评论:

> 一群美丽、自信、热爱生活的女子用美妙的歌声,在上海交响音乐厅展示了现代优秀女性的风采。特别喜欢整场演出的形式,用分享串联,感觉特别温馨和励志,这是亮点一;一套套不同的服饰搭配恰到好处,优雅、帅气风格都有,配合着不同的队形变化,使合唱演出也变得形式多样,这是亮点二;相比两三年前第一次看她们的演出,今天的曲目丰富了很多,当然由金承志团队打造的《四季》组曲很有新意,清新扑面,此为亮点三。学习到的东西挺多,无论从工作还是从对待生活方面,都很有启发。当然,那些男士们也是优秀的护花使者,特别可爱。从初始的青涩到如今炉火纯青的专业水准,三年四季,实属不易。今晚演出经历一流场所的检验,带来视觉听觉盛宴。许多惊喜:缤纷多彩的服饰;别开生面的舞美;穿插幽默诙谐、朴素动人、激情荡漾、犹如史诗般的讲演,将音乐与生活诠释,扣人心弦!变幻莫测的组合,跨越国界音乐经典和时尚原创结合,你们不

仅唱得美妙,而且带着诗意情感,恰似主题"音乐美丽生活"。再次为智慧女人及今晚做绿叶的绅士们喝彩。我看到的是那么朝气勃勃的姐妹们:那是,美的女子,智的团体,喷薄的能量,淋漓的快乐!

（撰写于 2016 年 10 月 6 日）

第八篇
写博客的心路历程

"蓬蓬博客"开博于2008年9月9日,至2017年10月27日创下了点击200万次的纪录,至2018年9月9日,走过了整整十年,共写下了2860篇博客。同时通过网络传播,吸引了很多海内外网友。

我的时光手札

一、开博一周记

开博客一周来,承蒙朋友们的捧场,点击率不高但还算稳定,点评不多但没有空白。仔细想想也蛮不错的了。试想:六天之内有800多个访问量,平均每天100多个。我不是名人,没有粉丝,除了过路客,都是熟悉朋友点击,很不容易。过路客也大多是做生意的,有卖保险的,有做黄金期货的。但有一名是韩国留学生,她说为了学中文才上网的,让我觉得有趣。所以我认为再怎么样,每天能保持在100个访问量也很不错,除非我成了名人(那是不可能的),才会每天几千、几万甚至几十万的点击。

一周来,关心我博客的人会发现,我写博客越来越认真了。这主要是一开始写博时,我操作很生疏,边写博客还边考虑版面的美观。

本来是为了看去西藏的亲戚肖岷的博客而开设自己的博客,现在却成了我每天晚上必做的功课,也使我少看了许多电视节目。网络给我们带来了很多便利,可以每天记录一些事情并分享给大家。以后我有什么事情不用去一一通知朋友了,看我博客就知道我的行踪。

当然我清楚地知道,只有把文章写好了,不用到处宣传,点击量自然会上升。而如果文章写得不讨人喜欢,那么即使广而告之,人们也会渐渐失去兴趣。

再次感谢大家的捧场,有你们的陪伴,我将努力写作,并持之以恒。

（撰写于 2008 年 9 月 18 日）

二、坚持还是放弃

最近几天不断接到来电和短信,问为什么蓬蓬博客上不去了。关心多于惊讶,让我感动不已。确实最近遇到了一些问题,需要我审慎思考,对于写博客是坚持还是放弃。

由于本人的博客内容比较透明,没有掩饰,所以一直处于"危险"地带。为此前几天把博客设置了权限,生怕被杂人利用。但由于大部分好友都没有在这个权限范围内,反而使朋友们上不了蓬蓬博客。再想想,难道设置了权限就能随便写吗?也不行啊。明白了这一点,决定还是公开博客。所以从今天晚上 7 点起,蓬蓬博客又可以随时进入了。

在 12 月 16 日当博客的浏览量突破 10 000 人次时,我曾经想写一篇小结,现在看来阶段性小结还是不能少。因为只有阶段性地总结才能发现问题,不断改进。

回顾 9 月 9 日开博以来的这三个半月,期间,与其说我能坚持写博客,不如说是在朋友们的关心和呵护下慢慢走来的。点击率和浏览量比刚满月时有了明显的增加,原来一篇文章的阅读量最多为 10 人次左右,现在都达到了 30 人次以上。阅读量和点击率之比从满月时的 30% 上升为 60%,翻了一番,这说明蓬蓬博客在健康成长。

但是值得总结的地方也很多。如博客的内容不够丰富,尽是简单叙述唱歌、旅游等玩耍内容,深层次、哲理性的文章较少。从中反映了本人内涵不足、娱乐有余,因此提高自己的素养、丰富自己的内涵刻不容缓。

写博客会把自己的缺点暴露于公众,但同时可以在公众视线监督下,不断地修正自己。坚持时间越长,就越能经受考验。试想,如果坚持写一年博客的话,可能我在大家的不断修正下,觉悟和品行都会比现在有更大提高。

为了自己的心灵更健康、工作进步得更快,我决定坚持写博客而不是放弃。

(撰写于 2008 年 12 月 29 日)

三、我的博客我做主

蓬蓬博客从 2008 年 9 月开写至今已经八个多月了,在这些日子里,网友们的关心,激发了我勇于把看到和想到的事情告诉大家,共写了 178 篇博客文章。从文章中大家可能更多地看到了光鲜的一面,因为我喜欢把快乐分享,让烦恼留下。

对于博客上的评论,我一直抱着学习的态度,要感谢所有的评论者,你们热心的点评,是说明你们关注我。赞许的评论,让我增强了信心;中肯的评论,让我看到了不足;逆耳的评论,让我听到了不同的声音。通过点评也可以看出点评者的观念、层次、兴趣、爱好,也是展示点评者的一个舞台。如天天老师的点评一直站在呵护的角度,她会担心我文字的犀利会刺痛领导;"150"网友的点评总是那么的生动切题,他曾经在我海南岛旅游的博文中,把"我爱五指山,我爱万泉河"的歌词贴在评论中,这种及时的呼应,让当时身处海南的我乐了半天;"PW"网友的点评文字不多,但总能让我心领神会;"路过"网友的评论很有水准,字里行间透出他的才华和学识。

评论中出现的不同声音,是一件很正常的事,所以我一贯的做法是,不删除任何一条评论,不反驳逆耳的评论,更不会请人来指责逆耳的评论。但是最近出现了个别网友,写上了一些文不对题的评论,以至于引来了更多网友的反驳,言语不断升级。这一现象是我所不想看到的,也是不能容忍的,它亵渎了本博客秉持的"讲健康、讲哲理、讲趣味"的三讲原则,超出了我的底线。所以从今天起,我将开始清理,就如网易管理员每天审查网站博客内容那样。我已聘请了一名监督员,除了帮我对博文进行把关外,还将审视博客的评论,一旦发现有悖于"三讲"原则的,将被毫不留情地删除。我这样做的目的就是为了尊重你、我、他,让蓬蓬博客持续、健康地发展。

因此在此提醒各位,一旦你的留言被删除了,请不要奇怪,我的博客我做主。

(撰写于 2009 年 5 月 4 日)

四、"蓬蓬博客"一岁了

今天 2009 年 9 月 9 日是蓬蓬博客开博日,是本博客一岁生日。一年来,我也不知道怎么才把写博客这件事情坚持下来的。其实当时开博客就没有远大目标,也没有想到能够坚持到一岁。

我的时光手札

回顾一年来走过的博客之路,确实有很多地方需要总结和提高。

(一)博客数据统计

2008年9月9日至2009年9月8日共发表博客文章274篇,平均每月22.8篇。文章总字数为33.4万字。博客点击数39 600次,平均每天被点击100次以上,其中日点击数最高达到1 000次。每篇文章阅读量最高达到1 289次,日志评论和留言共有820条,平均每篇文章有3条评论,其中某篇文章的评论数达到了45条。

(二)博客内容分析

在全年274篇博客中,自创253篇,占92%;引用22篇,占8%。其中旅游、合唱和生活类占前三位,共计183篇,占总数的2/3。

一年来的博客经历,使我逐步关注起博客的类型和内容,基本做到:

(1)该写的写,不该写的不写。刚开始时,我把自己遇到的人和事都公之于众,后来发现不能这么做,因为网络传播之快、影响之大是无法预料的。为此注意了策略,做到:凡是写的事情都是真实的,而真实的事情不一定都写在博客中。

(2)运用图像效果。刚开始时,我仅仅考虑文字表述,但后来在几篇旅游博客中使用了风景照。忽然发现,如果每篇博客都能够运用照片解说,会更直观、更吸引人。

(3)不涉及敏感话题。刚开始时,我写博客就如平时说话那样随意,想怎么写就怎么写。有时对于名人的话题也会毫不顾忌。特别是曾经有一篇调侃的文章,涉及更高层的领导。幸亏一个朋友在第一时间发现,我才急忙撤下,没有酿成重大的后果。所以我后来把博客警句"想怎么写,就怎么写"改成了"该怎么写,就怎么写"。

(4)传播知识的服务平台。自从在博客上引用了一些关于"怎样识别人民币假钞""警惕微波炉的危害"等博客后,我发现,博客是个很好的服务平台,它能把我获得的生活小常识与大家共享。

(5)娱乐大众的传播平台。让朋友们开心我才开心,所以当获得幽默和有趣的图片、文章时,我会引用在博客中,如"全世界最美的办公室"就把我们带到了梦幻般的办公意境。

(三)博客带来的收获

(1)陶冶了情操。很多朋友对我说,看了我的博客,感觉我一直在游山玩水。其实,除了工作和家庭琐事(不想写),我只能写生活中发生的开心事,所以游记成了博客的主要内容。而写游记的过程,也是我进一步认识和了解旅游地的过程。另外,我把最多的文章献给了合唱团,因为这是我业余时间中最重要的一项活动。旅游和合唱题材,既陶冶了自己,也愉悦了大家,何乐而不为呢?

(2)充实了业余生活。由于写博客势必会占据大量的业余时间,因此在这一年中,我的生活习惯发生了很大的变化。

一是把写博客放在第一位。刚开始的三个月,写博客完全是出自兴趣,而后来的坚持更多的是一种责任。因为随着了解本博客的人增多,我发现,刚刚挂上去的博客,没有几分钟就被点击阅读。还有朋友会说:"我22点看你的博客,还没有更新。"可见大家对博客的期待,让我难以停止写博。一年来,收看电视节目的时间明显减少,几乎没有看过一部电视连续剧,需要关注的国内外新闻也通常是在上下班途中的车载收音机里获得。为了写博客,也减少了很多应酬,公务饭局从晚餐改变为午餐,私人的饭局能推则推。为了写博客,也放弃了很多娱乐活动,一些以前由我发起的聚会,现在明显减少。

二是培养了"三多"习惯。为了使博客内容丰富和贴近生活,一年来,逐渐培养了自己多看、多想、多摄的习惯。多看:发现事物的本质;多想:寻找事物的内涵;多摄:用照片和摄像的形式,多记录一些珍贵的图像资料。为了及时收获美景,我随身包中的照相机就如同房门钥匙那样不可或缺。在外出旅游或出差时,我的行李箱中比以往多了一部电脑。进驻酒店后的第一件事情,就是寻找网线接口上网。

三是曾经影响到了生活。写博初期,我把博客的文采看得特别重,几乎每天晚上写到11点以后,而入睡时,还处于刚刚完成文章的兴奋之中,有时还在想着文章中的不足,然后早晨起来进行修改,所以那时经常会失眠。在开始的两个月内,我几乎每天一篇博客,周末也不休息。在2008年10月份的31天,写了31篇博客。正因为这样过度投入,使自己身体的免疫力急剧下降、发烧、急诊、打点滴。后来我决定周末休息,停止写博客,其实歇息是为了更好地出发。

（四）寻找不足

（1）内容不够丰富。我选择博客内容，往往是自己喜欢的话题，对于社会问题的剖析、国内外形势的评论很少涉及，这说明了本人知识狭窄、情趣有限。

（2）满意的文章不多。一直认为博客就是记录生活点滴，所以对一个话题的阐述，既没有高度也没有深度。当然最重要的是，本人对问题的认知度有限，所以谈不好、谈不透。如果非要说哪篇文章有点效应的话，那就是2009年6月5日的一篇"悼罗京"的文章，被认识的和不认识的网友点击1 623次，得到了45条评论，成为本博客之最。当然这并不是说文章写得有多好，更多的是人们对著名央视新闻主播罗京的热爱。

（五）开展合理化建议活动

在一岁生日之际，发起一个对蓬蓬博客提合理化建议的有奖活动，时间从现在起的一个月内。我将集思广益，积极采纳大家的意见，争取把博客办得更上一层楼。对于提出建议并被采纳的朋友们，除了在博客中予以精神鼓励外，还将用聚餐的方式，小表心意。

从开博时的失眠，到现在的轻松写博客；从开博时在乎点击率、阅读量，到后来的不考虑多少读者而专注写作，也许这就是一种进步。这种放逐心情地写博客，才是开博客的真正目的。因为我相信，只要真诚地记录社会生活、表达自己思想，博客一定能受到朋友们的喜欢。再则我毕竟不是专业作家,相信大家也不会用作家的标准来衡量我。当然我会努力提高自己的修养和文笔,因为质量和阅读量成正比,这个逻辑定律一定成立。

感谢一年来陪伴蓬蓬博客的各位朋友,因为你们的关心,让我坚持到了现在;感谢对蓬蓬博客有争议的朋友,正是因为你们的点评,激励我更加努力。

蓬蓬博客将在你们的鼓励和陪伴下,继续按照开博时所制定的"讲健康、讲哲理、讲趣味"的三讲原则,放逐心情、品味悠然,坚定地走下去。

(撰写于 2009 年 9 月 9 日)

五、突破 10 万次点击

和参观世博会人数屡创新高一样,蓬蓬博客点击数今天突破了 10 万次,这是本人没有预料到的。

一是没有预料自 2008 年 9 月 9 日偶然开博后,自己能够坚持到现在。在近两年时间里,除了周末,博客每天更新,几乎很少有空白点。

二是没有想到本博客能够在 23 个月内,发布了 525 篇博客,平均每月 22.8 篇,即使有些是转载的,但也需用心选择。按照我的原则,每篇博客必须有益于读者。这同时也给自己出了一个难题,经常有话题时没有时间写,有时间时没有话题写。

三是没有想到本博客的阅读量迅速壮大。从刚开始每篇文章不满10次阅读数,发展成如今平均每篇文章超过50次阅读数,这除了朋友们捧场外,也有一些是文章内容吸引了一批忠实的读者。

四是没有想到本博客能担负一些责任。它现在已经成为上海女企业家合唱团员们认可的宣传窗口。也因为这样,蓬蓬博客在合唱团员之间传播,在市北中学学生们中传播,并不断被放大,让我"骑虎难下"。

五是没有想到写博客也能锻炼自己的心理定力。刚开始看到一些鼓励性评论时很得意,发现一些恶意评论时很愤怒,现在我对任何评论都非常淡定,因为每个评论者,都是因为关心本博客才去看博客,用心看博客才会写评论。

六是没有想到我的博文会被查封。一听查封,大家还以为是有不健康的成分。要知道博客也是传媒,政府对于网络传播都有限制。我被查封的实例也就那么几个,一个是在柬埔寨游记中,挂上了几张柬埔寨皇宫照片;一个就是最近在写绍兴合唱比赛开幕式和颁奖典礼时,写上了几位中央领导人的名字。幸亏我修改后执着地发布,才使这两篇图文并茂的博客得以重见天日。但对于查封的真正原因,至今还是无从查证。

"蓬蓬博客"能够突破10万次点击固然高兴,但也使我"深度套牢"。用二姐夫浪音的话讲,现在不看你的博客好像没有完成工作一样。任何事情都有收敛的时刻,也许我不能坚持到20万、50万次的点击数,但至少目前我还没有考虑停下。为了大家,为了自己,我将在有限的情趣里,追求无限的遐想。

(撰写于2010年8月3日)

六、突破 50 万次点击

蓬蓬博客今天突破 50 万次点击了。50 万这个曾经被我看来遥不可及的数字,在开博四年零四个月后终于达到了,实在令无名小卒可以自得其乐一番。

(一) 用数据说话

开博日期:2008 年 9 月 9 日

2008 年 9 月 9 日—2010 年 8 月 3 日,点击次数达到 10 万次,第一个 10 万用了 23 个月;

2010 年 8 月 4 日—2011 年 7 月 13 日,点击次数达到 20 万次,第二个 10 万用了 11 个月;

2011 年 7 月 14 日—2012 年 2 月 15 日,点击次数达到 30 万次,第三个 10 万用了 7 个月;

2012 年 2 月 16 日—2012 年 8 月 18 日,点击次数达到 40 万次,第四个 10 万用了 6 个月;

2012 年 8 月 19 日—2013 年 1 月 27 日,点击次数达到 50 万次,第五个 10 万用了 5 个月;

新近的 10 万环比又快了 1 个月,说明博客点击率在持续平稳地增长。另外,我惊喜地发现,在博客访问统计中,网易已经为我统计了一张所有访客地域分布图和列表,访客地域几乎遍布全国所有省份和地区,排列前几位的是 上海市 40.3%、海外 30.9%、北京市 8.6%、广东省 3.6%⋯⋯

第八篇 写博客的心路历程

以上数据令我惊叹:

（1）来自"海外"的占30.9%,居第二位。说明蓬蓬博客不仅在上海有朋友捧场,而且在海外也有众多网友。我相信这里一定有我很多同学和朋友,如美国洛杉矶的许昕、华盛顿的寇建平、芝加哥的牟善暄、亚特兰大的蔡天纯以及英国的许光,当然还有在日本东京的过任,在法国巴黎的王凌霜,我美国芝加哥和纽约的舅妈和阿姨等亲戚,以及朋友的朋友。他们通过博客来关心祖国,关心家乡的人和事。

（2）来自"北京"的占8.6%,据第三位。这是我没有想到的事,因为我在北京没有同事和亲戚,也几乎没有朋友。原来我只知道江苏泰州的戴勤一直关心我的博客,怎么现在一下子首都人民也会留意了。

（3）几乎涵盖了各少数民族地区。例如:广西、内蒙、宁夏、西藏等自治区。其实我都没有去过新疆和西藏,也不太有他们区域的博客内容,竟然也能得到他们的关注,有点惊奇。

（4）受到了台湾、香港地区网友的关注。博客得到了来自台湾和香港地区网友的浏览。看来以后我去澳门时,点击一下博客,这样两个特区就都全了。

（5）吉林为什么是零呢？既然我国各省市几乎都有浏览了,那吉林省为什么没有一人浏览我博客呢？都到了这个份上了。零的数字同样让我觉得好奇。哈哈！浏览多了惊奇,没有浏览也惊奇,我太挑剔了。

当然博客浏览的覆盖面,也许只能说明网友的广泛性、网络的世界性,并不代表我的博客有多么吸引人,文章有多么出彩。

甚至经常错别字连篇,记得有一个网友曾提醒我去学习一下"的、得、地"的用法。

(二)结识新博友

随着开博时间的不断延续,我又结识了一些至今未曾谋面的网友,如:喜爱旅游的小妞、悠悠白云等新博友。其实我经常会收到加博友的申请,但我都会仔细去甄别,看其博客是否健康和愉悦。因此,我的博友圈发展得很慢,但博友们都很优秀,他们同样有很好的博客值得我学习。

(三)成为小众中的公众人物

也许因为我的博客运用了看图说话的形式,时不时地展露出了自己的形象,造成了我在明处,网友在暗处的局面。某种意义上来说,这也给我本人带来了一定的风险。万一哪天有闪失,人家也不用人肉搜索了,一下子就能够知道我的基本情况。当然,这也没有什么,至少我在网络的监督下,会让自己有更好的行为规范,做一个堂堂正正的人。

令人欣慰的是,到目前为止,我还是受到了大部分人的肯定。例如,在参加严秋瑾女儿婚礼时,当我走入宴会厅时,只见有一个桌子上的很多女孩在喊"蓬蓬、蓬蓬",我很茫然。后来她们告诉我,一直在看我的博客。原来她们都是我老同学王黎萍的同事,王同学在看,她们也在看,现如今王同学已经退休了,她们还在看。呵呵!我俨然成了小众中的公众人物。

（四）被登广告是因为看得起我的博客

作为媒体,广告是正常的。开始时我的博客页面上没有广告,但后来越来越多。也许这也是随着我博客的点击率增加,网易加大了在我博客上发布广告的力度。但博客上出现了五花八门的广告,让我为难。再想想这是网易传媒,它们要做广告我也没有办法。况且我在其媒体上登载博客,也没有支付任何费用,作为互利,就当登广告是看得起我的博客吧。当然,假如能支付一些广告费给我,那就谢谢了。

（五）不断提高博客质量

现在每天有几百次点击量,其中不乏出自像令愉教授这样知识渊博的前辈。尽管他经常会用短信或 QQ 来指出博客中的错误,特别是错别字,但他可是大家,怎么能忍心浪费他的宝贵时间呢？所以,我要认真仔细。原来我写好一篇博客后,粗粗看一遍就发布,但我以后,至少会认真看三遍。

老同学许昕说:"你要是在新闻单位,一定是一名出色的记者。"我想,这倒不一定,当任何事情成为一项职业,就会产生厌烦;而任何事情,成为一种爱好和兴趣,那才是其乐无穷。

再次感谢所有陪着"蓬蓬博客"一路走来的老朋友、新朋友们,特别是一些素不相识的网友。我将继续通过博客,传播正能量,争取在大家的鼓励下,迎接下一个 10 万次点击量的早日到来。

（撰写于 2013 年 1 月 27 日）

七、"张开双臂　拥抱生活"——蓬蓬博客100万点击庆典

2014年12月13日,蓬蓬博客点击次数达到100万次,为此上海东方女性领导力发展中心(以下简称"中心")为我举办了一场博客百万庆典。同时也作为中心"凡人繁事"的第一场活动。活动假座衡山路41号芝大厦,原来考虑邀请100个人来参加座谈,后来人数不断扩大,达到了130多人,其中有我的小学同学、中学同学、技校同学、大学同学,我外高桥自贸区的同事们,以及我合唱团的姐妹们和各方网友。

上海女性问题专家、著名的演说家林华老师主持本次活动。活动首先播放了《走进蓬蓬博客》的视频。视频很有冲击力,我第一次看视频时就惊叹不已。要知道,这是李余康老师看了几百篇博客后制作的。

第八篇　写博客的心路历程

作为主人公,我必须要讲讲写博客的心路历程。

1. 为什么会开博客?

源于偶然,2008年9月我亲戚作为上海市援藏干部去了西藏,当我看到他在博客中拍摄的西藏照片时,面对自己空空的博客首页,觉得自己也应该记录些什么,从此开始了写博之路。

2. 哪来这么多时间写博客?

几乎每天花两小时以上时间写博客,也曾经让我夜不能寐,现如今已经成了一种生活习惯。共写了1 786篇博客,平均每月写24篇。

3. 我究竟是从事什么工作的?

我是电子工程专业的大专生,金融专业的本科生。跳过五次槽,曾从事过机械、电子、金融和房地产行业,曾在学校、税务局、中国银行、期货公司、房地产公司工作。这些工作经历和写作一点都没有联系。我曾是外高桥集团公司审计稽核部总经理,管理着集团下属100多家控股企业内部审计和风险控制。拥有高级审计师职称,持有国际风险管理师资格证书。我自认为是一个对事业投入的人,当我把这份投入运用在写博客上时,那就可想而知了。

4. 用什么样的心态写博客?

我兴趣比较广泛,对生活充满热爱,崇尚健康快乐。每天晚上,当做一件和严肃的审计工作截然不同的事情时,会感觉无比充实、兴奋。博客中,有时调侃,有时犀利,都真实反映了我当时的心态。

5. 写博客中遇到过哪些困难？

刚开始时，曾经为写什么内容而烦恼。因此，就挖空心思，在看了一部《高考1997》电影后，连续写了从小学、中学到大学的系列博客，也正好回顾了一下自己的学生时代。

也曾经发生被友情提醒撤下文章。那是一篇关于出访加拿大时的公务活动。这让我知道了，公司的事情尽量不要在博客上提及，以至于我们公司本部只有两人在悄悄地看我的博客。也曾经有漫骂的评论，由此让我感悟，博客中只能说别人的好，调侃的只能是自己。

6. 为什么能坚持六年多？

我觉得每天有24小时，8小时工作，8小时睡觉，8小时业余生活。当我把8小时业余生活用于欣赏美、记录美，那该多么快乐啊！

博客无法停下的原因是，每当一场活动结束，就有很多参与者等待着这期博客；每当出国旅游时，就有人等待着当天的游记，关心着风景的同时更关心我们的安全；每当合唱团出国比赛时，留在国内的团员们就想了解前线的战况。有很多人对我说，每天上班第一件事是打开"蓬蓬博客"，接着再开始工作。

7. 最大的收获？

（1）喜欢上了摄影。看图说话，让我把相机如房门钥匙那样随身带。当你有一双摄影师的眼睛时，就会时刻去寻找美，发现美。

（2）提高了文采。如今回看以前的博客，就会想，要是这个话题放在现在写，就不会写得这么简单，没有艺术性。

（3）收获了朋友。现在众多朋友中，有素昧平生的网友，有一起活动的朋友，有一起旅游的驴友。

（4）拓宽了知识面。当要把所写内容的来龙去脉交代清楚时，就必须去查阅资料。写在博客上的同时，也记在了我的脑海里。

感谢从第一天开始看我博客的人；感谢为我纠错的令愉教授，他是一位历史系教授，具有严谨的治学态度；感谢中学班主任羌老师，每当从博客中知道我病了时，总会来电关心；感谢马燕华，她让我从此开始了水晶世界的遨游，并注重装扮自己；感谢我的先生，他是在上海电视台工作的一名IT工程师，每当电脑和网络遇到问题时，总是他替我解决；感谢我的良师益友王佳芬、梅丽君、胡爱华，她们都是职场优秀企业家，我们不仅是驴友，更是志同道合的朋友，我依附于她们，汲取了太多的养分。当然要感谢这个自媒体的时代，让我可以免费记录一切，并分享给大家。如果说博客有点小小的正能量，那就是我和你们一起的贡献！

现场的互动环节生动有趣。二姐夫（邵浪音）朗读了王小微的散文《我一直关注你》；威琏上台讲述了他跟着蓬蓬博客一起成长的故事，还演唱了一首少儿歌曲《小树丫》。

旅居美国芝加哥的六一班同学牟善暄和旅居澳大利亚悉尼的技校同学崔光哲发来了祝贺视频。

来自海外的许昕同学说，她不仅是最早一批看我博客的人，而且把博客传播给了很多海外华人；以色列驴友包晓朵说，看了蓬蓬博客，也让她了解我健康的生活状态。

"蓬友好声影"组合戴上红围巾出场,朗诵程波写的一首诗歌,并演唱了一首《朋友》。

张旻同学代表六一班发言,他说:"蓬蓬能够做到每天花两小时写博客,说明她内心安于与自我为伍,她的博客在展示其丰富而独立的精神世界的同时,也表现了对文艺的多种兴趣和热爱,这种热爱更为自己打开了广阔的、多姿多彩的生命空间。蓬蓬在其博客中体现的人生追求,可谓由食色而至精神,最终抵达心灵。"张旻现为嘉定区文联副主席。作为作家的他,至今已出版了十多本小说。2013 年,他因"在嘉定建区 20 年经济社会发展历程中,成绩优异、贡献突出",被授予"可爱的嘉定人"称号。

李健飞代表自贸区发言,他是我外高桥集团公司的同事。他说:"平时在工作中看见她很严肃,但我从博客中知道,她在工作之余还有非常丰富多彩的生活,我非常钦佩她的生活方式。其实她在工作中也是非常杰出的职业经理人,她在集团公司担任审计稽核部总经理,在企业内部审计和内控建设方面有很高的造诣,她所领导下的集团审计和内控工作,得到了浦东新区国资委和审计局的赞扬。"

梅总代表中国 ShEO 合唱团说:"蓬蓬是我们合唱团的战地记者,我们走到哪里,她拍到哪里,写到哪里。她写的文章都比我们亲身经历的更加丰富。她会查阅资料,图文并茂展现我们的活动;她是我们的信使,每次出去,我就给家里人发短信:欲知详情,请看蓬蓬博客;她是我们合唱团的档案馆,当我们举办活动要回顾一些故事时,我们就从蓬蓬博客中寻找;她是一台发电机,这台发电机清洁低耗、微量型可移动,她的档案给我们留

第八篇 写博客的心路历程

下了珍贵的记忆。去年合唱团去了马耳他参加国际合唱比赛，她用一个月的时间，总编了一本书《合！唱起来》，为我们合唱团积累了宝贵的资料。"

忽然，林华老师让我上台，原来我先生通过快递送来一束鲜花，威琏代沈伯伯送上。其实，这天出家门时我还问先生："你去不去啊？"他回答："还没有想好。"可见他为了这事纠结着。尽管我是第一次收到他送的鲜花，而且还不是他亲手交给我的，但对于他这样一个不善表达的人来说，他的表达方法我已经很满足了。

民间艺人郑树林也来捧场了，他现场创作了剪纸作品《喜上眉梢》。

六一班同学鞠鸽群送上了同学们特地制作的水晶纪念杯，它倾注了鞠鸽群同学太多的创意。

中学班主任谢步罡老师送上了他的书法。他是数学老师，但是他的书法造诣很深，他就是一位书法家。

旅居日本东京的六一班同学过任，代表所有同学和朋友送上了一个昂贵的琉璃水晶小人。这是一个法国设计师的作品，我特别喜欢。

静雯夫妇送上了老豪的书法作品"天道酬勤"。老豪（瞿志豪）是沪上著名书画篆刻家，他特有的篆刻画更是无人能及。

"蓬友好声影"的程波团长和朱莉副团长送上了一幅画，是令愉教授请朋友特地画的。教授在现场是这样解释这幅画的：

　　这是一幅中国画，画的是牡丹。作者程新瑶先生的曾祖父,是民国初年海派画家程璋(字瑶笙,1869—1938年)。他秉承家学,擅画花鸟。题写在这里的文字,是明朝学者冯琦的《咏牡丹》诗的后两句。全诗是:"百宝阑干护晓寒,沉香亭畔若为看。春来谁作韶华主,总领群芳是牡丹。"因为这样更适合展现蓬蓬的精神与成果。我们在画上加盖了几枚闲章,这是一名篆刻爱好者余先生的作品,他曾在2001年中国共产党成立80周年时举办的全国书法篆刻大奖赛中获篆刻一等奖。一枚是"花好月圆人寿",另一枚是"锲而不舍",两枚闲章寄寓着我们对蓬蓬的祝福和赞扬。

为了感谢大家,我斗胆地演唱了一首《感恩》,这是好友朱莉提议的。收获如此之多,通过这首歌表示感恩实在太好了!东方女性领导力发展中心理事长王佳芬(我更喜欢称她王总)发言,她说:

> 我也是蓬蓬博客的忠实粉丝。认识蓬蓬是在上海市女企业家合唱团参加市政协演出,她在博客中写了十个最,把每件事情都写周全了。我想,怎么有这样一个能写文章的团员呢?从此她开始成为我们合唱团的写手。在2009年意大利嘎达国际合唱比赛的闭幕式上,她一个人奔到主席台上去抢镜头,记录了我们拿金奖的那一瞬间;在以后的绍兴国际比赛和辛辛那提国际比赛中,她总是冲在前头,她真是一名战地记者。所以我们今天能有这么多国际比赛的场

景,都是她给我们留下的宝贵资料。在一次上海市妇联三八红旗手表彰大会,她把全国三八红旗手顾凤惠的事迹写得栩栩如生,感动了很多人;当我们上海市女企业家协会评出上海十大优秀女企业家活动时,她给十位女企业家留下了美丽的倩影。她政治敏锐,文笔犀利,是一个非常有能量的社会活动家;我们和蓬蓬一起去了很多国家和地区旅游,我们从她博客中记载的以色列、山西古城等各地风采中重读历史,敬佩蓬蓬严谨的治学态度。六年来,她共有50多次旅游,写下了420多篇博客。

蓬蓬看上去貌不惊人,瘦瘦弱弱,不过她如今越来越漂亮了。我们谁也没有想到,她写博客,一写就是六年,一写就写了1 800多篇文章,并创造了图文并茂的博客风格,吸引了如此多的海内外读者。我今天真是好感动,虽然平时一直在看她的博客,但今天我和梅总一样,好想哭。天生我材必有用,我们都要做自己喜欢的事情,做自己最擅长的事情,做自己熟悉的事情。蓬蓬出身于书香门第,她用笔来写这个世界,写自己的生活,写自己的人生,她给大家带来了快乐!

接着合唱团姐妹们献上了两首歌曲:*I will follow him* 和《茉莉花》。正当主持人准备宣布结束活动时,《茉莉花》的歌声由远而近渐渐飘来。原来齐老师带着市北中学合唱团的孩子们来助阵了,她和他们的到来,给了我惊喜。

本次活动得到了很好的反响,大家都认为品尝到了2015年第一顿文化大餐。感谢马燕华夫妇提供的奢华场地；感谢董春洁设计的活动背景板；感谢陈海燕老师，这天我的妆容出自她之手，我是在她家化的妆，享受了很高的待遇。

一个人可以有生日聚会，可以有隆重的婚礼，唯独博客百万庆典不是每个人都可以有，它是我一生值得珍藏的礼物。

（撰写于 2015 年 1 月 6 日）

八、"博客里的新世界"——蓬蓬博客 200 万点击庆典

2017 年 10 月 29 日，蓬蓬博客点击数达到 200 万次。11 月 12 日，上海东方女性领导力发展中心举办了一场"凡人繁事"系列六："博客里的新世界"——蓬蓬博客 200 万点击庆典。假座

第八篇 写博客的心路历程

文新报业集团43楼的会议大厅,来了150多个朋友和网友。邀请凤凰卫视的战地记者仝潇华做主持,她昨天晚上刚出差回到上海,太给我面子了。

感谢视频制作大师李余康老师,他制作的视频《知性优雅的博客才女——记网易博客写手蓬蓬》,把我捧上了天。昨晚,我向他要视频看,他回复:"明天看吧,给你一个惊喜。"我告诉他,文字要谨慎。但当日呈现的视频,溢美之词还是令我不敢接受。

蓬蓬博客开启于2008年9月9日,2017年11月,9年多一点。0—100万点击走了六年,100万—200万点击走了3年;九年共写2 620篇博客,最新的100万—200万点击共写了753篇,月平均28篇。点击来源几乎涵盖了国内所有省份,包括台湾、香港和澳门。

2015年1月3日,在王总提议下,中心举办了"张开双臂拥抱生活"——蓬蓬博客100万点击庆典。今天我在现场说,请参加蓬蓬博客100万点击庆典的人举手,大约有一半以上举手。

主持人请上见证蓬蓬博客一路走来的元老级读者——邵浪音(二姐夫)、王小微、程真。

邵浪音说:"刚开始看博客时,每天上班打开电脑,先看蓬蓬博客。如果没有看见新博客,会打电话问蓬蓬,为什么没有更新。"哈哈!确实,也是因为二姐夫的执着,让我笔耕不辍。

王小微说:"一个偶然机会,自己在查阅资料时进入蓬蓬博客,然后就停不下来了。和二姐夫的第一次见面,才和蓬蓬认识。"

程真说："蓬蓬是我们'蓬友好声影'组合的一员,我们看着她第一天开博到现在。"

我技校校友、民间工匠王震华的亲临,给现场增加了人气。给他发出邀请时,我还觉得挺耽误他时间的,因为他的赵州桥微缩模型正在紧张制作中。他说:"部分媒体就是因为看了蓬蓬博客才找到他的。"哈哈!我不敢当,是金子总会发光。

"游走世界"板块是我最愿意说的,因为最新的 100 万点击中,旅游博客占 55%。从 1999 年第一次出国到现在,我共游走了 63 个国家和地区。尤其是从 2014 年 11 月退休后,共出游 23 次,平均年出游 8 次,去了 42 个国家。旅游让我了解历史,感受了大自然魅力,锻炼了意志品质,提升了文化素养。旅游中也发生过带着伤痛出游、坐着轮椅回来、护照钱包被窃、夜晚找不到酒店等诸多事情。而旅游也可以有衍生品,制作纪念册、开旅游分享会、结识新驴友。在西班牙团队旅游中,结识了青岛的徐能夫妇;在瑞士火车上,结识了正在英国留学的兰州姑娘王方。如今大家都成了好朋友。

贝加尔湖的驴友王辰博士,即兴朗诵了一首他创作的诗歌《贝加尔湖畔》。

私家之旅欧阳和外高桥老同事王大理接受了主持人的采访。

欧阳说:"我看着蓬蓬老师从跟团游到自助游的进步过程,如今她比我们还专业。"哈哈!我曾经一直想去她们旅行社做实习生呢。

王大理说:"我们曾经是同事,只要她认定的事情,一定会把它做到极致。以前工作时是这样,现在做旅游攻略也是这样。"哈哈!那不是一根筋吗?

欧洲五国之旅的驴友郭建伟即兴笛子独奏一曲《青藏高原》。

我们合唱团本轮执行团长顾莉芳代表合唱团说:"蓬蓬是一个原则性很强的人,对就是对,错就是错。她为合唱团做了很多宣传工作,是我们合唱团的宝贝。"哈哈!我们合唱团员都是宝贝啦。

老邻居代表凌炎女儿孙灵说:"我也是蓬蓬阿姨博客的粉丝。听妈妈说,以前四户人家很和谐,合用一个水龙头,从来没有红过脸。"

张耀华代表技校同学上台祝贺,他说:"蓬蓬作为同学会筹委组负责人,准备了一场令嘉定城为之震撼的同学会,非常了不起。"耀华兄可也是筹委会的主力呢。

在提问环节,来自外高桥的孙惠定抢先提问:"请问蓬蓬,你写博客的初衷是什么?为什么能坚持到现在?"我回答:"不忘初心,牢记使命,永远奋斗。"哈哈,紧跟十九大精神。

老邻居凌炎问:"你怎么会想到写全潇华在四川地震灾区的博客?因为你不在现场。我看了很感动,还转发了。"我回答:"从全潇华的微信朋友圈中看见她在九寨沟地震灾区第一线,再次被她的勇敢精神感动。"

王辰博士问:"你写了2 600多篇博客,有没有想过出一本书?如果你出书,我可以给你提供支持。"我回答:"谢谢,但是这么口水式的博客,要出书就没有人看了,所以暂时没想法。"

现场的合唱团姐妹在齐老师的指挥下,演唱了一首《时间都去哪儿了》,谢谢齐老师和姐妹们前来助演。

有几个朋友因为不能来到现场,发来了祝贺视频。这其中包括美国华盛顿的寇建萍同学,日本东京的过任同学,以及合唱团老朋友彭倩、萧山网友章国萍、技校同学王旨、泰州蓬友张勤、瑞士驴友王方和外高桥的夏总。

作家、演讲家林华老师是蓬蓬博客 100 万点击庆典的主持人。她说:"这是一场意识流的分享会。旅行是抚摸世界最直接最有质感的方式,对旅行者而言,诗和梦想不是远方,而是脚踏实地的行动方向。旅行者走遍四方,他们是最有可能寻找到适合自己生活方式的幸运者!我们到了随心所欲的年龄,我们有能力把工作和娱乐天衣无缝地交织在一起,像工作一样认真地玩;像玩一样喜悦地工作。蓬蓬博客就是最好的体现!记下来了,就永远不会忘了;记下来了,就变成触摸得到的回忆了!"

上海东方女性领导力发展中心理事长、中国 ShEO 合唱团团长、"凡人繁事"活动创始人王佳芬说:

三年,从 100 万到 200 万点击,好像一瞬间,但是蓬蓬在这 1 035 天写了 753 篇博客,每月 28 篇。这三年中国的社会政治经济发生了多大的变化,大国崛起,经济发展进入新常态,移动互联网迅猛发展,自媒体崛起,连获取知识的方法也随着逻辑思维的变化而得到改变了,蓬蓬博客正是

第八篇　写博客的心路历程

社会进步的一朵浪花。

在博客的内容上,她不断寻找,丰富她喜欢的事,于是她的视野越来越开阔,她的记者编辑的家庭基因使她能捕捉热点:能工巧匠、百岁老人、凤凰卫视,这些热点又是网友关心的。当你关注的时候这些信息才会进入你的视野。

她的旅游总有主题,度假游、观光游、初次游、深度游、自助游、跟团游、自驾游,她的策划每次都有进步,越来越精准和本地化,她聚集着不同喜好的人,让每个人乐有所得。她从事前准备,事中博客记载,现在延伸到事后出摄影册。难怪喜欢跟蓬蓬旅游的人越来越多,因为历史地理人文艺术、政治经济管理、友情亲情,多重的收获超越了旅游本身!

她对人的关注也日渐增长,蓬蓬的爱憎分明是有名的,今天蓬蓬身上更多了人文的精神,她带领着技校的一些老同学寻到了几百名技校同学,没有爱心怎么能突破重重困难,怎么能做到齐刷刷都找到了呢!她孝敬父母,关爱老邻居、奶妈、舅舅,她关心关爱着中小学同学、同事,她想别人的时间多了,她为别人服务的时间多了!

她也总在博客的传播方式上探寻和尝试,从电脑到手机,从微信到博客!蓬蓬博客不仅是数字的增长,她折射着人与社会进步的一个侧面,一种努力和一种成功,她让我们在羡慕、敬佩、欣赏中催生一种积极向上的力量!

人需要学习和进步,这是不分年龄的,我们过去会自然而然认为退休了就应该休息了,现代人寿命长了,儿女也都独立不那么需要我们了,怎么安排好自己的退休生活,蓬蓬是一个榜样。蓬蓬在退休后找到了自己最喜欢做的事,她在做事中找到意义,找到方法,她的领导力越来越得到提高。我们每个人都可以活出快乐!我们都可以像蓬蓬这样活出自己的精彩!

最后,主持人仝潇华也畅谈了她在莫斯科担任战地记者的故事。作为曾经的解放军艺术学院声乐系的高材生,她还即兴演唱了一首《我爱你中国》,惊艳了全场。

再次感谢王总和梅总为本次活动台前幕后的付出,更要感谢我的好姐妹仝潇华的鼎力相助,你的主持,绝对为本次活动添彩。

(撰写于 2017 年 11 月 13 日)

九、蓬蓬博客十岁生日宴

今天,2018 年 9 月 9 日,是蓬蓬博客十岁生日。

蓬蓬博客诞生于 2008 年 9 月 9 日,如今初长成。泰州的蓬友戴总和张勤夫妇特地订制了一个 MCAKE 蛋糕,还裱有"蓬蓬博客十周年快乐"字样,插上了"十岁"的蜡烛,放上了玫瑰花瓣,外加一支写博客的笔,好用心,好隆重,真心谢谢你们。

今天中午我们假座位于华山路上的丁香花园申粤轩。来了好多蓬友,包括王总夫妇和他们的孙子威琏、梅总夫妇和他们的小孙女灵灵、徐俊和马燕华夫妇,程波团长带领的"蓬友好声影"团队、朱莉、王小微、陈军,而吴静雯是必须到场的好姐妹。

第八篇 写博客的心路历程

他们都是见证蓬蓬博客走过十年的好朋友,也是这十年中相依相伴的姐妹兄弟。

蓬蓬博客的星星之火,把大家"燎原"了十年光景。在吹蜡烛的那一刻,感觉这一口的吹灭是那么费力,也许是激动,也许是不舍,吹了三次。少儿合唱团员的威琁,带领大家演唱《生日歌》,今年十二岁刚上初中的他,走过十年历程的蓬蓬博客,也记录了他的成长轨迹。马燕华送上的一棵"树"上有十颗珍珠的胸针,寓意着蓬蓬博客培育十年,枝繁叶茂。

最后用"蓬友好声影"团长程波的一席话结束本博客:

> 友谊的纽带如同橡皮筋,有些人牵着如同发丝的细线,稍扯即断;有的人握紧坚硬耐磨的轮胎,弹力无限,天长地久与曾经拥有都是友谊。正如你的博客是一粒火种,照亮

我的时光手札

了无数眼睛,点燃了百万人的心。有梦想、有追求、有行动、有坚持,就有无穷的粉丝,前赴后继地追随着博客的脚步,向前!向前!向前!谨以此句作为蓬蓬博客十岁生日的祝词,送给你。

(撰写于 2018 年 9 月 9 日)

后　　记

蓬蓬博客已经走过了十年。

曾经有朋友建议我整理成册,但自觉内容不够厚实。但当我回看经多少个不眠之夜写下的全部 2 860 篇博客时,自己都被感动了。这何止是一篇篇文章,更是我这十年走过的心路历程。不管是否进步,但十年的人生记录和思想变化,本身就是一本书。

于是,我萌生了出书的想法,并开始选择博文。幸亏博客本身也有分类,而且我觉得写博客的所思所想,以及家庭、事业、合唱团等是我主要关心的,于是围绕着这些主题最后选取了 139 篇博文编辑成册。

蓬蓬博客大部分是以图文并茂的形式出现,但当要编成以文字为主的书而不是画册时,必须大量删减图片。我的考虑是,每篇博客原则上只配一张照片。由于是黑白印刷,难免影响博客的丰富性和完整性,这多少有点遗憾。

本书中照片都是从博客中摘选的,而博客中的照片也都是本人或者王安石、邵浪音、邹猛等老师提供的,在此表示感谢。

特别感谢著名企业家和企业咨询导师、光明乳业前董事长/总裁、中国 ShEO 合唱团团长王佳芬亲自为本书作序。她见证

我的时光手札

了蓬蓬博客一路走来的历程,对蓬蓬博客给予了热情的关注,常常对博客提出非常有益的建议。当我松懈时,她会提醒我;当我有好文章时,她会鼓励我;当我疲倦时,她会关心我。当蓬蓬博客在网易的点击率达到 100 万次和 200 万次时,分别组织了隆重的庆典,请来了博客粉丝们共聚一堂,共同欢庆。所以,她是蓬蓬的精神领袖、良师益友。

非常感谢我的驴友王辰,他是一位经济学博士,一位诗人。"我的时光手札"书名是他的创意,他也参与了本书的审稿。当然本书中的每篇文章都有相关人员初审,感谢中国 ShEO 合唱团的梅丽君和齐珊云老师,感谢我的蓬友程波、朱莉和王小微,感谢我的同学唐解英、逄炜、王黎萍、屠敏、吕嘉鹰、张耀华、赵苓等,感谢我的老邻居凌炎等。

很荣幸请我的舅舅童清仁先生为本书题写了"我的时光手札"书名。他遗传了我外公童啸秋先生的书画基因,为本书添彩。很荣幸由沪上著名书画篆刻家瞿志豪先生为本书篆刻"蓬蓬博客"印章,给本书增加了厚重感。

感谢我的好朋友,江苏泰州的戴宇声和张勤夫妇一直以来对蓬蓬博客的关注,感谢他们为本书提供的赞助。

如果你想看蓬蓬博客,可以在微信公众号上搜"蓬蓬的博客",加关注。

施向群(蓬蓬)

2019 年 7 月 25 日